O FIO CONDUTOR

Francisco
Azevedo

O FIO
CONDUTOR

Copyright © 2023, Francisco Azevedo
© 2023 Casa dos Mundos/LeYa Brasil

Todos os direitos reservados e protegidos pela Lei 9.610, de 19.02.1998.
É proibida a reprodução total ou parcial sem a expressa anuência da editora.

Editora executiva
Izabel Aleixo

Produção editorial
Ana Bittencourt, Carolina Vaz e Rowena Esteves

Preparação
Lina Rosa

Revisão
Clara Diament

Diagramação e projeto gráfico
Alfredo Loureiro

Capa
Angelo Bottino

Dados Internacionais de Catalogação na Publicação (CIP)
Angélica Ilacqua CRB-8/7057

Azevedo, Francisco
   O fio condutor / Francisco Azevedo. – São Paulo: LeYa Brasil, 2023.
   416 p.

ISBN 978-65-5643-281-6

1. Ficção brasileira I. Título

23-3652   CDD B869.3

Índices para catálogo sistemático:
1. Ficção brasileira

LeYa Brasil é um selo editorial da empresa Casa dos Mundos.

Todos os direitos reservados à
CASA DOS MUNDOS PRODUÇÃO EDITORIAL E GAMES LTDA.
Rua Frei Caneca, 91 | Sala 11 – Consolação
01307-001 – São Paulo – SP
www.leyabrasil.com.br

Ao Algo Maior,
fio condutor que nos irmana, entrelaça e dá sentido.

"Dizem que antes de um rio entrar no mar, ele treme de medo. Olha para trás, para toda jornada que percorreu através de florestas e povoados, o longo caminho sinuoso que trilhou, e vê à sua frente um oceano tão vasto, que entrar nele nada mais é que desaparecer para sempre. Mas não há outra saída. O rio não pode voltar. Ninguém pode voltar. Voltar é impossível na existência. O rio precisa aceitar sua natureza. Somente ao entrar no oceano o medo irá se diluir, porque apenas então o rio saberá que não se trata de desaparecer no oceano, mas de se tornar oceano."

– Khalil Gibran

"A busca da criação
É uma luta intensa,
Forte e voraz,
Que me faz ser capaz
De unir muitas raças,
Ver um mundo melhor
E sentir toda a força do amor
Do criador."

– Dona Ivone Lara, *A força do criador*

"Estamos nos construindo na luta para florescer amanhã como uma nova civilização, mestiça e tropical, orgulhosa de si mesma. Mais alegre, porque mais sofrida. Melhor, porque incorpora em si mais humanidades. Mais generosa, porque aberta à convivência com todas as raças e todas as culturas e porque assentada na mais bela e luminosa província da Terra."

– Darcy Ribeiro, *O povo brasileiro*

Países são pessoas. Todos têm nome, idade, temperamento, características físicas e morais. Pobres ou ricos, grandes ou pequenos, arrogantes ou simpáticos. Dão-se bem ou mal, cortam ou reatam relações. Assinam papéis, contraem dívidas, emprestam dinheiro. Tomam atitudes ou partidos, fazem amizades, mas também chegam às vias de fato e podem sumir, literalmente, do mapa. Pois é. Pessoas que são, os países nascem, crescem, vivem e morrem – longevos ou prematuros. Mortos, são geralmente lembrados mais pelo que tiveram do que pelo que foram.

Pessoas também são países – quase mundos. Como países, lançam-se em aventuras, promovem a paz ou a guerra em suas rotinas, sonham em expandir suas fronteiras. Algumas conseguem progresso lento e gradual. Outras queimam etapas. A maioria acha injustas as regras do jogo, mas raras provocam verdadeiras revoluções em suas vidas. Assim, bem ou mal, as pessoas se governam e possuem lá seus ministérios. O orçamento é distribuído de acordo com as necessidades ou conveniências: saúde, trabalho, transporte... Mais e mais pessoas gastam suas verbas com segurança. A educação e a cultura, é pena, andam esquecidas.

Se países são pessoas e pessoas são países, o Brasil para mim é de carne e osso. Tem coração que bate. Tem sangue, nervos, vísceras. Tem cheiro. Tem olhos, boca, corpo que atrai à primeira vista. O artigo definido, masculino, singular, convive com sua hospitalidade feminina, seu abraço plural. Converso com ele de igual para igual. Falo não como pessoa, mas como país que sou. Porque, como pessoa, o tempo é curto. A gente abre os olhos, o rosto está cheio de linhas e a história, no finzinho. Então, falo pelo país que há dentro de mim. Com todos os rios, montanhas e mares que há em mim. Porque, para os países, a Terra gira por mais tempo, há mais chances de se reparar os antigos erros. Enquanto caminhamos em direção ao desconhecido, pergunto a esse Brasil, que também sou eu, quando pretende fazer as pazes consigo mesmo. Quando?

Lúcido, tem consciência do mal que ainda o aflige e desagrega, sabe que vivemos dias hostis e surdos. Apesar de tudo, insiste, a hostilidade e a indiferença não são as regras que o regem. Não mesmo. E mais: sente algo novo vibrando em seu chão – uma energia de gente simples que pisa forte e segue em frente para mudar o triste legado, cumprir destino, fazer história. Energia luminosa que reverbera e contagia e aglutina. Passos firmes de brasileiros que já se dão conta de que, além de pessoas, são países. De que há um imenso e diversificado Brasil dentro de cada um de nós. Um Brasil presente e desperto que tece outro tempo, mais solidário e colaborativo. Um Brasil que, para superar adversidades, se mistura na troca de vivências, porque é vocacionado a transcender credos, berços, tons de pele. Um Brasil que anseia se tornar potência verde e respeitada, que quer se apresentar ao mundo com o que, em sua expressiva maioria, possui de melhor: a receptividade a todos os povos – portas sempre abertas para os que vêm de longe. Enfim, um Brasil fértil, inventivo, condizente com sua exuberante e pródiga Natureza.

Terminamos a conversa. Levo fé no que ouço. Dentro de mim, é esse Brasil que contará a história que se segue – uma história incomum de brasileiros comuns que, mesmo com seus erros, medos e tropeços, amam e sonham alto, porque o amor e o sonho nos foram dados de graça, são nossa verdadeira conexão nesta vida que tanto nos confunde e põe à prova.

Francisco Azevedo
Fevereiro de 2021

Capítulo 01 ●

Inaiê

No sangue e na pele, é indígena, branca e negra – mistura de tons nascida por predestinada ordem de entrada em minha paleta. Orgulha-se de ter a cor indistinta, a fibra das três raças, as marcas dos antepassados – todos inoculados em sua alma, para o bem e para o mal. Dezesseis anos, se tanto.

Rio de Janeiro, Centro, largo da Carioca. Em frente à entrada do Convento de Santo Antônio, ela canta sem acompanhamento algum. Sim, à capela, a todos enfeitiça – como se a voz lhes segredasse boas-novas aos ouvidos. Enlevo, poesia. Veste-se com simplicidade – se faz notar não pela aparência, mas pelo carisma. No chão, o gorro para a coleta, sua história. Que voz é aquela? Da Terra é que não é. Reverentes, as pessoas lhe fazem doações generosas, oferendas à arte que lhes dá significado, à crença no Algo Maior que as irmana em momentos assim – breves momentos que trazem alguma leveza ao peso da lida insana.

Atento que não pisca, o moleque de rua não é notado – mais um na plateia. Sério, um tanto altivo, impossível saber o que lhe passa pela cabeça. O povo chega, se demora e se vai, e ele ali que não se move. Parece distante, mas não, bem lúcido até, embora não tire os olhos do que se lhe apresenta como número de mágica a céu aberto. Solene, como os demais presentes, tira do bolso uma nota de dois reais e, devota humildade, se encaminha para dar sua contribuição. Sorri para a jovem, abaixa-se e, impressionante agilidade, pega o gorro, corre, dispara. Espanto, gritaria: Pega ladrão! Pega! Segura! Cerca ele! Não deixa o pivete fugir, não deixa! Foi por ali, por ali! A rasteira anônima o derruba, ele voa no chão. Pronto, agarraram o bandidinho! Bem feito! Ele agora vai ver o que é bom! Não, que nada, o danado consegue se soltar. Desvencilha-se de um e de dois, escapa e não larga o gorro! Encosto no corpo, só pode! Fugiu, o desgraçado. Fugiu?! Fugiu. Feito miragem, desaparece pela avenida Treze de Maio, ninguém o vê. Some como por encanto. É o demônio, não há outra explicação! O demônio vivo. O demônio.

A jovem? Agradece a solidariedade das pessoas. Nervosa, até entende a indignação coletiva, mas lamenta os excessos, tanta raiva por tão pouco, triste contraste com a beleza de antes. Sua dor é ter perdido o gorro de crochê que lhe foi dado pela avó – sua boa sorte, proteção familiar. Sente-se fragilizada sem ele. Dinheiro? A gente perde, a gente torna a ganhar. O moleque é que a preocupa, ter de viver dessa forma. Destino sombrio, andar largado assim, fugido assim, desabrido assim. Nove anos? Talvez. No fundo, sente-se aliviada por ele ter conseguido escapar. Não queria vê-lo preso justo depois de tê-la ouvido – é que seu canto sonha dar asas ao povo, libertar, fazer voar. E o que ele levou, por mais que seja, dura pouco. Amanhã ou depois, tudo de novo. Outro roubo, outro susto, coração disparado. Até quando? Quanto mais de vida?

Vida? Vida coisa nenhuma. Desespero, isso sim. Como ele, há milhões por todo canto deste meu chão infindo. Quem cuida desses filhos? Quem se preocupa com eles? Água farta, terra fértil, tanta riqueza para quê? Meu futuro – que é a minha gente, os meus pequenos – historicamente posto de lado. Quem se importa e me quer ver melhor? Os tantos brasileiros que labutam nas mais diversas profissões, afirmo. Inaiê se importa e faz sua parte, eu sei, mas a pobre também tem provado as asperezas do mundo, não do jeito daquele moleque fujão, é claro. Suas carências e dores são outras. Família dividida por causa de religião. Se ainda existe tal absurdo? Sim, e como! Por ela se recusar a cantar no coral da igreja, Marta, sua mãe, a colocou contra a parede aos treze anos. Quer bancar a adolescente independente? Porta da rua, serventia da casa. Debaixo deste teto, não, minha filha! Aqui, faço eu as regras, Deus é por mim! Inaiê enfiou numa mochila o pouco de roupa que tinha e foi morar com sua avó Firmina, mãe de seu pai, Benedito, que foi iniciado como umbandista, deixou de acreditar em tudo logo cedo, mas se tornou evangélico ao se casar. Quer dizer, ou se convertia ou não haveria casamento. A paixão que sentia pela mulher abastada de pele alva o levou a dizer sim, aceito – ir à igreja seria o de menos.

A velha Firmina mora em Olaria, numa casa que é também tenda de umbanda. Nos fundos, ficam a sede para as sessões e o terreiro rodeado de figueiras – centro espírita de renome. Por ele, passaram umbandistas célebres, como Clara Nunes, Vinicius de Moraes, Baden Powell, Bezerra da Silva, Dorival Caymmi e Raul Seixas, todos em visita de respeito à ialorixá. A neta conhece bem as histórias, orgulha-se delas. Por isso, se lhe fazem mal a intolerância religiosa e o dogmatismo de sua mãe, sente-se perfeitamente à vontade com a benevolência e o sincretismo da avó, guiada por saberes das religiões africanas, indígenas e cristãs – tudo a ver com suas origens. Verdade se diga, Inaiê até se alegrava em cantar no imenso templo, alguns hinos a inspiravam, e, por sua voz, seus solos eram sempre a principal atração. Apresentar-se em local imponente, com boa acústica, a envaidecia e lhe dava prazer. No mais? Discordava de quase tudo que o pastor pregava em tom raivoso. Tantas danações ouvia... A mais triste para ela: templos de cultos africanos e suas imagens deveriam ser destruídos, porque eram fruto de crenças satânicas! Que contraste com o que se celebra na tenda de sua avó, a filosofia que prega a cura e o aprimoramento pelo saber, o respeito por todas as religiões! Embora nas sessões não haja tanto espaço para exibir sua voz, o canto conjunto ao som dos atabaques e pífaros reverbera em seu coração, dando-lhe uma sensação de pertencimento que, esta sim, lhe inspira altruísmo e fraternidade. E mais: desperta-lhe profundo sentimento de solidariedade ao sofrimento das famílias desunidas e às penas do povo das ruas, dos desvalidos. Como se as dores que sentem a fortalecessem na missão que estará ligada ao dom que a Natureza lhe deu. O maior conflito? Não saber para onde nem como direcionar seu talento. A avó lhe pede paciência e fé. No instante certo, o santo virá e lhe revelará os caminhos traçados nas linhas de suas mãos, na sola de seus pés, nos fios de seus cabelos.

Capítulo 02

CAÍQUE

Dizem que é o demônio – lugar-comum. Mais esperto que o dito, faz coisas que Deus duvida. Olhos fechados, dá nó cego em pingo d'água e, mãos bem azeitadas, pega peixe ensaboado. Asas nos pés, vai ao inferno e volta enquanto o diabo esfrega o olho. Lá embaixo, por mais baixo que seja, nada o segura, nada lhe acontece. Com o mal não se queima, e até brinca. Explico. Para ele, fogo não é castigo, é luz que indica saídas, atalhos, rotas de fuga. Quer saber por quê? Olhe bem para ele. Corpo fechado e alma escancarada, porque é bom na essência. Os riscos que corre lhe dão prazer, espécie de troco à sina madrasta que cedo roubou o que lhe era sagrado: a mãe Josefa, o pai Mariano, seu vira-lata Linguiça, a casa, o aconchego, tudo – chuva maldita. Oito anos incompletos, e a água o lançou assim à própria sorte. Por isso, a vê como inimiga mortal. Fazer as pazes? Nunca! O fogo, sim, briga para defendê-lo. Este, Caíque ama e respeita. E, porque se esconde e arde dentro dele, água nenhuma o apagará – ele jura toda vez que o céu desaba.

Por algum tempo, morou com uns vizinhos que o acolheram, mas não deu certo, nenhuma chance, imagine. Ele queria era sua casa de volta, com a mãe, o pai, o cachorrinho. Impossível, esquece, tentavam convencê-lo, e perdiam a paciência. Ele se irritava, todos se irritavam, culpa de ninguém. Até que veio a briga maior, o não quer comer não come, o prato tirado da mesa e o resto de comida atirado com raiva no lixo. Raios, praga de menino! Hora infeliz que trouxemos ele aqui para dentro! Podia ter ido junto com os pais e o cão! Era melhor para todo mundo! Ele ouviu. Foi a gota d'água – sempre ela. Só que, desta vez, foi diferente. Nesse pingo, que pulou para fora de seu pote de mágoa, ele deu nó muito bem dado e mudou sua história. Para seu espanto, não chorou. O fogo que pegou dentro dele o secou inteiro. E ele correu porta afora do jeito que estava. Deixa ele ir, deixa! Chama, não! Traste! Quando precisar, ele volta, espera só pra ver! Um dia, dois, uma semana, um mês. Anos se foram. Não mais voltou. Aquela casa não era a sua, aquele povo não era o seu.

Era pouco mais de meio-dia quando desceu desembestado o morro e foi parar na Central do Brasil. Sentiu medo de toda aquela gente andando de um lado para outro, gente que parecia perdida que nem ele. Deu vontade de pegar o primeiro trem e fugir para bem longe dali. Por que não? Agora ninguém mandava em sua vida, podia fazer dela o que quisesse. Achou graça, a ideia da travessura o alegrava. Cara de cão sem dono, inventou que havia perdido a carteira, que precisava ver a família, e passou a grade giratória junto com um velhote simpático que o aconselhou a não ficar solto por ali, lugar perigoso, de más companhias. Ele ouviu por ouvir, agradeceu e logo debandou. Nas plataformas, não escolheu destino – qualquer um lhe servia. O importante era se aventurar, conhecer lugares diferentes, a janela aberta, o vento no rosto, as paisagens passando lá fora, a barulheira que combinava com a sua.

Gastou a tarde no sacolejo dos trens, indo até Saracuruna, última parada, e retornando à Central. Depois, enjoou da brincadeira. Escureceu, e ele voltou a sentir medo. E fome. Burro! Podia não ter feito tanta pirraça e comido aquele resto de comida. Estava fria, mas pelo menos dava para encher a barriga. Agora, sem dinheiro, sem nada, não sabia o que fazer. Viu pedintes na estação, largados pelas paredes, as mãos estendidas. De uns, sentiu pena. De outros, nem tanto. É que, pelo faro, já via a diferença entre verdadeira miséria e miséria encenada. Pronto! O fogo lhe acendeu a ideia: miséria encenada era seu caso, manual de sobrevivência na selva. Por ainda estar limpo e mais ou menos cuidado, a mentira tinha de combinar com a figura decente. De início, sentiu vergonha de pedir, mas a necessidade lhe deu ousadia, e se chegou àquela que seria a primeira pessoa na vida a lhe dar esmola. Uma mulher dos seus cinquenta e poucos anos, nordestina, sacudida. Diarista, com certeza. Saiu da estação do metrô em direção aos trens. É claro que voltava do trabalho e deveria estar com o pagamento.

– Tia, por favor, me ajuda a ir pra casa, perdi meu dinheiro.

Ela nem olha, continua andando.

– Tenho não, meu filho, estou com pressa.

– Por favor, tia, qualquer coisa serve.

– Não tenho, já disse.

No desespero, ele muda o tom.

– Tem, sim, que eu sei. Não quer dar, não dá, mas não mente!

Ela para, olha para o pequeno abusado com indignação.

– Está me chamando de mentirosa?!

– Estou. Mostra aí que eu quero ver se você tem ou não tem algum trocado.

– Pois eu acho que aqui quem está mentindo é você.

Caíque se desconcerta, emudece, não sabe o que dizer.

– Está vendo só? Cara deslavada de mentiroso.

Ele desata a chorar. Não é cena, é dor de verdade. A mulher se emociona, sente pena. Pelos anos, reconhece sofrimento de longe.

– Não precisa ficar assim, eu também menti. Posso te dar alguma ajuda, sim.

Caíque olha para ela, funga, enxuga o nariz e os olhos com as mãos.

– Mas você também vai ter que falar a verdade. Quer dinheiro para quê? Pra voltar pra casa é que não é.

– Estou com fome.

– Onde estão seus pais?

O tom é duro.

– Não tenho pai nem mãe.

– Deve ter alguém.

– Tinha, não tenho mais.

A mulher balança a cabeça em desaprovação.

– Está fugido.

Ele chora e ri ao mesmo tempo.

– Estou. Pra lá, não volto nunca mais. Prefiro morrer de fome.

– Tudo bem, você é que sabe. Também saí de casa cedo, mas não desse jeito torto.

Caíque não quer conversa.

– Estou com fome. Já disse, não disse? Então? Vai me ajudar?

– Seu atrevido. Vem comigo, eu te pago o lanche.

O moleque abre sorriso maroto.

– Sério?

– Já perdi o trem, agora vou ter que esperar. Por tua causa, raça ruim.

Ele sabe que a zanga foi da boca para fora, que veio até com boa dose de carinho. A alegria que sente é inédita, não só porque vai comer, mas porque conseguiu se virar sozinho – o auxílio foi conquistado, não veio de graça. Sente-se vitorioso. Felicidade é isso? Enquanto come, desanda a falar. Explica que tem planos para o futuro, que já viajou muito de trem e que, se Deus quiser, a vida dele a partir de agora vai ser outra. Quer apostar? Mesmo cansada, a mulher ouve todas as bravatas com maternal paciência, mas outro trem irá partir dentro de minutos, e ela não pode mais se demorar. Problema nenhum, qualquer hora se encontrarão de novo e, da próxima vez, ele paga o lanche – é convite. Ela sorri, lhe faz festa na cabeça e se vai.

Nunca mais se viram. Como não sabia disso, naquela noite, ele pensou que o mundo era fácil. Com uma abordagem bem-feita e um drama bem contado, conseguiria o que quisesse. A tal miséria encenada seria o jeito lucrativo de recomeçar a vida. Agora, precisava apenas arrumar um chão para se esticar e dormir.

Capítulo 03

VÁ FAZER ALGO QUE PRESTE!

Vá estudar ou trabalhar! Enraivecido, o homem o enxotou como se fosse um animal desprezível. Caíque não reagiu, ouviu calado – é que a bronca lhe deu um sacode forte. Sempre pensava na escola e se atormentava com a ideia do que perdeu, das esmolas catadas das tias e dos tios, dos dias ociosos. Gostava de estudar, mas como voltar às aulas se deixou para trás o uniforme, cadernos, livros? O que faria a professora ao saber que ele fugiu da casa onde estava? Ela o aconselharia a voltar e o devolveria à família que não era a sua? Nem pensar, perda de tempo, não ia adiantar nada mesmo. Dos colegas, sentiria vergonha. Como olhariam para ele maltratado daquele jeito? Já não era a figura falante, que perambulava pela Central e arredores abordando as pessoas à cata de uns trocados. Tornou-se conhecido, ninguém acreditava mais em sua lábia. Os nãos passaram a ser a regra, e os dias de fome, frequentes. Enfraquecido, o corpo foi se acostumando com eles.

Vá fazer algo que preste! Vá estudar ou trabalhar! O passa-fora violento – bem alto para que todos ouvissem – funciona como uma espécie de alarme: desperta-o da apatia e, o mais importante, lhe dá de presente a raiva de que precisa para sobreviver. Lembra-se de seu pai que certa vez lhe disse a liberdade ter um preço; a segurança, outro – já miúdo era ambicioso e irrequieto, repetia sempre que iria aprender todos os idiomas e conhecer todos os países do mundo. Por quê? Ora! Detestava aquela história da Torre de Babel, quando Deus desce à Terra só para fazer com que a humanidade não falasse mais a mesma língua e, portanto, não mais se entendesse! Crueldade, covardia! Só porque queriam construir uma torre que fosse até o céu?! Coisa mais bonita, ambição mais linda! E o tal Deus, assim do nada, por conta própria, decide acabar com o projeto! Pois bem, pensou que, se todos falassem todas as diferentes línguas, as pessoas voltariam a se compreender, não para construir torres que levassem ao Deus maldoso, mas para viverem em paz, aqui nestas nossas alturas. Esse era seu sonho enquanto os pais eram vivos.

Por enquanto? É a guerra nossa de cada dia. Faz quase um ano que se esconde naquela trincheira comendo na mão dos outros, tudo cada vez pior. Se antes dependia de alguém, bem ou mal, tinha teto e alimento – viviam lhe esfregando isso na cara, é verdade, mas a escola compensava. Escola meio caída, pobre, malcuidada. Que importava? Foi seu lugar de aprender. Professora Aurora, sempre paciente com ele; e alguns colegas, espertos e divertidos. Saudade da professora Aurora. Nada de pressa e ansiedade. Primeiro, aprenda bem a língua portuguesa, Caíque. Depois, sim, cuide de aprender as outras. Agora, nem o português pode estudar. Raiva. Muita raiva. Vá fazer algo que preste! Vá estudar ou trabalhar! Ah, é? Se estudar não pode, vai encarar trabalho. Trabalho que combine com sua atual aparência e com essa raiva que acabou de ganhar de graça, no passa-fora odiento. Tem mal que vem para bem, sua mãe ensinava. Não será o seu caso, mas ele dá de ombros. O mal lhe abriu os olhos, lhe deu impulso para pular fora da trincheira e se arriscar no verdadeiro campo de batalha. Mira-se no primeiro espelho que encontra, faz pose. A raiva que o alimenta combina com o cabelo desalinhado, a roupa surrada. Gosta do que vê e faz acordo consigo mesmo. Não quer mais os olhares de pena, de desprezo ou indiferença. Agora, vai atrás dos olhares distraídos, dos olhares desconfiados, dos olhares de medo. O que lhe falta? As tais más companhias. E essas, ele sabe muito bem onde encontrar.

O aprendizado é rápido e bem-sucedido. Sua inteligência e agilidade impressionam até os mais experientes do bando. Poucos meses, e a coleta é bem mais farta que um ano inteiro de esmolas. E esse é apenas o começo de sua história, afirma sem medo de errar. O melhor de tudo? Tornou-se ativo, atuante, dono dos seus passos e nariz. Aquele Caíque dependente e passivo diante da vida não existe mais, morreu para o mundo, triste passado. Hoje, é o Caíque mão-leve, levíssima, que determina quando e como ganhar dinheiro. E se tem talento para o roubo, melhor usá-lo sem culpa, porque a culpa enfraquece. O que o sustenta? Nem é mais a raiva – que a coitada já ficou lá atrás, esquecida. Agora, o que lhe dá confiança é a certeza de que um Algo Maior rege o seu destino. Deus? Não mesmo. Deus está longe demais, alto demais, e muito ocupado em confundir as pessoas. Não sabe explicar o que é, nem ousaria, mas uma coisa é certa: ser dono de seus próprios caminhos é bênção – venha ela de onde vier. Assim, vai tomando decisões sem pestanejar. Da mesma forma que aquele Caíque da Central não existe faz tempo, este, que atua nas imediações da Rodoviária Novo Rio, está com os dias contados. Com o bando, aprendeu o que tinha que aprender, mas não vê ali futuro algum. As drogas dominando o grupo, adoecendo, matando aos poucos um a um. Sorte a dele que até hoje escapou com vida e ileso. Tem estrela. Quer prova? De todos, o mais novo, e o único sem passagem pela polícia, porque vaza na hora certa. Enfim, anda cansado dessas companhias. Não lhes quer mal, ao contrário, torce por elas. Mas agora chega, precisa cair fora e tomar rumo – esse povo também não é o seu.

Hoje, Caíque completa nove anos de idade. Decide já passar o aniversário sozinho, afastado da molecada. Paga por um bom banho lá mesmo no banheiro da rodoviária, se arruma do melhor jeito e... Sabe para onde ele se manda? Não se espante: para o Convento de Santo Antônio, no largo da Carioca. É que de repente lhe bate uma saudade estranha do dia em que lá esteve, uma vontade de reviver a cena que o marcou aos seis anos. Orientado pela mãe, respeitoso, pousou um saco de pães franceses ainda quentinhos no altar do santo. Havia uma placa onde se lia: PÃO DOS POBRES. Achou curioso doar pão em vez de dinheiro, mas foi bonito imaginar quem iria se alimentar do presente. Rezaram juntos uma ave-maria e um pai-nosso. E saíram, ele levado pela mão, olhando para trás, para o majestoso altar. Chamado ou o quê?

Enquanto o ônibus trafega pela avenida Presidente Vargas, se pergunta o que sentirá ao entrar de novo na igreja sem a mãe e sendo ladrão. Isso mesmo, ladrão – pensa na palavra com todas as letras. Mas hoje é dia de festa, releva. Pagou a passagem direitinho, passou pela roleta e até comprou na padaria dois pãezinhos para homenagear o santo – o tal Antônio casamenteiro.

Pronto, é hora. Entra pelos portões do convento, sobe a rampa de pedras portuguesas, envereda pelo túnel e toma o elevador que leva ao último piso. As poucas pessoas olham para ele – embora de banho tomado, chama atenção pela roupa suja, desbotada, o chinelo de dedo e, principalmente, por estar sozinho. Conhece aqueles olhares de desconforto e receio. Discretamente, uma senhora passa a bolsa para o lado oposto ao de onde ele está. Caíque sente pena, mas não pode fazer nada para tranquilizá-la, dizer que é aniversário dele, por exemplo. Só faz segurar o saquinho com os pães e abaixar a cabeça em sinal de respeito, que hoje é dia de festa, e não de trabalho. Leve solavanco, chegam. A tensão só acaba quando ele toma a iniciativa de segurar a porta de saída para dar passagem e causar boa impressão. Pelos agradecimentos, acha que conseguiu.

Sinto um aperto no peito toda vez que vejo uma cena assim – as pessoas estão certas por desconfiar da surrada figura do menino, que, aliás, de anjo não tem nada. Minha tristeza é porque Caíque recebeu boa educação até os sete anos, quando sofreu aquele baque e se perdeu logo no início do caminho. Há séculos, em mim, a história se repete, fatal – crianças se desorientam pelos mais variados motivos. Desamparadas, tudo lhes falta: sentido, estudo, amor. Por que me comovo com esse brasileirinho? Porque me vejo nele: o tipo, o jeito e a determinação para se acertar, ainda que tudo esteja errado à sua volta. E porque, pelas mãos do Algo Maior, cumprirá missão e esbarrará com Inaiê, outra nativa de topete. O tranco será forte e terá consequências. Posso não ser do primeiro mundo, como dizem os endinheirados e os estudiosos. Mas, por terrenos poderes e boa sina, tenho voz, presença marcante no planeta – o que produzo, meu tamanho e a Natureza inspiram respeito aos meus iguais. Portanto, preste atenção na história que lhe vou contar, e entenderá por que, para realizar meu sonho maior – de união, paz e saber –, estarei ao lado dos meus tantos Caíques e Inaiês, torcendo por eles, ou seja, torcendo por mim.

Capítulo 04

O corpo de Cristo

Caíque remancha para entrar na igreja. Perambula pelo pátio externo, chega à secular muralha de granito e se debruça para admirar a vista: o movimento no largo da Carioca às onze horas de uma quarta-feira, os altos prédios comerciais. Quanta gente atrás daquelas janelas, realizando trabalho sério, honesto, que dá futuro! – ele pressupõe que assim seja e sente uma pitada de inveja. Quando crescer e for alguém, quer trabalhar em andar bem alto, no mais alto que houver, aqui mesmo nestas nossas alturas, no céu da Terra, céu dos pássaros e das nuvens. Para que azul mais alto? Se não sabemos como é o céu do Deus que veio para nos separar e desentender, melhor não nos aventurarmos em conhecê-Lo. Melhor deixá-Lo de lado, reinando triste e falando sozinho lá em Seu inalcançável esconderijo.

Música e canto de muitas vozes lhe chegam aos ouvidos, Caíque se volta para a entrada da igreja. As luzes agora estão todas acesas, seu coração se alegra com aquela surpresa festiva. Ele cria coragem e, com o saquinho dos pães na mão, caminha devagar em direção ao altar onde, acompanhado de sua mãe, ainda pequenino, fez a curiosa doação. Emociona-se porque ali nada mudou. Até a plaquinha onde se lê PÃO DOS POBRES continua no mesmo lugar. Reverente, até com certo temor, repete o gesto e pousa seus dois pães sobre o altar. Depois, contrito, consegue rezar a ave-maria inteirinha. Do pai-nosso, já não se lembra. Balbucia apenas a parte que diz: "O pão nosso de cada dia nos dai hoje".

Novas ladainhas, novos cantos – a missa não espera por ninguém. O nosso visitante segue pelo corredor lateral e toma assento. Na outra ponta do banco, uma mãe preta se acomoda – a senhora, ao percebê-lo, abre sorriso franco, que ele devolve com discreto e alegre aceno de mão. Depois, se benze rápido e olha à sua volta procurando acompanhar a celebração. É fácil, descobre. Basta ler o que está no folheto à sua frente e imitar o que as pessoas fazem: levantar, sentar, ajoelhar. No ato da consagração, ele se lembra das vezes que perguntou à mãe quando iria provar a misteriosa hóstia. Falta muito? E ela, sempre ocupada: Falta. Por quê? Porque você ainda não tem idade, e tem de se preparar primeiro. Se preparar como? Arrumando a casa e o jardim que estão dentro do seu coração. Mas como?! A cada boa ação, a casa e o jardim ficam mais bonitos; uma má ação e, pronto, eles ficam feios, o mato cresce, a casa se enche de lixo. Puxa, muito trabalho, isso aí. Mas é assim que funciona. Que gosto tem a hóstia? Na hora, você vai saber.

Pois a hora chegou. Forma-se a fila para a comunhão, ele observa que alguns fiéis põem a hóstia na mão e a levam à boca; outros, de mãos postas, simplesmente mostram a língua. Não há mistério algum, deduz. Animado, caminha solene em direção ao altar-mor. Saberá, por fim, como é o gosto do corpo de Cristo. Súbito, pelos tantos roubos, lembra que a casa e o jardim dentro dele devem estar uma bagunça danada. Mas ninguém naquela igreja há de saber, e a mãe talvez tenha ido até lá dar uma arrumada, só para ajudá-lo, e o filho do Deus há de ser mais tolerante que o pai. Chega sua vez, ele abre a boca, ouve a voz monocórdia do frade.

– O corpo de Cristo...

Sem responder, continua de boca aberta. O frade repete.

– O corpo de Cristo...

Ele se aflige, transpira. Mãos no coração, não consegue fechar a boca nem sabe o que fazer. O celebrante logo entende o que se passa, olha-o com compreensiva paciência.

– Diga "amém", meu filho.

Bastante assustado, ele repete a seu modo.

– Amém. Muito obrigado, seu padre.

Recebe um sorriso e a misericordiosa comunhão. Com alívio, volta para o seu lugar, ajoelha-se, fecha os olhos, vê a imagem de sua mãe – aprendeu com ela que hóstia não se mastiga. Assim, deixa-a se desfazer aos poucos. O gosto não tem nada a ver com paladar, constata. Tem a ver é com o Algo Maior que rege os seus passos, o seu destino. Olhos sempre fechados – agora, bem apertados –, ele cuida para que a hóstia se mantenha presa ao céu da boca, o céu mais perto que conhece, o céu escuro que é só dele. De nada adianta o esforço. Salivado, o último pedacinho do corpo de Cristo vai embora, desce com a água que brota na boca e desaparece coração adentro, que é onde se encontram sua casa e seu jardim. Tem certeza de que a mãe passou por lá e pôs tudo em ordem para ele receber a visita de Jesus. Ouve alguém chamá-lo pelo nome de batismo numa quase pergunta – Caíque? Os olhos se abrem naturalmente. A mãe preta – que pelos cabelos brancos bem podia ser sua avó – já não está, o frade e o ajudante já não estão, as luzes se apagaram. A missa acabou, quase todos se foram. Quanto tempo ele ficou ali em silêncio? Oração sem palavras, sem nada, só o pensamento na rodinha de pão transparente se desfazendo. E agora? Para onde vai com o jardim limpo e a casa arrumada? Impossível conservá-los assim, prevê. Promete que, pelo menos hoje, seu aniversário, a mãe e o pai terão orgulho dele.

Longe dali, por coincidência ou não, Inaiê conversa com sua avó sobre o lado oculto dos seres e das coisas, os mistérios que fazem parte da vida de todos nós, países e pessoas. Mistérios que, inutilmente, tentamos desvendar, porque são desígnios de forças superiores que, fora do nosso alcance, nos governam e orientam. Faz três anos que ela se mudou para Olaria, nunca mais esteve com os pais, porque na casa de Firmina eles não pisam. E a adolescente rebelde também não sente o menor desejo de revê-los. Melhor então deixar quieto, aconselha a avó, porque o que não tem solução solucionado está. Quem sabe um dia não fazem as pazes? Afirma que o importante é não desejar mal a ninguém. Que Benedito e Marta sejam felizes, que o Céu os proteja e ajude lá onde estão e, a elas duas, não desampare. Sempre ensinou o filho a ter respeito pelo Sagrado, ser temente a Deus, aos santos e aos espíritos. Então? Trabalho feito, reza por ele, e pronto. E que tudo isso sirva a ela, Firmina, como lição de humildade. Inaiê discorda com veemência. Fazer as pazes? Só se os pais forem a Olaria. Os errados são eles.

A velhota sorri, as coisas não são tão simples assim. Volta e meia, a vida nos apresenta questões complexas que exigem cautela e reflexão, mas as pessoas andam muito cansadas, não conseguem pensar direito. Então polarizam, porque é mais cômodo simplificar com discurso raso e fácil: "Nós somos bons, eles são maus". "Nós somos justos, eles, injustos." "Nós estamos certos e eles, errados." Esquecem-se de que posições extremas só trazem mais divisões, desavenças e desentendimentos. É preciso ir mais fundo nos motivos que nos unem ou nos separam, procurar entender o outro, saber por que agiu desta ou daquela forma. Mas pensar dá trabalho, cansa mesmo. Inaiê acaba concordando, vai tentar ser mais paciente e menos impetuosa. Anda pelo salão, se detém diante do altar das devoções. Sente que aquelas imagens têm o simbolismo e a força de uma história de luta e resistência. Que elas lhe tirem do coração essa mágoa que é atraso e não leva a lugar algum, admite. Ainda é muito jovem, toda uma vida para viver! Pede a Oxalá que a ajude a se concentrar no que ainda vai realizar, nos seus estudos e no dom que a Natureza lhe deu, que é a sua voz.

Sentada à sua cadeira de balanço, a velha Firmina desfia suas contas de ébano, que agregam ou dissipam, trazem para dentro ou lançam fora. Chama pela neta, quer tê-la novamente a seu lado. Segura-a firme pela mão e, olhar distante, conta que teve súbita visão que a transportou para uma igreja. Assistia a uma missa – sim, era uma missa festiva – quando um menino de seus nove anos se sentou no mesmo banco. Embora afastados, trocaram cumprimentos. Ela sorriu e ele acenou, como se fossem conhecidos. Depois, percebeu o quanto o pobrezinho se atrapalhou na hora da comunhão. Sentiu pena e se comoveu quando ele, muito assustado, recebeu a hóstia. Viu tudo com impressionante nitidez.

– Vocês dois estarão unidos pelo destino, eu vi. Mas muito cuidado, Inaiê, porque vento que sopra para o alto também pode ser redemoinho que adentra a terra.

– O que isso quer dizer, vó?

– Perdas e rixas familiares ancestrais trazem mágoas e ressentimentos profundos. É preciso força e paciência pra gente curar velhas feridas. Caso contrário, até os bons se perdem pelo caminho.

– Ele frequenta as sessões, vó?

– Não. Nem há de frequentar. O tempo dele é outro.

– É do bem?

– Isso não me cabe dizer. O futuro se encarregará de mostrar. O que importa é que ele poderá levar você de volta a um passado muito distante, onde está seu bisavô Erasto, meu pai.

– Não entendo.

– Você entenderá na hora certa. Guarde apenas este nome: Erasto.

Firmina solta a mão da neta, o tom da voz agora é descontraí-do. Faz perguntas várias, rotineiras, sobre os estudos, as amizades, os namoros... Temos amor novo a caminho? Não? Nenhunzinho? Pois, então, que trate de arrumar algum, que a vida sem beijos e amores é desenxabida.

Capítulo 05

O MELHOR PRESENTE

Enquanto isso, Caíque aproveita seu aniversário com alegria incomum. Ali mesmo no Centro, pega o bonde amarelo que vai para o alto de Santa Teresa, e volta logo em seguida pelo simples prazer de viajar sobre os Arcos da Lapa. Gosta do barulho, do sacolejo daquele brinquedo elétrico todo aberto sem portas ou janelas. O vento no rosto, no corpo todo! Imagina sua casa e jardim limpos e arejados! O sol forte o aquece por dentro e lhe inspira caminhos. Da estação, segue novamente até o largo e a rua da Carioca. Algo lhe diz que ali será seu novo ponto. Adeus rodoviária, adeus molecada doida! Antes só que mal acompanhado, aprendeu cedo. O coração se felicita, porque tem trocado para o lanche e a fatia de bolo. Imagina uma vela com o número nove acesa, cantada e soprada com palmas por ele mesmo. Mais ninguém, que importa? Pelo menos hoje, seus pais e Linguiça estarão por perto, ele sente, quase ouve, quase vê.

Caíque não sabe, mas o melhor presente está por vir. Indo em direção à praça Tiradentes, descobre uma loja de livros usados. O empoeirado sebo exerce sobre ele fascínio e encantamento nunca experimentados. Talvez pela pobreza solene, a desordem aparente e o silêncio do lugar. Curioso, vai entrando, quando é surpreendido por uma voz de homem vinda lá do fundo. Forte sotaque árabe.

– Deseja alguma coisa, rapaz?

Seu peito estufa e ele se empertiga, sente-se importante – é a primeira vez que alguém o trata por rapaz. Serão já os nove anos a fazer diferença em seu corpo? Ele fixa o olhar no senhor trigueiro, de barba e cabelos grisalhos, que permanece sentado, almoçando. O prato de comida e a taça de vinho se perdem sobre a extensa mesa coberta por pilhas de livros, pastas, papéis, canecas com muitos lápis e canetas, um pesado computador e um telefone fixo.

– Por que está aí parado com essa cara de palerma?

Caíque acha graça do sotaque. Vai ao que lhe interessa.

– Tudo isso aqui é seu?

O homem não responde de imediato. Sem tirar os olhos do intruso, dá um bom gole no vinho, pega um naco de pão e põe na boca.

– É, sim. Tudo de Faruk. Por que quer saber?

Caíque olha ao redor, coça a cabeça.

– Duvido que você leu esses livros todos.

– Você é bobo mesmo. Isto aqui não é a biblioteca de Faruk, rapaz. É uma loja. Faruk compra e vende livros.

Caíque gosta de ser chamado de rapaz. Parece se afeiçoar ao homem, acha engraçado o jeito de ele falar. Com sotaque, repete baixinho, enquanto observa a quantidade de estantes e gôndolas.

– "Faruk compra e vende livros..."

– Hã? Que foi que disse?

O folhear ligeiro de um livro é disfarce. O tom agora é outro.

– Você se chama Faruk?

– Sim. E você?

– Caíque.

– Bonito nome, fácil de dizer.

– Você acha mesmo?

Faruk se impacienta.

– Muitas perguntas, muitas!

– Hoje é meu aniversário.

– Nem conhece Faruk e já quer presente.

Caíque fica magoado com o que ouve.

– Não quero presente porcaria nenhuma! Já comi meu bolo, já cantei parabéns e tudo! Falei só para alguém saber.

Faruk se desconcerta, se arrepende do que disse.

– Desculpe. Faruk não falou por mal.

– Tem problema, não.

– Venha cá. Venha receber um abraço de parabéns e felicidades.

O quê?! Abraço de parabéns e felicidades?! Caíque não acredita no que ouve, se emociona. A última vez que recebeu um abraço desses foi de seu pai e de sua mãe. Ainda incrédulo, se aproxima devagar de quem, sempre sentado, o chama de braços abertos. Os dois se encaixam como peças de um quebra-cabeça. Caíque se demora o mais que pode, só desfaz o abraço quando sente dois tapinhas nas costas que sinalizam o "agora chega". Os dois sorriem e se olham como se quisessem se reconhecer de algum tempo ou lugar.

– Você sabe ler?

– Claro! Na escola, sempre fui bom em leitura.

– Escolha o livro que quiser. Presente de Faruk.

– Sério?!

– Se Faruk diz, não duvide.

– Puxa, são tantos! Como vou saber?!

– Você gosta de que história, de que assunto?

Caíque responde com convicção.

– Quero aprender todas as línguas do mundo! Todas!

– Ambicioso, hã?!

Faruk finalmente se levanta. Com ligeiro gesto de mãos, faz com que Caíque o acompanhe até uma das várias estantes.

– Vê isso aqui? São livros que ensinam línguas estrangeiras. Português-francês, português-inglês, português-alemão, português-italiano, português-árabe, o que você imaginar!

Os olhos de Caíque brilham.

– Nossa! Que bonito, tanta língua diferente! Gosto de todas! Como é que eu faço?!

– Calma, rapaz. Uma só e pronto.

Mãos postas, Caíque pede encenando.

– Pelo menos, duas, por favor.

– Está bem, está bem, mas Faruk escolhe.

O velho vai passando os olhos pelas fileiras de livros, retira um e depois outro. Dá umas batidinhas neles – como um afago para lhes tirar a poeira.

– Pronto, aqui está: *Espanhol sem mestre* e *Inglês sem mestre*. Mais útil para você.

Caíque pega os dois livros como se fossem joias raras, felicidade que transborda. Faruk se enternece com a cena.

– Aí tem as frases mais comuns, a pronúncia, tudo. É só decorar.

Incontido, Caíque torna a abraçar seu novo amigo.

– Você pode levar os livros para a escola, mostrar à professora, aos colegas, dizer que é presente de Faruk.

Silêncio. Os dois se afastam.

– Que é que acontece? Que cara é essa?

– Não vou mais pra escola.

– Como não vai mais para a escola?!

Caíque resume sua história: a perda dos pais, a fuga da casa dos vizinhos, a vida nas ruas. Não fala nada dos roubos, diz apenas que vive de esmolas, que dorme em viadutos perto da rodoviária. Faruk desconfia, acha-o esperto demais para se contentar com caridade.

– Você tem amigos?

– Já tive. Não tenho mais. Nem eram amigos.

– Triste. Muito triste isso que você conta. Um rapaz como você dormir na rua. Viver assim, sei lá como.

Caíque apenas ouve. Faruk olha em seus olhos, é direto.

– Desculpe, mas Faruk não acredita que você vive só de esmola.

Caíque lembra que sua casa e seu jardim estão limpos e arrumados, não pode mentir e estragar todo o serviço de sua mãe. Pelo menos hoje, tem de falar a verdade. Toma coragem, rapaz que é.

– Já roubei, sim. Pronto, falei. Não vou mentir no dia do meu aniversário.

Faruk é libanês desconfiado, ele e a mulher vieram para o Brasil em 1977, por causa da guerra civil em seu país – já não suportavam presenciar tantos massacres e enfrentamentos entre cristãos e muçulmanos. Ficou viúvo há dois anos, não tem filhos, vive sozinho. Embora solidário, não gosta nem um pouco do que ouve.

– Faruk passou muita dificuldade e fome por causa da guerra. Mas nunca tirou nada de ninguém.

– É o meu trabalho.

O velho dá um tapa vigoroso na mesa, fala alto.

– Trabalho???!!!

O susto é tanto, que Caíque deixa os livros caírem no chão, mas logo se abaixa para apanhá-los, enquanto ouve o que nunca pensou ouvir.

– Como tem coragem de falar uma coisa dessas?! Trabalho é sagrado, é suor honesto! Roubo é roubo! Não repita mais que roubo é trabalho! Entende?!

– Desculpa, foi mal. Você me perguntou e eu disse a verdade.

– Dizer a verdade é bom, mas dizer que roubo é trabalho, não! Entende?!

– Entendo, entendo! Roubo é roubo, trabalho é trabalho!

– Fale baixo! Faruk fala alto, Caíque fala baixo!

– Quer que eu vá embora, então?

O velho se afasta, volta para sua mesa, senta-se, mas logo se levanta de novo – está dividido, gosta do moleque, mas não quer problemas a essa altura da vida. Discute calado consigo mesmo. Um ladrãozinho que deve ter amigos iguais a ele. Que fazer, meu Deus? Os olhos dão com a capa do livro que está logo à sua frente: *Oliver Twist*, de Charles Dickens. O coração se aquieta, a resposta parece clara e direta. A cabeça decide ajudar, mas alerta que, com aquele tipinho orgulhoso e esperto, todo cuidado é pouco.

– Você quer trabalhar de verdade?

– Claro, que pergunta.

– Atrevido, você.

– Acho melhor eu ir embora. A gente não vai se entender mesmo. Culpa de Deus e daquela maldita Torre de Babel. Muito obrigado pelo presente.

Caíque põe os livros debaixo do braço, como quem se prepara para sair. Faruk não leva a sério.

– Culpa de Deus, maldita Babel, quanta bobagem! Você fica.

– Você não manda em mim.

– Claro que não. Mas se você ficar, tem lugar para comer, dormir, e trabalho para fazer. E, aqui dentro, Faruk vai mandar, sim. Você é livre, rapaz, para escolher.

Mais uma vez, Caíque custa a crer no que ouve. A oferta é mais que boa, só espera que o amigo não seja igual àqueles vizinhos que sempre lhe esfregavam na cara o que lhe davam. E o velho já foi logo avisando que será patrão, que vai mandar nele. Puxa vida, tudo para dar errado. Pesa prós e contras: gosta de ser livre, de dormir na rua, ir para onde quiser sem horário, sem dar satisfação a ninguém. Mas ali, ele terá teto, comida, trabalho e, o mais importante, todos aqueles livros de línguas estrangeiras à disposição. Poderá até guardar os que ganhou na estante!

– Eu fico. Mas tem uma condição.

– Hã?! Não tem condição nenhuma. É ficar ou ir embora.

– Não quer nem ouvir, viu? A gente não vai dar certo. Tchau!

– Ei, espere! Que condição? Fale!

Caíque volta, sente-se vitorioso.

– Além destes dois livros que você me deu, quero todos aqueles outros que você me mostrou.

Sonora gargalhada de gozação com pitada de irritabilidade.

– Faruk nunca conheceu ninguém tão presunçoso como você! Se conseguir aprender essas duas línguas aí, já vai ser milagre!

– Já falei. Todos ou nada feito.

A decisão custa a sair e, quando sai, vem de cara fechada.

– Tudo bem. Pode abrir, ler, estudar todos eles, mas os livros são da loja. Você não pode pegar e levar embora. Entende?

Um forte aperto de mãos sela o acordo entre os dois. Entusiasmado, Caíque pede logo para começar a trabalhar. Vai receber por semana, para aprender a controlar o dinheiro. O serviço? Limpar e, aos poucos, aprender a separar os livros que chegam, que é o básico. Depois, com o tempo, organizá-los por títulos e autores. O andar de cima serve apenas de depósito, mas tem um colchão sem lençol e um travesseiro sem fronha, melhor que na rua. No térreo, tem banheiro e, mais atrás, um fogão, um armário de mantimentos e uma pia que serve para lavar a pouca louça. Nos fundos, o melhor de tudo: uma pequena área externa com uns poucos vasos de plantas malcuidadas, mas que é boa para pegar um pouco de sol, respirar fundo e ver o céu. Primeiro problema: o fechar e abrir a loja. Faruk mora no Catete e levará as chaves.

– Vou ficar trancado?!

– Por enquanto, sim.

– Prefiro dormir na rua!

– Tudo bem, você que sabe.

– Não posso dormir na sua casa?

– Não.

– Por quê?

– Porque amizade leva tempo, confiança leva tempo, admiração leva tempo. Entende?

– Não. Eu já tenho amizade, confiança e admiração por você.

– Porque você é jovem, inexperiente, se ilude fácil. Faruk é velho, já foi enganado muitas vezes na vida e não acredita em estranhos assim de repente. Carinho pode ser no mesmo dia, até esperança pode ser no mesmo dia. E só. Entende?

Caíque se decepciona.

– E quando é que você vai ser meu amigo e acreditar em mim?

– Você vai dizer para Faruk.

Caíque coça a cabeça, se impacienta.

– Já vi que vai ser muito difícil isso aí.

– Agora, sim, você falou certo. Muito difícil, mas não impossível. Depende só de você. Entende?

Caíque dá de ombros, mas faz que sim com a cabeça. Depois, com disposição, mãos na cintura, pergunta se pode começar a trabalhar. Faruk gosta do que vê, está mesmo encantado com o ajudante improvisado. Como presente de aniversário, manda ele começar pela estante de línguas estrangeiras, que vá retirando os livros aos poucos, tirando o pó de cada um deles e os devolvendo depois ao lugar de origem. Caíque exulta. Que tarefa poderia ser melhor? O resto do dia passa num estalar de dedos. Quando se dá conta, o expediente encerrou, hora de fechar a loja.

– Quer mesmo dormir na rua?

– Quero.

– Está certo. Então amanhã, nove horas aqui.

– Não tenho relógio.

– Não venha com história. Você é bem esperto, sabe que tem muito relógio nas ruas. Pode até ver a temperatura.

Caíque acha graça.

– Combinado. Nove horas.

Faruk tira uns reais da carteira.

– Para janta e café da manhã. Não é pagamento. Pagamento quando completar uma semana.

O dinheiro é mais que bem-vindo.

– Valeu, Faruk.

– Vai dormir onde?

– Sei lá, por aí. Eu me viro.

– Cuidado, rapaz. Por favor, cuidado.

Faruk lhe faz um afago desajeitado na cabeça e se afasta. Caíque ainda chama por ele.

– Faruk! Você foi meu melhor presente!

Sem se virar, o velho dá um adeus de longe e segue adiante, nó na garganta. Lembra-se da decepção que sofreu com um jovem ajudante – desperdício, afeto inútil, ensinamentos jogados fora. Mas seu coração insiste em lhe afirmar que, dessa vez, a cabeça terá se enganado: sim, amizade pode nascer no mesmo dia. Que a confiança e a admiração venham com o tempo.

Capítulo 06

Vidas paralelas

Os meses seguintes correrão sem sobressaltos nas vidas de Inaiê e Caíque, até que a sorte mudará radicalmente para ambos. Afastados enquanto cumpriam suas rotinas sem surpresas, vão se esbarrar quando o destino os unir na adversidade. Explico-me. Inaiê estuda, faz o segundo ano do Ensino Médio. Também trabalha com reposição de mercadorias num supermercado, e ainda ajuda Firmina nas tarefas domésticas, na arrumação do centro e na preparação das sessões e rituais umbandistas. Por falta de tempo e pelo dinheiro curto, as aulas de canto ainda são um sonho a ser realizado, mas nada que a entristeça ou desanime. Sente-se privilegiada – a convivência com a avó é verdadeira bênção, e a casa de Olaria, sua melhor escola, seu paraíso.

Acontece que o tempo avaro vai recolhendo e contando os dias de todos os mortais. A cada aniversário, tira o lápis atrás da orelha, põe o grafite na ponta da língua e anota satisfeito: mais um! Firmina completou 84 anos em abril – muito bem vividos, diga-se. No mês seguinte, com a saúde já fragilizada, contraiu uma pneumonia que a maltratou até a noite de 24 de junho, quando finalmente descansou nos braços de João Batista, o Xangô, orixá da justiça e da sabedoria. Inaiê não se conforma, foi tudo muito rápido, sequer teve a oportunidade de se despedir da avó. Na semana anterior, a velhota havia apresentado surpreendente melhora – a tal visita da saúde, agora sabemos. Sentia-se mais disposta, se alimentava bem e já pensava até em reabrir o centro. A triste notícia chegou ao supermercado em pleno expediente: Firmina está muito mal. Dispensada, Inaiê correu para Olaria na esperança de ainda conseguir socorro e reverter a situação. Esforço inútil, tarde demais. Aconchegada em sua cama, a avó já havia partido para o Orum – serenidade de missão cumprida.

A dor de Inaiê é sentida pelos que estão à sua volta. Dor materializada em pranto, revolta, negação. E em medo, sim, muito medo. O que será do centro e do imenso acervo de imagens, das relíquias e de todo o rico aparato para as sessões? O que acontecerá com os fiéis que o frequentam? Que destino será dado à casa – seu abrigo, seu refúgio? Mas de nada valem conjecturas agora, há muito o que fazer e providenciar, e ela é a parente ali. Decisões precisam ser tomadas, como, por exemplo, avisar seu pai, único filho e herdeiro. Não, por enquanto não – pede para ficar a sós com a avó, um adeus particular, uma última conversa. Respeitosos, todos se retiram. Hora de abrir o envelope que Firmina havia lhe entregado anos antes com suas últimas vontades e instruções. Faca afiada, Inaiê abre a borda por onde sairá o papel com a voz silenciosa da ialorixá a lhe orientar os passos para o rito de passagem. Que Benedito só seja avisado depois de cumpridos os sagrados rituais. E assim é feito.

Firmina é vestida e purificada com incenso e água sagrada. Depois, ungida com óleos que a protegerão em sua viagem até a casa do Pai Eterno. Na urna, exposta sobre uma mesa no centro do salão, são traçados os símbolos de guarda espiritual. Por fim, o ministrante pronuncia algumas palavras sobre as virtudes daquela que, por tanto tempo e com tanta dedicação, se desincumbiu de suas pesadas responsabilidades terrenas. Concluída a breve prédica, o velório prossegue em preces silenciosas, enquanto Inaiê se retira para dar a notícia a Benedito – morte em vida é que é triste, sua avó sempre lhe dizia. Pois bem, agora, mesmo contra sua vontade, cumprirá a missão de ressuscitar o morto-vivo. Prefere telefonar – mais rápido e menos trabalhoso. Mas doutor Benedito não está, dona Marta também saiu.

– É urgente. Por favor, diz pro meu pai que eu telefonei. Minha avó Firmina faleceu. Conforme vontade dela, o velório já está acontecendo na casa em Olaria. A cremação será amanhã às onze horas, no Memorial do Carmo, no Caju.

Cercada de velhas amigas de Firmina e de alguns fiéis mais próximos, Inaiê passa a madrugada ao lado da avó. Com alguma expectativa, aguarda a chegada do pai, mas Benedito não aparece. Talvez amanhã, no crematório, quem sabe?

Dia seguinte. Com a ajuda de velhos frequentadores do centro, o corpo segue para o Caju e a cerimônia acontece na hora marcada. Mesmo sem a presença do pai, Inaiê não se deixa abalar. É como se Firmina estivesse a seu lado a orientando e amparando. De volta à casa, agradece aos que lhe dão apoio e fazem companhia, mas prefere ficar sozinha. Tem certeza? Sim. Ali, é lugar de paz e luz, garantia de que sua avó estará ainda mais perto, porque agora a vê por inteiro. E se o pai chegar de repente? Problema nenhum, o tratará com o devido respeito e lhe falará com o distanciamento habitual.

Todos se vão. Inaiê se vê dona e senhora de todo aquele espaço, não no sentido de posse, mas na certeza de que o momento presente lhe confere autoridade e reconhecimento pelo dever cumprido. Entende que reúne em si, firmemente assentadas, as três essências do ser: o Instinto, a Razão e a Emoção. O Instinto a leva ao terreiro. Descalça, sente a terra sob os pés, olha o céu e o interpreta com as nuvens que passam. Abraça as árvores e afaga as plantas, lava as mãos e o rosto no pequeno lago. Depois, a Razão a faz rondar pela casa: a sala, o corredor, os quartos, os banheiros, a cozinha – lembranças da vida cotidiana, o abrigo, o sustento, os estudos. Por fim, a Emoção a conduz ao salão das sessões. E é lá que se deixa estar. Deita-se no chão puro e, em ato de entrega, agradece aos Céus tudo o que lhe foi transmitido pela avó e mestra. Adormece. Na cabeça, bem ajustado, o gorro multicolorido feito pelas mãos escravizadas de sua trisavó Anastácia – presente de Firmina na semana saudável que antecedeu sua partida, e a mais bela história que lhe foi segredada sobre a ancestralidade. O gorro tem a força dos doze apóstolos e as cores dos doze orixás que, reunidas, significam: fé, amor, conhecimento, lei, justiça e evolução. Cabeça coberta por ele – reza a bênção – terá proteção, sorte e fortuna. A história? É longa. No momento certo, eu conto.

Vidas paralelas, eu disse. Disse também, que os meses seguintes correriam sem sobressaltos nas vidas de Inaiê e Caíque, até que a sorte mudaria radicalmente para ambos. Pois bem, no fatídico 24 de junho, quando Firmina nos deixou pelas mãos de Xangô, Faruk desapareceu sem dar notícias. Impossível saber o que houve. Caíque tem costume de se apresentar às nove horas, sempre com a loja já aberta e o dono em plena atividade. Ontem, esperou até as dez, onze, meio-dia, e nada de o amigo chegar. Primeiro, impaciência, raiva com a desconsideração. Queria ver se fosse ele, a bronca que ia levar. Depois, preocupação e medo de algo sério ter acontecido. Finalmente, às sete da noite, depois de ter caído no sono deitado na calçada em frente à livraria, Caíque acordou. Sentimento de perda e desamparo. Tristeza, desorientação. Mas não chorou – o fogo que arde dentro dele não deixou vir água pelos olhos. Passou a madrugada vagando pelas ruas, só que sem a costumeira sensação de liberdade. Maldiz a vida, a sorte. Outra peça que o Deus Pai lhe prega? Não, dessa vez será diferente, quer apostar. Faruk foi presente de aniversário e o tem ajudado a manter sua casa e o jardim em ordem. O Deus Filho, que ele conheceu e provou, é bom – insiste. Tudo vai dar certo, amanhã o amigo volta. Breve, completará cinco meses trabalhando de verdade, já tendo aprendido a organizar os livros por autor e alguns até por gênero literário. Do dinheiro da semana, sempre entrega parte para o chefe guardar, tudo anotado direitinho. Mais que amigo, Faruk é avô na Terra. Será mesmo? Então por que nunca o levou para conhecer sua casa, hein? Por que nunca lhe entregou as chaves da loja para que ele pudesse dormir abrigado? Houve vezes em que pensou em segui-lo escondido para descobrir onde morava, mas preferiu confiar e esperar o dia do convite, convite que nunca veio. E agora isso, essa ausência sem explicação. Quem manda ser amigo de velho? Quantas vezes falou para ele comprar celular para os dois? Seria mais fácil se falarem. Não e não, o telefone fixo da loja é mais que suficiente! Velho teimoso. Para que tanto estudo e leitura? Onde você está, Faruk? Onde você se meteu, meu amigo?

Hoje, enquanto Firmina era reduzida a cinzas, Caíque perguntava de loja em loja se alguém tinha notícia do seu Faruk, comerciante respeitado na vizinhança. Nada, ninguém sabia de coisa alguma. Talvez tenha viajado, tirado férias. Sem avisar? Não, não faria isso! Talvez tenha caído doente, ou até morrido. Morava sozinho. Então? Nesta vida, meu filho, a felicidade e o infortúnio chegam de uma hora para outra.

Essa última possibilidade o incomoda profundamente, porque é a que faz mais sentido. Ainda assim, Caíque prefere pensar em doença à ideia de morte. Prático, precisa é saber agora o que fará para sobreviver. Tem um bom dinheiro guardado com Faruk. Mas como entrar na loja a não ser como ladrão? Pretexto não falta, é claro. Seus livros de línguas estrangeiras também estão lá dentro. Nesses meses de trabalho, encontrou tempo para estudar o *Inglês sem mestre* e o *Espanhol sem mestre* com afinco. Fez progressos. Orgulhoso, o patrão lhe tomava as lições e testava o vocabulário. Impressionante, repetia. Parabéns, congratulava. Você vai longe, rapaz, vaticinava com olhos de certeza.

— Vou mesmo, amigo Faruk! Nem que eu tenha que sujar meu jardim de novo, bagunçar de vez a minha casa! Me aguarde.

Capítulo 07

Não seja por isso

Pode anunciar a casa, fazer o que quiser com ela e com tudo o que está ali dentro. Irá embora amanhã cedo, é só o tempo de arrumar a mala. Para onde vai? Não interessa, amizades não lhe faltam. Benedito fica pasmo com a segurança e altivez de Inaiê, parece a avó falando, o mesmo tom, a mesma autoridade.

– As roupas da vovó foram doadas para a caridade. As imagens e relíquias do centro, distribuídas entre os fiéis, respeitando o desejo dela. Não levo nada comigo que não tenha sido presente em vida.

Benedito – pasta de couro na mão e terno impecável – olha ao redor com ar de superioridade.

– Sua mãe e eu não queremos esses cacarecos velhos. Faça com eles o que quiser, é até um favor. Preciso da casa desocupada, apenas isso.

Inaiê acha graça.

– Você não mudou nada, pai. O mesmo desamor por sua história, a mesma indiferença por suas raízes, seu passado. Nem parece que nasceu e foi criado aqui. Que loucura!

– Esse passado morreu para mim, quantas vezes vou ter que repetir? Essa história já não existe faz tempo.

– Impossível, doutor Benedito. Por mais que o senhor queira, não pode construir um prédio do oitavo andar para cima. Os andares de baixo e, principalmente, os alicerces continuarão a fazer parte da sua vida.

– Ensinamentos de sua avó?

– Sim. O que sei de bom aprendi com ela. Como, por exemplo, não renegar os anos que vivi com você e mamãe. Quando cheguei aqui, fui batizada como Inaiê. É assim que sou conhecida. Mas amo Ester, o nome que vocês escolheram para mim. A ele, acrescento seus sobrenomes com gratidão. Pelo menos na assinatura, sempre tenho você e mamãe comigo.

Benedito balança a cabeça em sinal de desaprovação.

– Inaiê... De onde sua avó terá tirado isso?

– Da língua tupi. Significa "águia solitária".

– Ridículo.

– Por que ridículo? Do mesmo modo que Ester significa "estrela".

Benedito olha as horas.

– Bom, não vou ficar aqui discutindo essas bobices com você, tenho mais o que fazer.

Confere as chaves que já estão em suas mãos.

– Enfim, vai querer ficar com o que está aqui dentro ou mando o caminhão vir buscar?

Inaiê sente um aperto no coração, se esforça para responder.

– Me dá uma semana.

– Está certo: uma semana. E vê se toma juízo, se mira no meu exemplo. Trata de ser alguém na vida.

Benedito se retira sem beijar a filha, vivem em mundos diferentes. Já em menino, na escola, sentia vergonha da mãe solteira, pobre, pouco letrada. Depois que se casou e ganhou nome como advogado, tornou-se ainda mais distante. Hoje, envergonha-se também da filha, subempregada num supermercado e metida com essas crendices de umbanda, se dando com gente supersticiosa, certamente de nível ainda mais baixo.

Ao se ver só, Inaiê atira-se na cama da avó, cai em pranto convulsivo. Depois, apegada à memória de Firmina, se recompõe, chega à conclusão de que não é hora de autopiedade. Pensando melhor, o desprezo do pai por aqueles poucos bens vem a calhar. Boa parte servirá para montar sua nova moradia. Mas onde? Com dezesseis anos, só pode alugar um imóvel assistida por alguém maior de idade. E, ainda assim, com que dinheiro?

Parece sonho tornar-se independente, seguir roteiro próprio fora daquele útero. Ao receber o nome de Inaiê, ouviu da avó que seus ancestrais tupis viam o sonho como extensão da realidade. Portanto, não estabeleciam diferença entre o mundo onírico e a vida desperta. Para eles, os dois planos se integram de forma harmônica, sem mistérios – ela se anima. Seu sangue indígena ferve, fala agora mais alto que o negro e o branco juntos. Transitando por esse universo sem fronteiras, Inaiê se dá conta de que, noite passada, sonhou que estava cortando os cabelos bem curtos – desejo de mudança, aprendeu – e que dividia um apartamento com alguém. Vários nomes ali do centro lhe passam pela cabeça até que, súbito, lhe ocorre um amigo de fora: Damião, que também trabalha no supermercado. Claro! Perfeito! Inteligente, ambicioso, não se intimida com a lida hostil e aluga um quarto em casa de família. Os dois já conversaram sobre o assunto, sabe que ele não está nada satisfeito com o convívio obrigatório, as regras, o rígido horário de entrar e sair. Quem sabe não topa morarem juntos e racharem o aluguel? Deixará bem claro que é só amizade, cada um em seu quarto – romance é risco, nem pensar. O mais importante? Com os "cacarecos velhos" de Firmina, o apartamento está montado!

Damião, tipo sério e protetor, não só aceita o oferecimento como exulta com a boa oportunidade, prova de que não há mesmo muros intransponíveis entre realidade e sonho. Em menos de uma semana, os dois se mudam para um sala e dois quartos na Lapa. Maravilha poder conservar algumas lembranças materiais da casa de Olaria! As camas de solteiro – a de Inaiê e a da avó –, a mesa e as cadeirinhas da sala de jantar, o sofá e a velha cadeira de balanço, fogão, geladeira, louças, talheres, utensílios de cozinha, roupa de banho e cama, um vaso de espadas-de-são-jorge e outro de comigo-ninguém-pode... Enfim, recheio mais que suficiente para o novo espaço. E ainda tiveram de doar muita coisa! Acaba que, mesmo sem querer, Benedito foi extremamente generoso.

Capítulo 08

À NOITE, TODOS OS GATOS SÃO PARDOS

E é mais seguro para dar o pulo certeiro, conseguir o intento. Caíque já tem elaborado o plano para adentrar a loja. Para ele, parece impossível abrir ou romper os cadeados das duas pesadas portas de ferro de enrolar, o jeito é tentar forçar uma das três portas de madeira que se abrem em par no andar de cima do sobrado. Durante o dia, estuda bem os possíveis acessos a elas – menos arriscado subir pela fachada do vizinho e saltar de um balcão para o outro. Com ele, apenas o seu talento, a ousadia e um pé de cabra jeitoso. Assim, às três da madrugada, rua deserta, o moleque mostra que não está para brinquedo. Com agilidade felina, transpõe os obstáculos como um veterano praticante de *parkour* e, com mãos habilidosas, consegue arrombar uma das portas sem causar grande estrago. A luz que vem da rua ilumina o suficiente para que ele alcance o primeiro interruptor de luz. Conhece bem o caótico depósito, abarrotado de caixas, mais arquivos, móveis imprestáveis e três grandes ventiladores de pé. Lá estão também o colchão e o travesseiro que nunca utilizou. Mas este lugar não lhe interessa, quer é descer vertiginosamente até a livraria. Lá embaixo, sim, fica o paraíso. A porta que dá acesso à escada está trancada e, novamente, é obrigado a usar o pé de cabra. Desculpa, Faruk. Fica tranquilo que depois eu pago o prejuízo. Um encaixe firme, dois ou três solavancos seguidos e a porta cede. Caíque abre sorriso vencedor, se benze, agradece, afinal, a sorte está do seu lado. Em estado de graça, só com a luz fraca que vem do andar superior, pisa cada degrau como se estivesse se valendo da Escada de Jacó – aquela pela qual os anjos transitavam ligando o Céu e a Terra. Essa história, sim, ele gosta de lembrar, ainda mais agora, quando sonho e realidade se misturam. Com a mão na chave que acende toda a livraria – sabe direitinho onde fica –, respira fundo. Um simples gesto e... os milhares de livros se revelam, alegres, multicoloridos, saudosos, cães-Linguiça que abanam o rabo para o dono. Não é possível, não pode ser verdade! Sai falando com um e com outro, beijando um e outro, acariciando todos por onde passa! Pura vida! Caminha até sua seção mais querida: a dos dicionários e dos manuais de línguas estrangeiras. Vibra ao se ver sozinho ali com eles, de madrugada! Não se importa de tê-los acordado a essa hora, tem certeza de que estão radiantes ao vê-lo de volta! Olha ao redor, sente-se agora responsável por todo aquele mundo, promete a Faruk que encontrará um jeito de vender seus livros, manter a loja funcionando. O amigo há de se orgulhar dele quando voltar. Sim, acredita firmemente que, mais cedo ou mais tarde, esse dia chegará.

Vai até a mesa do computador, as gavetas todas trancadas. Os grandes arquivos de aço também passados à chave. À mão, apenas algumas pastas com notas fiscais e o endereço da loja. Desiste, não há como descobrir onde o amigo mora. O sono bate, o corpo e a cabeça precisam de descanso. Dormir lá em cima no depósito? Nem pensar. Determina que o colchão e o travesseiro venham para o térreo. Aqui, ao lado dos livros, se sentirá mais seguro. De repente, a barriga ronca, reclama, está vazia. Quem sabe na cozinha encontra algo? O pacote de biscoito e o pó de café quebram um bom galho. Agora, é ir fazer xixi, apagar as luzes, deitar e dormir. Deitar e dormir? Não mesmo. No banheiro, se dá conta de que, com dia claro, não poderá sair com os livros, o serviço tem de ser feito agora. Puxa vida, essas horas extras não estavam no programa. O colchão e o travesseiro nunca lhe pareceram tão convidativos. Mas trabalho é trabalho, e ele precisa de dinheiro para comer. O jeito é arregaçar as mangas e fazer o que deve ser feito.

O saco de plástico preto é do tamanho ideal. Dentro dele, vão sendo acomodados exemplares que estão expostos na bancada da frente, porque, aprendeu, são mais fáceis de vender. Os seus *Inglês sem mestre* e *Espanhol sem mestre* também vão junto. Com algum esforço, sobe a Escada de Jacó e, no depósito, arruma uma corda comprida para amarrar o saco de lixo com suas preciosidades. Do balcão, certifica-se de que ainda não há movimento na rua. Depois, dando corda, desce cuidadosamente seus produtos de venda. Pronto. Agora, é só pular para o vizinho e fazer o percurso de volta até a calçada – parte que acha a mais divertida.

Com sua carga, Caíque segue até a praça Tiradentes. Lá, encontra um canto de aconchego à entrada do Teatro João Caetano. Recosta-se no saco de livros e apaga até ser acordado pelo pessoal da limpeza, o sol já alto. Aí, moleque! Hora de levantar, parceiro! O belo adormecido abre um olho de cada vez. Com a cara amarrotada de sono, nem precisa fingir, a personagem está montada. Em vez de reclamar, aproveita e faz cena para os que, aposta, serão seus primeiros fregueses. Como é bom de lábia, inventa história, diz que precisa tomar café para começar o expediente, ali com ele está o seu sustento, quem sabe eles, que devem ter filhos em casa ou na escola, não compram algum livro para ajudar? A mulher já sente pena, pousa a vassoura, diz que comprar não compra, mas ajuda com dois reais. Valeu! O ajudante que está com ela pede para ver alguns títulos. Caíque se anima. Tem de tudo aqui, pode escolher de boa. *Inglês sem mestre*? Não, esse e o *Espanhol sem mestre* são meus, não estão à venda por dinheiro nenhum. O rapaz acha graça, brinca, diz que ele é um péssimo vendedor, mas vai dar uma força, folheia alguns por acaso e acaba ficando com *A casa dos budas ditosos*, de João Ubaldo Ribeiro, por cinco reais. Sem ter noção de quem seja o autor e do que trata o livro, Caíque exulta. Ótima escolha, excelente, você não vai se arrepender! O jovem comprador dá o assunto por terminado. Tudo bem, agora vaza, dá espaço, vai.

Caíque sai satisfeito. O danado tem carisma, luz própria, talento para agradar. Pena que a vida não lhe dá trégua, parece testá-lo sempre que consegue vencer uma dificuldade. Com tenacidade, mantém a rotina de vender livros, embora o sacrifício seja grande. Só entra na loja quando é obrigado a repor o estoque, e tarde da noite, quando não há risco de ser visto escalando a fachada do sobrado vizinho e pulando de um balcão para outro. Comprou lápis e caderno onde anota as vendas, os títulos e o dinheiro conseguido. E também a quantia que retira para comprar comida. Dias de mais sorte, dias de nem um único centavo. Dias em que come, dias em que passa fome. Hoje, 24 de setembro – ele bem sabe –, faz três meses que Faruk desapareceu sem dar notícias. A saudade bate forte, por isso ele não se anima a sair da loja. Primeira vez que passa a noite inteira com seus livros, o colchão e o travesseiro. Primeira vez que amanhece lá dentro e vê o pátio interno clarear. Primeira vez que rega as plantas durante o dia, toma sol pelado ali do lado de fora e sente um gostinho de liberdade. As plantas... Com ele, ficaram até mais bonitas, orgulha-se. Se não fossem seus cuidados esses meses todos, elas já teriam morrido de sede. Não é, minhas lindas?

Às onze da manhã, já está cheio de fome. Come o pouco que conseguiu colocar no armário de mantimentos, mas isso não é suficiente. As vendas estão fracas, Caíque está desanimado, faminto.

E na janta? E amanhã? E depois? O jeito é apelar para o que achava não ser preciso: abrir a gaveta onde Faruk guarda o envelope com o dinheiro que é seu. Pelas suas contas, deve ter umas boas economias. O problema é que não quer estragar a mesa como estragou as portas. Pé de cabra? Fora de cogitação. É arame na fechadura ou nada. Olha para o céu: Combinado? Combinado.

Às duas da tarde, a primeira tentativa. Às dezoito horas, já perdeu a conta das vezes em que nada consegue, mas vai pegando o jeitinho e a manha da tranca. Até que, um pouco antes das 23 horas, com precisão e cuidado extremo, sente o coração da mesa bater junto com o seu. Um pequeno giro para cá, e o arame amigo finalmente faz papel de chave. A gaveta se abre sem um arranhão sequer. Dentro dela, pequenos objetos de escritório, lentes, cadernetas de anotações, correspondência e, no canto esquerdo, um envelope gordo sobrescrito à mão: *Caíque*. A alegria é tanta que ele corre para o colchão e espalha o dinheiro. Três notas de cem, quatro notas de cinquenta, dez notas de vinte. Está rico! Dinheiro dele! Do trabalho dele! Sabe do que mais? Vai é tomar um bom banho e sair para comemorar. Com quarenta reais no bolso, vai fazer a festa, sabe onde comer bem de madrugada. À noite, todos os gatos são pardos e conhecem como dar o pulo para conseguir o intento.

Capítulo 09

FAÇA AS CONTAS

E agora, nas suas férias, cria coragem e canta na rua, não custa nada tentar. Vai faturar bem mais do que como repositora de mercadorias no supermercado, quer apostar? – Inaiê leva Damião a sério. Ganha pouco mais que o salário mínimo, mesmo com os auxílios e a vantagem de já ter carteira de trabalho assinada aos dezesseis anos, não vê futuro passando 44 horas semanais dedicadas a um serviço que a obriga a estudar de noite e não lhe dá a chance de investir no canto, seu grande talento e maior sonho.

As esperadas férias. Inaiê já tem preparado um repertório básico. Logo na primeira semana, decide se aventurar em sua estreia nas calçadas da cidade. Damião é o mais entusiasmado, sempre se orgulha ao ver a amiga cantar. Como é seu dia de folga, decide acompanhá-la para dar força e servir de plateia. Sugere Ipanema, bairro de gente endinheirada, ideal para um primeiro teste. Que tal? Perfeito. Os dois tomam o metrô até a praça General Osório e vão caminhando em direção ao Leblon à procura de algum espaço inspirador – logo param na esquina da rua Visconde de Pirajá com a Vinícius de Moraes. Quem sabe o poeta não lhe dá uma ajudinha lá de cima? Inaiê muda o repertório e decide começar com o clássico "Garota de Ipanema" para dar sorte, seguida por "Chega de saudade" e "Ela é carioca". Um senhor dos seus sessenta anos gosta do que ouve, abre a carteira e deposita uma nota de dez reais no gorro de crochê multicolorido – que já exibia notas de dois e cinco reais estrategicamente colocadas por Damião. A primeira doação anima a artista, que se entusiasma e continua com outros sucessos do Poetinha em parceria com Tom Jobim, Toquinho e Carlos Lyra. Ao interpretar "Coisa mais linda" com tamanho sentimento, consegue juntar o primeiro grupo de ouvintes ao seu redor. Assim, em apenas duas horas e meia de trabalho, com pequenos intervalos para beber água e descansar a voz, nossa cantora consegue faturar mais que o triplo de sua diária no supermercado. Isso num lugar com barulho de trânsito intenso! Imagina quando se "profissionalizar", descobrir os truques e manhas da apresentação, os melhores horários e pontos de cada bairro, o repertório certo para cada um deles – eufórico, Damião não para de falar, insiste para que Inaiê peça demissão e nem volte das férias. Como plateia, pôde observar a reação das pessoas, o encanto e a admiração que sentiam a cada canção. Sua estreia foi um sucesso! Nem ele esperava tanto. Pode acreditar, amiga, uma estrela acaba de nascer!

Inaiê quer dividir o ganho com Damião. Está louca?! Esse dinheiro é seu, menina! Fruto do seu talento! E quer saber? Esse aí eu não gastaria. Guardaria como figa, pé de coelho, trevo de quatro folhas, o que for! Os dois se abraçam alegremente, comovidos. Por hoje, chega, não é? Missão cumprida. E assim, delicadamente espanado por mãos agradecidas, o gorro da trisavó Anastácia volta a cobrir quem o tem por direito, cabeça que receberá proteção e rumo até que outra cabeça venha a herdá-lo por justiça e mérito.

Inaiê pode conhecer a história, mas sequer calcula o grau de dor e beleza que envolveram esse simples trabalho de crochê. Deixe-me contar que, em 1881, como país independente, eu ainda mal andava, embora já houvesse presenciado muita maldade e sofrimento neste meu chão. Portanto, acompanhei a jovem Anastácia dando os primeiros pontos em seu gorro multicolorido e bem sei a razão que a levou a concebê-lo com invejável e abnegada paciência. Escravizada na fazenda do comendador Carvalho Mendonça, dedicava-se a tarefas domésticas na casa-grande, tendo por isso estreito vínculo de proximidade e confiança com a família. Por obra do destino, Anastácia e a mulher do comendador engravidaram na mesma época e tiveram seus filhos com diferença de dias. Se na senhora da casa, o leite era escasso, em Anastácia, era farto. Assim, era obrigada a amamentar o filho de seu dono antes dos gêmeos que havia trazido à luz – Erasto e Amara, que sempre ficavam com o leite que restava, chorando às vezes de fome. Ao cabo de pouco mais de mês, de tão subnutridos, os bebês corriam risco de morte. Foi quando Anastácia convocou seus doze orixás e fez promessa resoluta: por baixo do turbante, pelo resto de sua vida, cobriria a cabeça com suas doze cores, se o filho e a filha sobrevivessem saudáveis. E mais: antes mesmo de receber a bênção, valendo-se de doze velas acesas, teceria o gorro de joelhos como prova de fé no auxílio de seus protetores. Posso afirmar que Anastácia cumpriu a palavra com mente firme e coração seguro. E foi tamanha a força da graça obtida, que as crianças cresceram sadias e afortunadas. Livres por lei desde o nascimento, cumpriram destino aqui na Terra. Pois assim se deu a criação do gorro, que, com a morte de Anastácia, passou, por justiça, às mãos de Erasto, até chegar a Firmina e, agora, a Inaiê. Por não ter herdado a bênção dos doze orixás, Amara se ressentiu. Dela e dos seus, falarei depois.

O tempo passa num piscar de olhos, tantas as apresentações. Como pode uma vida mudar assim de repente? Deixar um emprego com carteira assinada para se aventurar na rua? Exatamente. Os deuses protegem Inaiê e fazem com que sua estrela brilhe mais e mais. Em cada bairro, em dias úteis ou fins de semana, o público é diferente, mas sempre calçada lotada. O que mais impressiona a plateia? O canto à capela que se vai apurando. As aulas particulares de canto começam a se fazer notar, e Inaiê se entusiasma com os progressos que consegue. Milagre nenhum. Há é esforço, dom que se desenvolve, e muitas horas de estudo.

Notícias de Caíque? Faça as contas. Com o dinheiro de sua poupança, sobrevive dentro do possível, já que não paga luz nem água nem gás – tudo no débito automático da loja. O trabalho é ir juntando a correspondência que chega. Assim, vai vendendo seus livros sem maiores preocupações, leva vida quase reclusa e há dias que nem sai para trabalhar. Passa o tempo todo na livraria, estudando sem mestre o espanhol, o inglês, e agora também o italiano, o alemão e o francês. Adora a brincadeira de falar a mesma palavra de maneiras diferentes. Quando voltar, Faruk vai se espantar com o que ele sabe de cor. Muito vocabulário, expressões, frases inteiras. Faça as contas, faça.

Capítulo 10

Nossa Senhora Aparecida

Padroeira destas terras, destas águas e deste ar que sou eu. Hoje é seu dia e de todas as minhas crianças. Com céu azul e temperatura amena, esse 12 de outubro teria tudo para ser especial, inesquecível. E foi. Só que não da maneira que eu imaginava. Não mesmo. Por caminhos tortos, a luz foi obrigada a se valer das trevas, trouxe sofrimento, causou estragos. Os fatos vão acontecendo com precisão que surpreende. Inaiê está um tanto ansiosa, porque ensaiou o novo repertório de cânticos africanos, que compôs e apresentará pela primeira vez. E mais: Damião não trabalha e resolveu acompanhá-la. Sempre que estão juntos, o sucesso é certo – o amigo lhe traz sorte, caprichos da vida que não se explicam, todos sabemos.

Às dez horas da manhã, já há movimento no largo da Carioca. Inaiê se posiciona em frente à entrada do Convento de Santo Antônio e começa a cantar sem acompanhamento algum, como sempre faz. Damião esfrega os braços, sente que há algo diferente no ar: racional, pragmático e objetivo, hoje vê a emoção aflorar, vez ou outra envolto por pensamentos tristes e sombrios. Talvez, o feriado santo. Talvez, o canto primitivo que liga o público às suas raízes mais profundas, raízes que se entranham no coração da Terra e revolvem males guardados. Que importa? Inaiê sabe conduzir essas forças para seu lado luminoso. Sim, com sua aura, a todos seduz – como se a voz lhes segredasse boas-novas aos ouvidos. Enlevo, poesia. Veste-se com a costumeira simplicidade – se faz notar não pela aparência, mas pelo carisma. No chão, o gorro para a coleta, sua história. Que voz é aquela? Da Terra é que não é. Reverentes, as pessoas lhe fazem doações generosas, oferendas à arte que lhes dá significado, à crença no Algo Maior que as irmana em momentos assim – breves momentos que trazem alguma leveza à lida insana. Damião se felicita com o grande êxito, mas a estranha sensação de desconforto permanece, como se o infortúnio estivesse rondando por perto.

O dia é forte, sem sombra de dúvida. Prova disso é que, logo cedo, Caíque se põe a trabalhar na livraria com redobrado ânimo. Sonhou com Faruk, cismou que o amigo voltará a qualquer momento. Por isso, quer lhe fazer surpresa, a loja toda um brinco: varre o chão, tira o pó dos livros, lava o pátio, rega e limpa as plantas e – gesto inédito – tira para fora da mesa de trabalho a gaveta onde guarda seu dinheiro e o das vendas dos livros. Coça a cabeça, muita coisa dentro, uma bagunça danada. Despeja tudo no colchão e, com cuidado infantil, vai examinando cada item que lhe chega às mãos: de pastilhas para garganta e um frasco de descongestionante nasal a uma caixa de lenços de papel, de uma lente de aumento e uma calculadora eletrônica a um envelope pardo com selos do Líbano. E mais: grampos para grampeador, clipes, elásticos, uma fita métrica, um retrato de Faruk com a mulher Hana no alto do Pão de Açúcar, um maço bem atado com cartas escritas em árabe e uma pequena caixa de madeira – dentro dela, um cordãozinho de ouro, uma chupeta e um par de sapatinhos de neném. Estranho. Faruk nunca lhe falou de criança alguma em sua vida. Enfim, melhor guardar tudo de novo. Com a gaveta bem arrumada, sobrará mais espaço para pôr os dois montinhos de dinheiro e a caderneta onde anota os títulos dos livros vendidos. Certo? Não há tempo para saber. O susto é grande, a loja se abre com a barulheira da porta de ferro sendo levantada vigorosamente. O coração dispara. É Faruk, tem certeza! Sonhou com ele!

Caíque deixa tudo para lá, corre para abraçar o amigo, quer saber o que houve, por que o sumiço, quanto tempo, quanta saudade, nossa, até que enfim! Hã?! Quem é você?! Quem é você pergunto eu, moleque! O que é que está fazendo aqui dentro, como conseguiu entrar?! Completamente atordoado, Caíque corre para o seu colchão, se encolhe, abraça o travesseiro, nem se dá conta da gaveta aberta, do dinheiro, das coisas fora do lugar. O homem vai atrás dele com gana policialesca. O que significa isso, hein?! Fala! Veio para roubar, seu vagabundo?! A reação é de medo, mundo que desaba. Por que a vida faz isso com ele? Não adianta tentar explicar que entrou por uma das portas lá de cima, que trabalha na loja, que conhece Faruk, que o dinheiro é dele e da venda de livros. Não há diálogo, não há entendimento possível, porque o inquisidor não acredita na palavra de um pivete metido a esperto. Pelos fatos, tira suas próprias conclusões. Trabalha na loja e arromba porta com pé de cabra?! Trabalha na loja e revira gaveta que tem dinheiro?! Está falando a verdade, jura, Faruk pode confirmar tudo. O estranho se enfurece. Faruk não pode confirmar nada, está no hospital, mal consegue falar, quase morreu! O quê?! É isso aí que você ouviu, não tem conversa. E eu quero saber direitinho para quem você trabalha de verdade, aposto que tem marmanjo metido no meio. Caíque se levanta, cria força, a razão está do seu lado e não tem que dar satisfação a quem não conhece, vai é pegar seu dinheiro e ir embora. Mas não vai mesmo, está pensando o quê?! Vai é ficar bonitinho aqui até a polícia chegar. Caíque não se intimida diante da ameaça, ao contrário, se exaspera por estar sendo injustiçado.

Aprendeu com Faruk a exigir o que é seu por direito – seu "fruto sagrado de trabalho honesto". Pode até ficar com todo o dinheiro da venda dos livros, não faz questão da comissão, mas o que ele economizou é sagrado! Sagrado, entende?! Entende??!! O estranho acha graça do discurso, ironiza tamanha petulância e põe o dinheiro no bolso. Depois, define terminante: o que tem ali nem paga o conserto da porta. E chega de história.

O homem, que se diz contador da firma, pega o telefone com fria superioridade e liga para a polícia. Caíque não se conforma, o fogo da verdade lhe ferve o sangue, lhe salta as veias. Ataque de fúria nunca visto, começa a derrubar tudo o que encontra pela frente. Aos berros – Ladrão covarde! Ladrão covarde! –, joga no chão o computador, as pastas que estão sobre a mesa, os livros das gôndolas. Inútil tentar segurá-lo ou detê-lo. Caíque é ódio em forma de gente e faz justiça a seu jeito. Não há outra saída para tamanha humilhação. Por que sua vida é assim?! O dito contador pasma sem reação. Transformação assustadora. O moleque é o demônio, não há outra explicação. O demônio vivo. O demônio.

Pode até ser, porque na vida há charadas indecifráveis e o pequeno "demônio" sai da loja com a autoridade dos justos, passos firmes e acelerados que machucam o chão. Mas não corre, isso não, de jeito nenhum. Por que correr se o certo é ele? Assertivo assim, segue em direção ao largo da Carioca. E chegando lá, olha para o convento onde moram a hóstia, o Deus filho, e mais o santo que dá pão aos pobres. Mas hoje não está para preces, ao contrário. Vale é pedir castigo para o mundo inteiro. O Bem não serve de nada, é um fraco. O Mal, sim, tem sempre a última palavra. Será? Para desmenti-lo, ouve uma voz feminina que mais parece de anjo. Seduzido, vai em direção à roda de pessoas, porque é de lá que vem o som. Chega sem pedir licença, se posiciona, marca lugar na frente. Atento que não pisca, não é notado – mais um na plateia.

Sério, um tanto altivo, pensa no que acabou de lhe acontecer: a maldade, a covardia, a humilhação. Raios! E agora aquele canto que vem do Alto, que lhe confunde as ideias, porque lhe inspira a bondade impossível no coração ferido, porque lhe sopra que é hora de cumprir destino.

O povo chega, se demora e se vai, e ele ali que não se move. Parece distante, mas não, bem lúcido até, embora não tire os olhos do que se lhe apresenta como número de mágica a céu aberto. Hora de tomar o que é seu, o Alto lhe sopra novamente. Solene, como os demais presentes, tira do bolso uma nota de dois reais – a única que lhe resta – e, devota humildade, se encaminha para dar sua contribuição. Sorri para a jovem, abaixa-se e, impressionante agilidade, pega o gorro multicolorido, corre, dispara. Espanto, gritaria: Pega ladrão! Pega! Segura! Cerca ele! Não deixa o pivete fugir, não deixa! Foi por ali, por ali! A rasteira anônima o derruba, ele voa no chão. Pronto, agarraram o bandidinho! Bem feito! Ele agora vai ver o que é bom! Não, que nada, o danado consegue se soltar. Desvencilha-se de um e de dois, escapa e não larga o gorro! Encosto no corpo, só pode! Fugiu o desgraçado. Fugiu?! Fugiu. Feito miragem, desaparece pela avenida Treze de Maio, ninguém o vê. Some como por encanto. É o demônio, não há outra explicação! O demônio vivo. O demônio.

Inaiê? Agradece a solidariedade das pessoas. Nervosa, se aconchega em Damião e chora. Justo hoje? Dia dos meus cânticos africanos, dia da Senhora Aparecida, dia das crianças... Até entende a indignação coletiva, mas lamenta os excessos, tanta raiva por tão pouco, triste contraste com a beleza de antes. Sua dor é ter perdido o gorro dos orixás – presente sagrado, proteção ancestral. Sente-se fragilizada sem ele. Dinheiro? A gente perde, a gente torna a ganhar. O moleque é que a preocupa, ter de viver dessa forma. Destino sombrio, andar largado assim, fugido assim, desabrido assim.

Nove anos? Talvez. No fundo, sente-se aliviada por ele ter conseguido escapar. Não queria vê-lo preso justo depois de tê-la ouvido – é que seu canto sonha dar asas ao povo, libertar, fazer voar. E o que ele levou, por mais que seja, dura pouco. Amanhã ou depois, tudo de novo. Outro roubo, outro susto, coração disparado. Até quando? Quanto mais de vida?

Damião não é tão compreensivo. Acha que é defeito de caráter, pau que nasce torto, tão pequeno e já enganando todo mundo. Safado, sem-vergonha. Viu a encenação? Todo humilde com dois reais na mão como se fosse contribuir. Por instantes, chegou a sentir pena dele, desejo até de adotar – essas coisas que passam pela cabeça da gente quando vemos criança abandonada. Grande ator, isso sim. Como pode? Que levasse o dinheiro, mas o gorro? Não tem noção do mal que causou.

Quem sabe o que nos reserva o destino? Um senhor bem-apessoado se aproxima dos dois, pede licença. Estava na plateia, ouviu parte da apresentação e ficou desapontado com a interrupção, viu de perto o roubo. Mas nada de tristeza, porque a intérprete tem luz própria, e hoje é seu dia de sorte, garante. Tirando um cartão do bolso, se apresenta como Aristides Scuracchio, produtor de uma gravadora. Que ela o procure em seu estúdio. Tem proposta irrecusável a fazer.

Para onde sopra o vento

E o vento sopra em direção ao mar. Da avenida Treze de Maio, Caíque desembesta pela Cinelândia, passa pelo Passeio Público e envereda rumo à praça Paris. De lá, atravessa cegamente as pistas do Aterro do Flamengo e alcança a Marina da Glória. Corre, não porque está sendo perseguido, mas porque roubou e tem consciência de seu ato e porque, em segundos, acredita, arruinou tudo o que o amigo Faruk lhe ensinou. Corre e chora, porque precisa esquecer que a loja, limpa e arrumada com tanto esmero, está perdida, que seu passado está perdido, que sua mãe, seu pai e seu cachorro Linguiça estão perdidos para sempre. Corre e chora, porque não há mais fogo ardendo dentro dele. Quer o mar, precisa do mar, onde está o mar? Chega à praia do Flamengo – a primeira que avista. Vai deixando pela areia os chinelos e a roupa e o gorro com o dinheiro. Ignora as pessoas em volta. Ninguém, nada mais importa. Quer o mar, só precisa do mar. Quem sabe essa água não o leve também embora? Atira-se contra as ondas em determinado desespero, bate braço e perna e mergulha em direção ao fim, ao nada tão desejado.

Gabriel, dono da barraca Botafogo, é rato de praia. Desde o início não tira os olhos do garoto, porque percebe que algo está errado. Cuidadoso, vai recolhendo o que foi deixado pelo caminho, surpreende-se com o gorro de crochê e o dinheiro farto. Guarda tudo na barraca, mas volta ao mar à procura de seu protegido, acha estranho vê-lo tão longe. Por instinto, exímio nadador, vai atrás dele e o alcança. Praticamente sem fôlego, Caíque assusta-se ao ver alguém assim tão perto, mal consegue falar, delira.

— O que é que você quer? Pode ficar com tudo...

— Deixa de bobagem, rapaz, vamos voltar, anda!

— Rapaz? Você me chamou de rapaz, Faruk?

Caíque perde as forças e começa a afundar. Gabriel consegue resgatá-lo e trazê-lo de volta à areia. Grande susto, ajuntamento, o que foi que houve? Nada de sério, ele vai ficar bem.

No meio da tarde, já alimentado e acomodado na barraca, Caíque se sente agradecido, embora permaneça calado. Gabriel também não puxa assunto, atende os clientes, abre coco, toca o trabalho – acha melhor não mexer com quem está quieto. Só Foguinho, o vira-lata que vive por ali, ganha e retribui afeto. Sem falas ou latidos, os dois se entendem com perfeição, bichos que se reconhecem, se aconchegam um no outro e se deixam ficar assim, nos afagos.

Fim de expediente, o povo já foi quase todo embora. O feriado rendeu bem, Gabriel confere a féria do dia, está satisfeito. Longe da barraca, Caíque corre e brinca com Foguinho – parece que ali nasceu mesmo uma amizade. Os dois voltam juntos para perto e observam, com curiosa expectativa, o dono se preparando para ir para casa. Hora de conversa séria.

— Preciso fechar a barraca.

— Fecha, ué.

— Você tem para onde ir?

Caíque mente, faz que sim com a cabeça. Gabriel cria coragem, pergunta com jeito.

— Quem é Faruk?

– Um amigo. Nunca mais vi.

– Da sua idade?

A resposta custa a sair, vem monossilábica.

– Não.

Caíque não fala mais nada, faz festa em Foguinho.

– Posso voltar amanhã para brincar com ele?

– Claro! Toma, leva o seu gorro e o seu dinheiro.

– Me dá só o gorro e o dinheiro do café da manhã. O resto você guarda para mim?

– Ih, rapaz, eu nunca deixo nada de valor nem dinheiro na barraca.

– Fica com você então.

– Você prefere mesmo?

Caíque faz que sim com a cabeça. Gabriel gosta da demonstração de confiança. Tudo certo, amanhã voltam a se ver. Foguinho se divide, mas acaba seguindo o dono, que mora perto, num quarto e sala na rua Cândido Mendes, ali no bairro da Glória. Gabriel divide o apartamento com Tereza, os dois vivem juntos há quatro anos. Quando chega, comenta do menino que encontrou na praia. A impressão era de que ele estava meio perdido ou fugido, não sabe ao certo. Disse que tinha onde morar, mas, pela cara, saiu de casa, anda solto. Parece ter índole boa e é esperto. Pensa em lhe pagar para ajudar na barraca, dar uma nova ocupação ao pequeno. Está precisando de gente, não está? A mulher desconfia.

– Sei não. Diz que tem casa e anda largado? Quer dinheiro para o café da manhã e deixa 145 reais na tua mão? Será que não roubou?

– Acho que não. Acredito no que ele disse: que trabalhava num sebo que fechou, está sem ganha-pão. O dinheiro é pagamento que juntou e estava guardado com o patrão.

– Muito estranha essa história. Você não encontrou o dinheiro dentro de um gorro de crochê?

– Encontrei, e daí? O que é que tem isso?

– Dinheiro trocado em gorro só pode ter sido arrecadado na rua.

Gabriel não leva o assunto adiante. Esse tipo de conversa sempre termina com ela afirmando que ele acredita em todo mundo e ele rebatendo que ela não confia em ninguém. Por isso, nada comenta sobre Faruk. Que amigo será esse? Boa ou má companhia? Melhor é ir para o chuveiro que o dia hoje foi duro.

Enquanto isso, Caíque perambula pelo parque do Flamengo, o gorro na mão. Vez ou outra, admirado, olha para ele reparando nos detalhes, mas não ousa colocá-lo na cabeça. As cores o atraem, mas alguma coisa nelas o intimida – feitiço e encantamento misturados. Anoitece. Decide voltar para a barraca, seu novo ponto de referência, o único que tem na vida. A praia deserta, ninguém por perto. As luzes dos postes começam a se acender. Ele gosta daquela luminosidade artificial que mais parece luar de brincadeira. A barraca fechada lhe aguça a curiosidade. Lembra-se de quando era bem novinho e a mãe inventava com ele de fazer tenda com o lençol. Abre uma fresta e espia. Lá dentro, as caixas de isopor para pôr o gelo, os cocos e as bebidas... Algumas velhas espreguiçadeiras de dobrar, dois bancos de plástico e um colchonete. Sabe do que mais? Vai é dormir ali mesmo, sua casa de mentirinha, sua tenda na praia. Mas agora não, que ainda é cedo. Tem muito o que conhecer na vizinhança. Vai pela areia, já sente saudades de Foguinho. Que horas será que ele chega amanhã? Gabriel foi legal. Se não fosse ele, tinha sido bebido pelo mar. Como seria descer goela abaixo do mar? Na certa, ia ser engolido que nem hóstia, porque o mar não mastiga quem se afoga nele...

Caíque olha para o céu. Não há estrelas, mas ele consegue imaginar os pais e Linguiça lá em cima atrás do escuro. Será que andam ou será que voam? O mar agora é escuro igual ao céu. Mete medo, porque é água, faz barulho e tem fundo que não se vê. O nosso corpo também é escuro por dentro e tem fundo que não se vê. O fundo do corpo não fica no pé – ele ri –, deve ser no coração, que é onde estão a sua casa e o seu jardim, que andam bagunçados, mas não por culpa dele. Culpa daquele ladrão que entrou na loja e lhe roubou o dinheiro na covardia. Não foi que nem ele, que levou o gorro da mina na coragem, se arriscando. Mas, dessa vez, decide que não é roubo, é empréstimo. Quando puder, volta lá no largo da Carioca para devolver tudo direitinho. Fecha os olhos e parece ver e ouvir a mina cantar. Voz dos anjos. Queria saber cantar assim... Mas prefere falar todas as línguas do mundo. Como vai fazer sem os seus livros? Não pode esquecer o que aprendeu. Tem que dar um jeito. Mas não agora, que o vento começa a soprar. Ele se embrenha na barraca, sua nova toca. E o sono bate.

Capítulo 12

O FUTURO VAI DIZER

Inaiê aprendeu com Firmina que nada acontece por acaso. Por isso, três anos depois do roubo do gorro, ainda procura explicação para perda tão simbólica. Lembra-se da avó, sentada à cadeira de balanço, segurando firme sua mão, contando que teve visão premonitória: assistia a uma missa numa igreja qualquer, quando um menino se sentou no mesmo banco, e trocaram cumprimentos, como se fossem conhecidos. As palavras voltam nítidas: "Vocês dois estarão unidos pelo destino. Mas muito cuidado, Inaiê, porque vento que sopra para o alto também pode ser redemoinho que adentra a terra. Até os bons se perdem pelo caminho. O importante é que ele poderá levar você de volta a um passado distante, onde está seu bisavô Erasto. Guarde apenas este nome: Erasto".

Será que foi esse menino que ficou com o seu gorro? Damião acha que, depois de tanto tempo, isso já não importa. A verdade é que o roubo lhe deu a maior sorte, enfatiza. Naquela mesma hora, Aristides Scuracchio, que a vira cantar e ficara impressionado, logo a convida para gravar por um selo independente. Ouve suas composições, se entusiasma com elas, produz e divulga vídeos na internet e o número de acessos supera todas as expectativas.

Acha pouco? No ano seguinte, consegue assinar contrato com uma gravadora de renome, suas canções se mantêm entre as primeiras colocadas na parada brasileira de singles e o dinheiro entra farto, engordando cada vez mais sua conta bancária. Por fim, começa a ser reconhecida como cantora e compositora.

– Tudo isso aos dezenove anos! Quer mais o quê, menina?! Esquece esse gorro, pensa que estará em boas mãos ou em boa cabeça! Pensa que o garoto foi usado por algum erê pra te dar sorte!

– Sorte?! Ouvindo você falar, parece que foi tudo muito fácil.

– Ih, não começa, Inaiê! Sei melhor que ninguém os perrengues que você passou. Que, aliás, nós dois passamos! Ralamos juntos um bocado, mas vencemos, certo?

Inaiê vai e abraça Damião apertado.

– Desculpa, vai. Você é meu protetor, meu guardião! Quantas vezes preciso repetir?

Inaiê faz bem em ser grata ao amigo. Desde a morte de Firmina, Damião é quem a acompanha e orienta na vida pessoal e profissional. Tornou-se assim uma espécie de irmão mais velho. Mas há uma questão que sempre volta e causa desentendimento: a casa de Olaria, que se deprecia a cada ano. Inexplicavelmente, toda aquela pressa para desocupá-la de nada adiantou. Benedito não consegue vendê-la ou mesmo alugá-la. Castigo ou o quê? Inaiê aposta que a casa voltará às suas mãos, Damião discorda. O passado precisa ser deixado quieto. A beleza de tudo o que foi vivido lá deve permanecer apenas na lembrança. E dá provas: quantas vezes já procurou o pai e ele se recusa terminantemente a ouvi-la? Para ela, não vende, acha que ela vai reavivar a história que ele quer esquecer, retomar as atividades de Firmina. As tentativas de diálogo só fizeram afastá-los ainda mais. E Inaiê sempre se enerva quando o assunto vem à tona.

– Eu não entendo. Sou filha única! E o pior é que mamãe acha que ele é que está certo. Como é possível pessoas que se dizem tão cristãs guardarem tanto preconceito? Da última vez que eu fui até eles, papai chegou a dizer que não fazia negócio comigo porque não tem filha chamada Inaiê. Que eu ia era reabrir o centro de umbanda, "com aquele povo de baixo nível". Dá pra acreditar?

– Então?! Esquece isso! Olha pra frente! Investe esse dinheiro na tua carreira, em viagens, em coisas novas!

– É. Talvez você tenha razão, não sei... O futuro vai dizer.

Não adianta argumentar. Inaiê não se convence: "O futuro vai dizer" – bate sempre nessa mesma tecla. E assim se mantém presa à velha casa que se vai deteriorando e, portanto, a ressentimentos familiares que não lhe dão descanso.

Capítulo 13

Caíque e Gabriel

Bem temperada pelo tempo, parceria que deu certo. Quem vê pensa que são pai e filho – confiança e admiração recíprocas. Se Inaiê e Damião se tornaram inseparáveis, o mesmo se pode dizer desses dois. Há vidas que estão predestinadas a se entrelaçarem. Afinidade que não tem explicação, é química, pele, alma, sabe-se lá. Na orla da praia do Flamengo, todo mundo comenta: a barraca do jovenzinho poliglota faz o maior sucesso. É uma alegria vê-lo trabalhar. Abre e oferece o coco com perícia de bartender, leva as cadeiras dobráveis e os guarda-sóis dos fregueses com a cortesia e a habilidade de um relações-públicas. Verdadeiro ator, se vira muito bem no básico do inglês, espanhol e francês! É divertidíssimo. Tem cliente que dá trela só para ouvi-lo falar. E, é claro, as gorjetas são generosas. Pelo gorro multicolorido que costuma pôr na cabeça, pode ser identificado à distância. Pois é, benza Deus, Gabriel acertou em cheio ao apostar no moleque. A ponto de convencer Tereza a levá-lo para dentro de casa. Sério?! Num quarto e sala?! Exatamente. Ele e Foguinho dormem na sala, qual é o problema? O casal se afeiçoou a ele de tal modo, que já faz planos para o seu futuro: tem que terminar o Fundamental e depois o Ensino Médio.

Nada a ver, resiste ele. Ignorante todo mundo é em alguma coisa. Quer é continuar estudando – nos populares livros "Aprenda sem mestre" – as línguas estrangeiras e o português. Ele tem o dom e o jeito, não tem? Então? É seu sonho maior entender e saber traduzir o mundo inteiro. Tem fé e certeza de que um dia conseguirá.

Acontece que aquele 12 de outubro ainda não está resolvido dentro do Caíque alegre e extrovertido – a mágoa, a revolta e o arrependimento continuam bem guardados. Há muito, deixou de ir ao largo da Carioca esperar pela jovem para lhe devolver o gorro e o dinheiro. O que terá acontecido com ela? A pergunta volta e meia o perturba, sente-se mal por não poder desfazer o mal que causou. Também não vai mais à livraria lá perto. Para quê? Dói ver a loja sempre fechada, dói perguntar por Faruk sem que ninguém tenha informação, dói lembrar que foi roubado por aquele grandalhão covarde. Por causa dele, a raiva, o desejo de vingança, o descontar para cima da garota, que não tinha nada a ver com sua dor. Por causa dele, o desespero de sair sem rumo, de querer dar fim a uma vida besta, sem sentido. Por causa dele também, a chegada de Gabriel, de Foguinho e de Tereza... E aí, seu pensamento dá um nó, porque não sabe se é para querer mal ou bem ao inimigo. Será que deve ser grato a ele pela nova família e pela vida tranquila que leva agora? Ou odiá-lo porque, mais que o dinheiro, ele lhe roubou o sonho de viver cercado de livros e o direito de saber onde está Faruk, velho ranzinza tão querido.

Hoje, faz três anos que tudo aconteceu. A memória ainda espeta, machuca, revira fundo. Já de madrugada, o mau sonho recorrente, que o aflige e assusta: um padre todo paramentado chega de surpresa, solene, para lhe dar comunhão. Caíque não sabe o que fazer, sente-se perdido – é que não houve tempo de arrumar a casa e limpar o jardim de seu coração tão bagunçado. O padre, ao ver tamanha desordem dentro dele, se recusa a lhe dar o corpo

Daquele que seria o único capaz de perdoá-lo. Ele implora pela hóstia salvadora. Inútil. Chama pela mãe, e ela não vem. Passe de mágica, o padre desaparece diante de seus olhos. Caíque acorda molhado de suor. É sempre assim. Sempre. Só o abraçar Foguinho, o se aninhar no amigo e virar bicho, o acalma e acalenta.

Chega! – decide ele. É hora de criar coragem, se abrir com Gabriel e aliviar todo esse peso – em sua cabeça, pela forte amizade, não corre mais o risco de ser abandonado por causar desconfiança. Então, de um só fôlego, conta tudo a seu respeito, não pula nenhum capítulo. Não só a perda dos pais, a fuga da favela e as rondas, esmolando pela Central do Brasil, mas agora também os incontáveis roubos na rodoviária e os tantos furtos dos que por lá andavam distraídos, gente pobre, trabalhadora. O quê?! Não se espante, amigo, é isso mesmo que está afirmando. Sobrevivia assim, às custas de quem dava duro de verdade. E tem mais: o gorro e os 145 reais foram tirados de uma jovem que cantava em praça pública. Sufoco, correria e tombo feio, quase foi preso. Escapou por pouco, jura. Por isso, o grande susto e maior sofrimento ainda, lembra? Claro que lembra. Foi assim que se conheceram, na praia, no mar, a vida por um fio. Um fio. Agora, a história do gorro faz sentido, Tereza tem faro, estava certa desde o início. E ele, quando podia imaginar? Poria a mão no fogo pelo moleque, confiança total. Fazer o quê? Não vai julgar nem pôr em balança lances do passado, descaminhos de uma infância triste. O que conta é o que viu desde que se conheceram. Vida que segue.

Depois da fala, Caíque sente vergonha e alívio ao mesmo tempo. Pensa em Faruk, que lhe dizia ser preciso sempre encarar a verdade de frente, libertar-se por ela, fosse qual fosse a pena. Deu certo.

Gabriel o abraça, acolhedor.

– Esquece isso, vai. Ficou longe, acabou.

– Não consigo. Tanta coisa errada não dá para consertar.

– Claro que dá. Você provou que é sangue bom. Primeiro, lá na tal livraria. Depois, veio pegar no pesado todo dia, aqui comigo. Trabalho honesto... É o que interessa.

– Minha casa nunca vai ficar arrumada e o meu jardim nunca vai ficar limpo como minha mãe queria, cara, porque nunca mais vou encontrar a dona do gorro nem vou poder devolver o dinheiro dela.

– Vem cá, me explica uma coisa: o dinheiro, você guardou, mas o gorro, você sempre usa como se fosse seu. Não entendo. Por quê?

– Sei lá. É um jeito de ficar junto. Eu penso nela sempre.

– Parada complicada, essa. Melhor esquecer.

Silêncio demorado. Gabriel vai ao que mais lhe interessa.

– E seu amigo Faruk? Não era bom patrão? Não tem vontade de saber o que aconteceu com ele?

Caíque demora a responder. Difícil decidir.

– No início, tinha sim. Agora, tenho medo.

– Medo? Medo de quê?

– De não saber o que fazer. E se ele morreu? E se estiver vivo? Como é que fica?

Gabriel respira fundo, coça a cabeça.

– Isso não pode ficar assim, te faz mal. E agora vai fazer mal pra mim e pra Tereza, também. A história do gorro já era, mas acho que dá pra gente ir até onde ficava a livraria e conseguir informação.

Caíque se sente inseguro, tenta dar exemplo.

– Se você e a Tereza são assim, tipo pai e mãe, ele era mais pra avô. Foi ele que mudou minha vida. Mesmo. Nem sei o que ia ser de mim sem ele. Sinto saudade dos livros, das nossas conversas. Mas agora tenho medo de encontrar ele de novo. Não posso me dividir em dois, entende?

– Entendo, claro que entendo. Mas é preciso resolver isso, amigo. Pro seu bem, e pro meu.

– Sério? Você vai me ajudar?

– Vou, sim. Palavra.

Os dois se abraçam. Caíque, entregue. Gabriel, possessivo, porque já sente ciúmes desse homem-avô tão admirado, que volta de repente, no susto, junto com uma história que o surpreende, entristece e desconcerta.

– Amanhã, não, que é domingo. Mas segunda-feira, logo cedo, vamos até lá resolver essa parada.

– Combinado.

Com convicção, os dois se batem as mãos como costumam fazer.

Capítulo 14

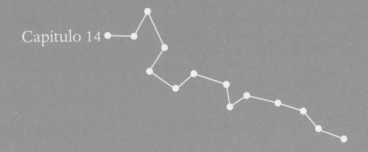

Tal pai, tal avô

Na madrugada que antecede o encontro, Caíque mal consegue dormir. Gabriel, também. Cada um por suas razões. Caíque imagina mil possibilidades. A loja fechada, a mais provável. Ou a loja aberta com novos donos e a notícia da morte de Faruk. Talvez nem a livraria exista mais. Pode ter virado lanchonete, loja de roupas, farmácia... E se a livraria estiver lá do jeitinho que era? E se Faruk estiver vivo e ainda no comando? Nossa, que medo, que emoção, que alegria! E aí? O que vai ser de sua vida? Não pode trabalhar na loja e na praia ao mesmo tempo. E não pensa em deixar Gabriel e Tereza, que lhe deram casa de verdade. Caíque vira e revira no sofá. E ainda tem Foguinho! Abraça o travesseiro e reza para Linguiça ajudá-lo a aquietar o coração. Em nome do Pai, do Filho e do Espírito Santo, amém.

Caíque acaba que pega no sono. Gabriel, não. Esteve até mais tarde conversando com Tereza sobre o que poderá acontecer. Ela confia que o menino fica com eles, mesmo que o velho seja encontrado. Pode talvez ir visitá-lo uma vez ou outra, passar algum fim de semana. Mas morar definitivo? Não mesmo. O melhor é dormir, descansar a cabeça e amanhã ver o que vai dar. O que tiver de ser será. Para que sofrer por antecipação? O beijo demorado, o boa-noite afetuoso e o apagar a luz adiantam para ela, não para ele, que continua sem fechar os olhos. Batem medo, insegurança, saudade antecipada. Relembra a maneira com que Caíque se referiu ao livreiro: um avô sábio e amoroso. A mágica dos livros, o divertido aprendizado das línguas estrangeiras, até as brigas e os merecidos puxões de orelha... Chegou a se comover quando ouviu que os dois se conheceram justo quando o moleque fez nove anos. O impacto de ter sido chamado de "rapaz", o primeiro abraço e os livros que recebeu como presente de aniversário – algo inédito desde a morte dos pais. Como competir com tamanho encantamento? Quem sabe Foguinho pese para ele decidir ficar? Os dois estão lá na sala agora, aconchegados, dormindo. Família.

Todos acordam cedo, a mesa do café já está posta, há um certo nervosismo no ar. Foguinho percebe, porque não para quieto. Gabriel ralha com o pobre pelo desassossego que, na realidade, é dele. Faz Caíque mudar a camiseta e o short, tem roupa melhor no armário, não tem? Então?

– E vê se penteia esse cabelo.

Vai que a loja está aberta, seu Faruk precisa ver que o menino está bem cuidado – esse é o pensamento. Caíque estranha tanta preocupação. Nunca houve esse clima ali dentro, ao contrário, modo de estar e viver era sempre informal e descontraído. Tereza é obrigada a interferir.

– O que está acontecendo, Gabriel? Por que isso agora?

– Vocês me desculpem, é que não dormi bem.

– A gente pode ir lá na loja outro dia.

– Nada disso. A gente vai hoje. Vai dar tudo certo, você vai ver.

A partir daí, Gabriel procura se acalmar, criar confiança, porque também tem história com o garoto. Desde o momento em que o viu, sabia que algo muito especial os uniria. Logo intuiu a divertida cumplicidade. Só não imaginava que os vínculos de afeto evoluiriam da amizade para o parentesco. Sim, Caíque tornou-se o filho que ele não tem. Por isso, abrirá mão do que for preciso para vê-lo feliz e realizado.

– Vamos?

Caíque se despede de Tereza com o carinho habitual. Faz afagos em Foguinho e ordena, contrariado.

– Você fica, parceiro.

Foguinho entende que o momento é sério, porque atende de imediato e se senta perfilado sem reclamar. Pelo olhar, entretanto, deixa claro que estará com ele para o que der e vier. Com um único latido, deseja-lhe boa sorte.

A essa hora, embora não haja lugar para se viajar sentado, o metrô para a cidade ainda segue vazio. Gabriel e Caíque trocam uma palavra ou outra, vão quase todo o percurso calados, saltam na estação Carioca. Ao atravessarem o largo que leva até o Convento de Santo Antônio, seus corações apertam. O de Gabriel, pela verdade cada vez mais próxima. O de Caíque, pela lembrança da jovem que tanto o impressionou e pelo medo do que pode acontecer. Tão perto do passado e ao mesmo tempo tão distante...

Da rua Uruguaiana, esquina com a rua da Carioca, já dá para avistar a loja. Caíque aponta. É aquela lá! Ansiedade: está aberta e há livros bem à entrada. Pai e filho se dão as mãos instintivamente, como se quisessem viver a experiência juntos e se fortalecerem mutuamente. Vão assim, cheios de expectativa, até a porta. Da calçada, Caíque já identifica Faruk abancado à sua velha mesa de trabalho. Reflexo condicionado, solta a mão de Gabriel e, chamando alto, corre para abraçar o amigo.

– Faruk!!!

Atrás da mesa, estupefação. O abraço se dá com carente e saudoso impacto, os corpos se unem como se fossem um só. O velho libanês chora e ri sem acreditar no que acontece.

– Caíque, Caíque! Por onde você andou esse tempo todo?

Caíque o abraça e beija aflito.

– Você é que sumiu, me abandonou!

– Sim, sim! Mas Faruk não teve culpa, entende? Não teve culpa!

Os dois se desprendem e se olham e se acariciam para terem certeza de que tudo é real. E tornam a se abraçar ainda mais forte e demorado como se não quisessem outra separação. E enquanto estão assim colados, deixe-me contar o que aconteceu logo depois de Faruk e Caíque terem se despedido naquele longínquo 24 de junho – não se espante, por favor. Quantas vezes fatores imponderáveis determinam mudanças radicais em nossas vidas? Despreocupados, cumprimos nossa rotina e, súbito, o Algo Maior decide que os rumos serão outros. Foi exatamente o que sucedeu com Faruk enquanto caminhava de volta para casa. Pensamento distante, se dava conta do apego cada vez mais forte pelo menino que, sem aviso, o havia conquistado com aquele jeito abusado, independente, já dando as cartas. Nunca ninguém havia lhe chegado assim com tamanha intimidade, como se fosse família, parente direto. Contraditoriamente, carregava boa dose de culpa por ainda não o ter chamado à sua casa, por não confiar nele a ponto de lhe dar abrigo. Quantas madrugadas despertava angustiado por cenas de seu ajudante perambulando sem trela pelas ruas, exposto a perigos, dormindo encostado em qualquer canto? Mas, de manhã, se acomodava com a situação ao ver sua alegria, a disposição com que entrava no chuveiro, devorava o café com leite, pão e manteiga, e se preparava para mais um dia de trabalho e de leituras. Bicho solto na vida... Aceitaria rédeas? Sempre a dúvida. Pois Faruk atravessava a rua do Catete quando se prometeu dar um basta em seus medos. No dia seguinte, à primeira hora, teria conversa séria com o moleque e o convidaria para morarem juntos, um quarto só para ele. Que tal? Com autoridade e boa dose de

O fio condutor 105

carinho, avisaria que regras e horários deveriam ser cumpridos e...
O carro que vinha em sua direção obrigou-o a adiar seus planos.
Atento, o infeliz motorista ainda tentou frear diante do pedestre
distraído à sua frente. De nada adiantou. A pancada violenta atirou
o corpo longe. Perda dos sentidos, socorro imediato, ambulância
do Corpo de Bombeiros, emergência de hospital público. Pelos
exames, traumatismo craniano com hemorragia interna. E então,
o calvário: CTI em coma induzido, várias infecções, respirador. Só
acorda depois de três meses. Vai aos poucos recobrando a memória
e é transferido para a enfermaria de neurocirurgia. Mais refeito,
embora ainda confuso, entra em contato com Abelardo, seu contador, e Jurema, a diarista – algumas providências precisavam ser
tomadas. Em casa, começa a fazer fisioterapia para voltar a andar.
Muito sacrifício, paciência e dor. Só dois anos depois, cria força e
volta a abrir a loja.

Agora, com o milagre materializado diante de si, Faruk é só
contentamento e pouquíssimas palavras, porque não sabe por onde
começar a contar tão longa epopeia. Cuidadoso, Gabriel mantém
distância, aguarda paciente a sua vez.

O velho custa a crer no que seus olhos veem.

– Você cresceu bastante, hein? Está um latagão!

Caíque acha graça.

– Latagão?! O que é isso?!

– Vá ao dicionário aprender!

– Houaiss ou Aurélio?

Rindo ao mesmo tempo, os dois tornam a se abraçar apertado. Esse é o Caíque do bate-pronto, da resposta sempre na ponta
da língua. Alho, azougue. Quem é que pode? Bom demais vê-lo
assim feliz. Rato de praia que nem o "pai". Rato de livraria que
nem o "avô".

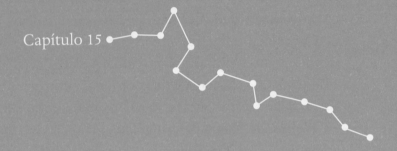

Capítulo 15

A FAMÍLIA PLANETÁRIA

Faruk sabe que não há nada mais triste que uma família ou uma nação desunida. Os horrores da guerra civil são lembranças que deixaram feridas abertas em sua alma. Sempre se pergunta como foi possível cristãos e muçulmanos, todos libaneses, nascidos no mesmo chão, desenvolverem tanto ódio e chegarem a extremos insuflados e alimentados por forças estrangeiras. Ainda no Líbano, perdeu a filha de dois anos por causa de uma pneumonia boba, que só se agravou porque não havia remédios nem hospitais ou médicos ao alcance. Foi o ponto-final em todo aquele absurdo sofrimento. No mesmo dia, ele e Hana decidiram pegar o pouco que tinham e vir para o meu acolhimento, os meus cuidados, porque – ouviam de parentes e amigos – eu era o Brasil generoso, sempre de portas abertas aos estrangeiros. Posso dizer que não os desapontei. Nesses 36 anos comigo, Faruk refez a vida e foi muito bem-sucedido. Mesmo depois da viuvez, consegue ser feliz do seu jeito. Só que, ao conhecer Caíque, se arrependeu por não ter providenciado outros filhos. Tivesse insistido um pouco mais com Hana, ela acabaria cedendo. Enfim, ambos se acomodaram na paz em que viviam – paz pela qual sempre ansiaram e que aqui, finalmente, haviam conseguido.

Nesse momento de reencontro, Caíque é o imaginado neto que lhe foi negado por uma fatalidade. Pensa no vazio que sente desde que reabriu a livraria. Pelo contador, soube do acesso de fúria do pivete assaltante que havia invadido a loja e que, tendo sido descoberto, jogou no chão o computador e o que mais estivesse na sua frente. Pensa no inútil alívio que se deu ao despedir o arrogante e presunçoso Abelardo. Agora, depois de ter se explicado com a história do atropelamento e resumido o calvário por que passou, Faruk volta a chorar incontido. Ganha afagos.

– Chora não, Faruk. A gente não vai mais se separar.

Gabriel se emociona diante da cena. É quando Caíque vai até ele e o puxa pela mão.

– Faruk, este é meu pai do coração, Gabriel.

Dois homens – ou duas gerações – que se olham nos olhos como se quisessem se reconhecer. Até que, inspirado pela apresentação de Caíque, Faruk se levanta, estende a mão e, voz embargada, completa a frase com pergunta instintiva.

– Depois de Faruk ganhar o neto de volta, será que Faruk está ganhando também um filho?

O aperto de mão não satisfaz. Para alegria de Caíque, seus dois protetores também se abraçam. Depois, já mais descontraídos, se fazem perguntas e saciam curiosidades. Gabriel conta como é a rotina do filho: pela manhã, trabalho duro na praia, e escola à tarde – finalmente, depois que Gabriel e Tereza conseguiram na justiça a guarda de Caíque, ele tinha voltado a estudar. Arrematando, diz que ele e a mulher estão felizes demais por tê-lo em suas vidas. Caíque exulta ao ser o centro das atenções.

– Até cachorro eu tenho! O Foguinho. Você precisa ir lá conhecer!

– Que beleza! E as línguas? Você continua a aprender?

O fio condutor   109

Gabriel responde primeiro. Caíque é a sensação da barraca, as vendas dobraram desde que ele começou a se exibir para os gringos, impressionante como o moleque leva jeito, a facilidade com que se comunica em outros idiomas, até comprou livros usados da coleção "Aprenda sem mestre", acredita? Faruk acredita, é claro, conhece a peça, o danado é ambicioso e tem memória prodigiosa. Caíque estufa o peito de convencimento.

A conversa se estende, só sendo interrompida vez ou outra com a chegada de algum cliente – o jovem de barba com jeito de estudante universitário é o mais demorado. É quando Caíque aproveita para circular pela livraria com o pai. Vai direto à estante onde estão os antigos livros de "Aprenda sem mestre". Quanta saudade! Depois, mostrando intimidade, leva-o até a copa e a área aberta com as plantas – que não estão tão bem cuidadas como no tempo dele, vai logo avisando.

– Lá em cima, é o depósito. O andar inteirinho!

Caíque se ilumina ali dentro, sente-se dono e senhor de todo o espaço, faz festa nos livros, pega, afaga e cheira como se fossem bichos de estimação. Gabriel não se ilude, percebe que terá que se sentar com Faruk e encontrar uma maneira de repartir aquele afeto, aquela energia. Hoje, não, que as emoções estão à flor da pele, mas em outro dia, com certeza. Virá sozinho, é lógico. E assim acontece. Na semana seguinte, os dois se veem. A preocupação de ambos é ajudar o menino que se mostra naturalmente dividido. Resultado: com sabedoria e boa estratégia, o velho Faruk ganhará não só Caíque, mas também Gabriel, Tereza e Foguinho.

O entusiasmado convite para o almoço de domingo surpreende e desconcerta. Logo em dia de praia com maior movimento na barraca?! O libanês argumenta que em dia útil fica difícil, a menos que não abra a loja. Por sorte, Tereza é professora – para ela, o domingo também é ideal. Ótimo! Assim, o primeiro impasse se resolve sem grandes problemas. Caíque quer levar Foguinho. Gabriel acha que não tem cabimento. Diante da insistência, melhor perguntar, e que o autor da ideia se entenda lá com o amigo. Faruk dá risada no telefone. Claro que pode! Vai dar mais alegria à casa! Conta que, quando Hana ainda era viva, tiveram um fox terrier espertíssimo. Então, pronto. Tudo acertado. Domingo, ao meio-dia, a família toda reunida na rua Ferreira Viana. O prédio fica quase em frente ao hotel Flórida, dá para ir a pé, chega a ser um bom passeio.

O apartamento nunca esteve tão arrumado. Jurema, a diarista, é convocada para ajudar em inédito plantão de fim de semana. Faruk, exímio cozinheiro, capricha na comida árabe: tabule, quibe de forno, cafta, *mjadra*, que é um arroz com lentilhas, o indispensável pão pita e *homus*. Um tinto leve acompanhará a refeição. De sobremesa, doces típicos escolhidos na loja do amigo Samir. Detalhe importante: é a primeira vez que Faruk compra flores para casa depois que ficou viúvo – palmas brancas e amarelas para o jarrão que fica no hall de entrada. Tudo pronto. Alegria com uma pitada de ansiedade. Meio-dia e dez. Só faltam os convidados.

O interfone! São eles! Sim, por favor, peça para subirem! Com a porta aberta para recebê-los, Faruk não cabe em si: afinal, o filho, a nora e seu queridíssimo neto estão chegando. Caíque é o primeiro a saltar do elevador para abraçá-lo. Foguinho imita e pula, e lambe, e late, e abana o rabo. Gabriel e Tereza se divertem e se enternecem com o alvoroço.

Dizer o quê? Foi um divertidíssimo almoço de família com histórias, lembranças do passado, manias caseiras, piadas, discussões e comparações da comida árabe com a baiana e a mineira... As gargalhadas, o "espera aí, deixa eu explicar", o "fala um de cada vez", o "põe um pouco mais de vinho pra mim", o "não, Jurema, chega, já comi demais", o "dá para o Foguinho", e, por fim, o "já são quase seis da tarde, está mais que na hora de levantar acampamento".

Abraços e beijos de despedida fazem acreditar que essa família foi formada antes de todos ali nascerem. Família planetária como nós, países, que nos entendemos e nos desentendemos pelos quatro cantos da Terra. Família planetária que – mesmo com oito bilhões de agregados falando alto e ao mesmo tempo – olha para o céu à procura de discos voadores e imagina mil tipos de extraterrestres, porque nós sempre queremos diversidade, conhecer gente nova, criar laços de amizade com quem venha de longe ou de fora. Caíque está certo: países e pessoas, temos de nos decifrar, nos traduzir, aprender todas as línguas, por mais estranhas que nos pareçam – único caminho para serenar nossa natureza indômita, temperar o sol, as chuvas, os ventos, encontrar a paz tão procurada.

Capítulo 16

O BEM E O MAL AO MESMO TEMPO

Para pessoas, não é comum os dois andarem juntos assim. Mas para países, é o que acontece pela história afora. Inaiê teve o gorro roubado em dia de maior sorte e breve conhecerá contradição parecida. Quanto a mim, sou ventura e desventura inseparáveis. Meu verde e meu amarelo se engalfinham desde que os brancos, vindos do outro lado do Atlântico, me puseram os pés, me fincaram bandeiras e dizimaram nativos que se opunham às suas leis e suas crenças. O verde era paraíso que os embevecia e lhes inspirava bons sentimentos – ideais de um Novo Mundo. Mas o amarelo, que buscavam com ambição desmedida, falou mais alto, pôs tudo a perder e ainda me causou dores maiores, quando, por crescente ganância, eles me trouxeram negros em cativeiro – não eram prisioneiros de guerra, eram famílias que viviam suas lidas em terras africanas, famílias separadas à força. Séculos se passaram, e continuo sangrando sem conseguir realizar meu sonho: as três raças evoluindo de mãos dadas, descobrindo-se mutuamente, trocando experiências e saberes que as ajudem a se livrar da selvageria ancestral imanente a todas elas. Assim, pelos ódios e amores que me são espalhados sem trégua, o bem e o mal acontecem ao mesmo tempo por toda parte, por todo canto que é meu. Juntos, voltarão a surpreender Inaiê – e as três raças, que, desde menina, também se digladiam dentro dela, não a ajudarão em nada.

Está tudo pronto para a mudança de endereço. Ela e Damião estão radiantes, compraram um apartamento no Flamengo, mais amplo, prédio antigo, preço ótimo. A transportadora vem amanhã para embalar as coisas. Chega de pagar aluguel. Foi Deus que fez com que o pai não quisesse lhe vender a casa de Olaria, concordam. As perspectivas de novos contratos são animadoras, precisavam mesmo de lugar melhor para receber as pessoas. O celular toca.

– É da Solo para você. Se for o que estou pensando, estamos feitos, parceira.

Inaiê entra na pilha com aquele suspense em voz baixa. Mão tampando o microfone, arregala os olhos para o amigo e atende. Alô... Sim, é ela mesma... Sei... Entendo... Certo... Por mim, tudo bem... Não, problema nenhum, amanhã está perfeito... Depois do almoço? Claro... Cinco e meia, combinado... Muito obrigada.

Um até mais e desliga.

– Está sentado? Então senta! Acabo de ser convidada para gravar meu primeiro álbum de estúdio! Já pretendem assinar o contrato e querem que você vá comigo. Que tal?

Pulos, brados de vitória. Uhuuu! Era o item que faltava para a profissionalização definitiva, para o reconhecimento e o sucesso. Vale abrir um vinhozinho. Agora?! Álcool antes do meio-dia?! Que mal tem? O feito tem de ser celebrado já! Enquanto Inaiê pega as taças, Damião se encarrega de abrir a garrafa. Serviço completo, por favor. E assim é. Posando de famosos, fazem o tim-tim.

– A nós mesmos! À nossa saúde, sucesso e cumplicidade!

– A você e a esse dom fabuloso que Deus te deu! Que venham novas e muitas vitórias!

Os dois bebem, servem-se de mais vinho. Delícia! Desta vez, é o telefone fixo que toca.

– Vê aí quem é, que eu vou ao banheiro rapidinho.

Damião atende. Não acredita. É Marta, mãe de Inaiê – só faltava essa. Pede um momento, por gentileza, vai chamá-la.

– Sua mãe.

– Minha mãe?!

– A própria.

– Que milagre é esse?

– A voz não é das melhores.

– Claro, como sempre. Mas muito estranho ela ligar assim de repente. Coisa boa não é.

Inaiê pega o telefone, respira fundo. A voz sai sem paciência.

– Alô.

– Ester?

– É ela.

– Tudo bem?

– Tudo ótimo.

– Estou ligando para avisar que seu pai faleceu agora de manhã.

– Hã?!

– Ele se sentiu mal de madrugada, fomos para o hospital, mas foi tudo muito rápido, os médicos já não puderam fazer nada.

– O que é que ele teve?!

– Infarto agudo. Enfim, o corpo vai daqui a pouco para o Caju. O enterro será amanhã às dez da manhã.

– Se não queria me ver em vida, não sei se vai querer me ver depois de morto.

– Faça como quiser. Precisamos falar sobre a casa de Olaria.

– Papai ainda nem foi enterrado, mãe.

– Você vai se surpreender quando souber. Pouco antes de morrer, Benedito me chamou para falar de tua avó Firmina.

Chorou muito, disse que a mãe veio vê-lo com instruções sobre o destino da casa.

– De qualquer modo, não creio que este seja o melhor momento para falarmos disso.

– Estarei hoje lá no cemitério, por volta das cinco. Seria bom conversarmos. Você sabe que tudo o que envolve Firmina me aborrece e assusta.

– Está certo, encontro você às cinco.

Desligam o telefone ao mesmo tempo. Quando Inaiê poderia imaginar? Junto com o convite para gravar seu primeiro álbum, recebe a fria notícia da morte do pai. Festa e luto, ganho e perda. E como se não bastassem os contrastes, amanhã mudança saindo para o novo apartamento. Pois é, o caos perfeitamente organizado. Caixas, caixotes, engradados, embalagens numeradas – impossível não associar à imagem do pai dentro de um caixão rumo também a outro endereço. Mais uma vez, alegria e tristeza se embaralham em sua mente, e o desabafo sai incontido.

– Bem ele. Estraga-prazer. Poderia ter escolhido uma horinha melhor para aprontar essa comigo.

Abraçada com Damião, mal consegue terminar a frase. Não tanto pela morte do pai, mas por frustração e mágoa por nunca ter conseguido se entender com ele e com a mãe. Lembranças boas? Muito poucas, ela bem pequena – quase todas se apagaram pela decepção que lhe causaram aos dez anos, quando descobriu que tinha uma avó ainda viva. Sério?! Como assim?! Ouviu sem querer a conversa sobre a casa de Olaria onde morava uma Firmina, que recebia fiéis para cultos satânicos. Por fim, a frase que lhe ficou gravada: "Tenho muita vergonha de mamãe, Marta. Mas, fica tranquila, nem vou responder a essa carta. Ester nunca terá contato com a avó". O choque com a descoberta durou semanas, não dormia nem comia direito. Na escola, ficava desatenta – a curiosidade de criança, a vontade de saber mais sobre aquela avó, o medo de perguntar aos pais o que eram "cultos satânicos". Só intuía que era alguma coisa muito ruim. Até que um dia decidiu que iria saber toda a verdade por ela mesma. Primeira coisa a fazer? Tentar encontrar a tal carta. A busca durou meses, porque tinha de ser nas horas em que estivesse sozinha em casa. Cuidadosamente, revirava gavetas e armários. Enfim, no escritório do pai, dentro da agenda, entre vários papéis, estava o bendito envelope. Leu a carta, é claro. Um texto que pedia mais uma vez ao filho que lhe telefonasse, que já estava muito idosa, e que levasse a neta para ela conhecer. A pequena Ester sentiu o coração apertar de tanta pena da pobre velha, tornou a guardar o papel e viu que, no verso do envelope, além do nome do remetente, constava o endereço da casa em Olaria. Pronto, o mais difícil havia conseguido, ali estava o mapa da mina. Agora, era só encontrar a maneira de sair da Tijuca e chegar até lá sozinha. Inaiê: não à toa, sua avó batizou-a de "águia solitária". Com o dinheiro que ia furtando aos poucos da carteira do pai e da bolsa da mãe, conseguiu em algumas semanas o suficiente para a corrida de táxi. Foi assim que, logo depois de ter completado onze anos, criou coragem e pôs em prática seu plano. O encontro com a avó? Foi o mais luminoso deste mundo. Firmina em estado de graça pelo inesperado presente. Presente de valor maior, porque vindo de sua própria neta. O dia inteiro juntas. Os Céus em fausto e festa! Oxalá é pai! Iemanjá é mãe!

Na despedida, a jura de Inaiê de que sempre voltaria para vê-la, ainda que tivesse de enfrentar a ira dos pais.

O que aconteceu ao chegar em casa? O previsto: a maior surra de sua vida, que a deixou moída, mas que ostentou como condecoração por sua vitória inconteste. A primeira de muitas. Era o bem e o mal que já se manifestavam ao mesmo tempo para lhe ensinar, forjar e fortalecer.

Capítulo 17

Ester e Marta

Conforme programado, mãe e filha se encontram no cemitério do Caju. Chegam juntas, um pouco depois das cinco. Trocam cumprimentos formais e se dirigem em silêncio para a capela número 7, onde está o corpo de Benedito. Diante do caixão, cada uma com suas lembranças ou orações, quem poderá saber? São as únicas ali, o que aumenta a sensação de vazio e desconforto. Marta é a primeira a se afastar, senta-se num dos longos bancos disponíveis. Vista de longe, atitude circunspecta, traje escuro, Ester lhe parece bem mais madura. Apesar da aparência, trata-se de uma jovem rebelde e petulante, ela bem sabe. A conversa não será nada fácil, prevê. Depois de um bom tempo, as duas estão finalmente sentadas lado a lado. Marta dá início ao jogo.

— Pela demora ali com ele, o acerto de contas foi sério.

— Da minha parte, não houve acerto nenhum. Fiz de tudo para resolvermos nossas pendências em vida. Mas, pelo que você me disse no telefone, ele, sim, tinha muito o que acertar. Não comigo, mas com minha avó.

— Com você, também.

— Desculpa, mas o destino da casa de Olaria já não me interessa.

– Mentira. Mas vou fazer de conta que não ouvi.

– Acho um desrespeito a gente tratar disso aqui.

– Ao contrário. É aqui, diante dele, que esse assunto tem que ser tratado e resolvido.

– Está bem, que prevaleça a sua vontade, como sempre.

– Detesto ter de reconhecer, mas Firmina foi uma assombração em minha vida.

– Assombração? Minha avó era uma mulher que só fazia e espalhava o bem.

– Assombração, sim. Porque, mesmo afastada, sempre esteve presente nos tormentos de teu pai. O infeliz nunca se livrou dos fantasmas do passado. Por mais que quisesse apagar tudo da memória, não conseguia. E a verdade é que você também foi responsável por isso.

– Eu.

– Sim, você. Quando ouviu conversa atrás da porta, abriu correspondência que não era sua e roubou dinheiro para ir ao encontro da velha. Já era o espírito dela trazendo o mal para dentro da nossa casa.

– Você vê o mal onde só houve amor.

– Mas, apesar do desgosto, permitimos que você voltasse para visitar ela, não permitimos?

– Vigiada e sempre por pouco tempo. Depois, em casa, eu era obrigada a ouvir suas invencionices sobre as doenças que as crenças dela causavam na cabeça das pessoas, até casos de loucura.

– Tudo verdade.

– Tudo tão diferente do que eu via lá, do carinho e da paz que eu sentia quando estava com ela...

– Bom, isso já não importa. Importa o que teu pai sentiu depois, quando você nos deixou de vez.

– Você praticamente me expulsou de casa.

– Não tive alternativa. Sempre fomos o oposto uma da outra. Me doía e irritava ver você se parecer cada vez mais com sua avó... Até nas feições, na voz, na cor.

– Hã?!

– A tua recusa de cantar no coro da igreja foi a gota d'água. Era a Firmina falando. O jeito, o orgulho, o olhar...

– Estou vendo que o ajuste de contas está sendo entre nós duas.

– Tem razão. E quer saber? No fundo, me dá alívio te dizer todas essas coisas, aqui diante de teu pai.

– Pensei que você já tivesse superado esse ressentimento.

– Impossível. Porque Firmina esteve presente até na morte de Benedito. Prova maior de que, apesar de todos os meus esforços, eu perdi teu pai para ela.

Pela primeira vez, Marta se comove. Ester se desconcerta com a reação da mãe. Espera que ela se refaça.

– Fica feliz: as últimas palavras dele foram um pedido de perdão ao avô Erasto, à mãe e a você.

– Ao meu bisavô Erasto?!

– Sim, por que o espanto? Essas coisas da umbanda... Falou de um gorro que a mãe queria dar de presente pra ele, e ele recusou, sei lá.

Ester faz menção de abraçá-la, mas o gesto de consolo lhe é negado.

– Não, por favor. Não preciso que você sinta pena de mim.

Silêncio demorado. Marta retoma o discurso olhando para o caixão.

– Segurando minha mão, contou que Firmina tinha estado ao seu lado na cama, acariciando seu rosto como fazia quando ele era pequeno. Chorou e disse que a casa de Olaria tem que ser sua, Ester. Por orientação de seu bisavô Erasto.

Ester engole em seco.

– Depois ficou quieto me olhando nos olhos, apertou minha mão... E pronto.

Marta se levanta, sai da capela. Ester leva algum tempo até ganhar fôlego e ir atrás da mãe. As duas estão agora diante de uma janela com vista ampla do cemitério.

– Tudo tão inútil, tão sem sentido.

– Onde está sua fé?

– Perdida. O Senhor me testou e eu falhei. Falhei tentando proteger seu pai das más influências. Falhei tentando levar os ensinamentos da Bíblia pra você. Agora, não sei. Sinceramente, não sei.

– E as pessoas da igreja? Não vejo ninguém.

– Pedi que só viessem amanhã para o enterro e para as orações do pastor Ivanir. Precisava ter essa conversa sozinha com você.

– Não foi conversa. Foi desabafo ressentido.

– Interprete como quiser.

– Vai passar a noite aqui?

– Claro. Apesar de tudo, a meu jeito, sempre amei teu pai. Muito. E estarei ao lado dele até o fim.

– Quer que eu fique?

Com tristeza, Marta acha graça.

– Não, obrigada. Antes só que mal acompanhada: o ditado vale para nós duas, reconheça.

– Você é incorrigível.

– Somos. Pelo menos nisso, você saiu a mim.

Nada mais a ser dito, Ester se despede. Não virá para o enterro. Quando for oportuno, se encontrarão para resolver questões relativas à partilha de bens.

Já no táxi, Ester abre bem os vidros, volta a ser Inaiê. Com algum alívio, manda mensagem de voz para Damião.

– Oi, amigo. Missão cumprida. Estou emocionalmente um bagaço, mas viva. Quando chegar em casa, a gente conversa. Beijo.

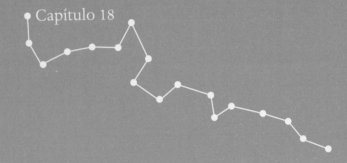

Capítulo 18

A RODA DO TEMPO

Depois daquele domingo, vieram outros encontros para almoços e jantares com Faruk, avô assumidíssimo. Frequentando-se com assiduidade, a nova família estreitou vínculos e se consolidou. Caíque ganhou quarto só para ele na Ferreira Viana, mas continuou a morar com Gabriel e Tereza, mesmo dormindo na sala. A razão? Foguinho. Falo sério. Se nós, países e pessoas, costumamos tomar decisões movidos sobretudo por interesses, Caíque, bicho com alma, é puro instinto e emoção. Seria perfeitamente compreensível que fosse para lugar mais confortável, dando também espaço e maior privacidade para seus pais, mas não foi o que aconteceu. Foguinho fica? Ele fica. Poderão até esporadicamente dormir lá no avô, mas o lar, a toca, o ninho é na Cândido Mendes – fidelidade canina. Faruk entendeu e até aplaudiu a decisão. A rotina do menino foi muito bem acertada: o período da manhã na praia, o da tarde na livraria e as noites na escola. Nos fins de semana, todos juntos, de preferência na praia – hábito que o livreiro incorporou com gosto: sempre fez planos de levar vida mais saudável, tomar bons banhos de sol e de mar, mas lhe faltavam estímulo e companhia. Agora, não há mais desculpas.

Os anos seguem, e Caíque vai ganhando corpo com rapidez e se aprimorando. Ao completar quinze anos, ganha do avô a bicicleta dos sonhos e um celular de última geração. A mesma recomendação para os dois presentes: manter o equilíbrio. E equilíbrio é o que lhe é mais exigido no dia a dia. O trabalho diversificado em ambientes tão distintos obriga-o a equilibrar corpo e mente. As atividades com o pai, ao ar livre, e com o avô, cercado de livros, lhe dão prazer e realizam. Sempre inovador, estimula Faruk a usar mais a internet, a modernizar a loja. No andar de cima, sugere abrirem um café literário para atrair mais clientes. A ideia é bem-vinda. Mas quem a irá pôr em prática? Gabriel e ele, é claro. Imaginam algo bem simples, um ponto de encontro e de estudo. Decidido: será o Café Balbeque, nome da cidade natal de Faruk.

O adolescente se mantém firme na realização de seu objetivo maior: bater o recorde do famoso superpoliglota Richard Simcott, brinca ele. Seja como for, com o apoio de Faruk, já se vira muito bem no espanhol, inglês, italiano, alemão, francês e árabe, é claro. Pelo dom que possui, o aprendizado é mais diversão que esforço. Professores ficam impressionados com a memória e a facilidade com que pega as diferentes pronúncias. Parece que, finalmente, o destino cansou de testá-lo, de lhe impor perdas trágicas e adversidades. Com trabalho, estudo e amor à sua volta, Caíque pode mostrar a que veio. Sua vida faz sentido, é motivo de admiração – desejo de todo ser humano: amar e ser amado, fazer sentido, causar admiração. Quem desmente?

Por sua vez, depois da morte do pai, Inaiê vai passando a limpo sua vida pessoal e profissional. Consciente do que ainda pretende realizar como cantora e compositora, mas profundamente marcada por seu histórico familiar, sabe que os ensinamentos de sua avó Firmina estarão presentes em sua trajetória, fortalecendo-a e lhe abrindo caminhos. Conforme esperava, a partilha dos bens foi feita sem muita discussão. Tudo porque se contentou com o "elefante branco" que aterrorizava a mãe, e não fez questão de mais nada – gesto que, espera, sirva para uma futura, embora improvável, aproximação com Marta, que se vê mais reclusa a cada dia.

Pela paciência que teve durante o inventário, Inaiê é recompensada pelo retorno ao antigo lar. Acompanhada de Damião, se emociona já ao abrir o portão e entrar pelo pátio externo. Surpreendente é a reação do amigo, sempre contrário àquela volta ao passado.

– Vejo crianças, muitas crianças.

– O quê?

O entusiasmo de Damião contrasta com as lágrimas de Inaiê. Seu comentário desconcerta. Pensa com a objetividade de agente e produtor, mas agora com uma incomum, para não dizer inédita, dose de espiritualidade. A casa e o terreno são exatamente o cenário que visualizou noite dessas para a gravação do vídeo que dará título ao primeiro álbum de estúdio da artista: *Cuidar*. Locação perfeita! Não precisam mais sair procurando outras opções, e ainda vão economizar boa parte da verba de produção. Inaiê gosta demais da ideia, porque a fala de Damião, além do aspecto prático e lucrativo, a leva por trilhas diferentes.

– Você acaba de resolver uma grande dúvida dentro de mim.

Desde que comprou o apartamento no Flamengo, já havia tirado da cabeça voltar a Olaria, mesmo com as belas reminiscências e o conforto que o espaço poderia lhe oferecer. A questão estava arquivada até que surge a herança vinda do pai e com ela a pergunta: o que fazer com a casa? Vender ou alugar? Fora de cogitação. Reativar o centro que, por tantas décadas, sua avó comandou? Não se sentiria minimamente preparada para assumir tamanha responsabilidade, nem consegue imaginar algum nome com força e autoridade para substituir o de Firmina. Manter a casa fechada? Desperdício. Então por que não planejar a criação de uma pequena creche para as crianças ali do bairro? Elas receberiam assistência e educação básica, enquanto as mães trabalham fora. Damião é receptivo ao projeto, mas a iniciativa deve evoluir aos poucos, aconselha. Os dois percorrem todo o terreiro, o salão onde se realizavam as sessões, cada canto, cada cômodo da casa, com projeções otimistas não apenas para o vídeo, mas também para a futura creche.

Dizer o quê? Damião acertou na previsão. O vídeo é rodado na casa de Olaria, e o álbum *Cuidar*, gravado e lançado com sucesso. Agora no auge de seus 22 anos, Inaiê é eleita pela associação de críticos de arte como a "revelação do ano" na música. Com o prêmio, saem matérias elogiosas nas revistas especializadas, aumentam os convites para shows e entrevistas na televisão. Esparramado no sofá da sala, abraçado com Foguinho, Caíque assiste à mais recente. Sente-se atraído pela mulher de cabelo revolto, pele escura e olhos amendoados. Há algo em seu rosto e olhar que o seduz e enreda. O que será? Tereza e Gabriel precisam vê-la.

– Mãe, pai, vêm cá rapidinho!

Tereza vem do quarto, Gabriel vem atrás.

– Olha, a Inaiê, a cantora que eu falei para vocês outro dia.

Tereza se interessa.

– A que canta "Cuidar"?

– A própria.

– Nossa, que traços fortes!

Gabriel faz coro, elogia.

Ela é simpática, tem carisma, e os três acabam que se juntam no sofá para ver a entrevista até o fim. Tereza fica impressionada com as falas, a firmeza com que ela expressa suas opiniões mesmo diante de questões polêmicas. Bem que podiam ir vê-la no show – a sugestão é aprovada por unanimidade.

A entrevista se encerra. Caíque não faz ideia de que a artista tão admirada é a dona da voz que o encantou na infância. E Inaiê, depois desses tantos anos, também não se dá conta de que, entre os inúmeros espectadores, poderá estar aquele que, quando menino, lhe causou imensa tristeza pela perda simbólica. Eu, ansioso, aguardo o momento em que esses destinos irão se encontrar. Por quê? Ora! Porque Caíque coleciona palavras para aglutinar culturas e modos de pensar diversos. E Inaiê coleciona sons com o mesmo propósito. Em "Cuidar", canção que dará título ao novo álbum da artista, por exemplo, cada ouvinte pensa em diferentes cuidares: o cuidar de um filho ou de uma mãe ou de um amigo. O cuidar de uma planta ou de um jardim ou de um bicho de estimação – e todos se veem ali espelhados. Caíque se vê nos cuidares que perdeu e nos que ganhou. Na perda dos pais biológicos, na chegada de Faruk e dos pais adotivos. Com tristeza, se pergunta se a jovem do gorro multicolorido terá recebido os cuidares de alguém, se depois de tantos anos ainda andará coletando dinheiro por aí. Queria tanto poder revê-la...

Capítulo 19

A FAMÍLIA REUNIDA

Caíque foi com os pais e o avô ver Inaiê cantar em seu primeiro grande show. Casa lotada, como era de se esperar. Ao fim, Faruk, o mais entusiasmado dos quatro, sugere irem até o camarim conhecê-la – faz isso pelo neto, é claro. Tereza e Gabriel se dispõem a acompanhá-lo, Caíque sente-se dividido. Quer vê-la de perto, quem sabe até conseguir um autógrafo, mas também receia se ver inseguro diante de alguém que tanto admira. Acaba convencido pelo avô a deixar de bobagem, e a família se junta a outros fãs à espera de parabenizá-la. Chegada a vez, sem pressa, Faruk apresenta Caíque a Inaiê com a naturalidade das pessoas simples. Elogia os dons da cantora e a beleza de suas composições para, em seguida, exaltar o talento do rapaz que já se expressa bem em seis idiomas. Sem se reconhecerem, o menino assaltante e a jovem do gorro se olham demoradamente com recíproca curiosidade. Beijos cerimoniosos, um autógrafo afetuoso e uma foto dos dois que, com seu celular, Gabriel se encarrega de conseguir. Perfeito. Vida que segue sem a mais leve suspeita de que protagonistas de um passado forte se revisitam com novas roupas, novos modos e currículos bem mais elaborados.

Pois é, as pessoas mudam a ponto de não se reconhecerem. Alguns anos a mais, e já são outras na aparência e no conteúdo. Portanto, não cristalizemos a imagem de alguém em determinado momento ou época. Muda-se para melhor ou para pior, quem poderá saber? Às vezes, mudança brusca, surpreendente e substancial que a todos entusiasma ou desaponta. Com países acontece o mesmo – falo por experiência própria. Fui aventura e idealismo, quando ganhei a nova capital. Pouco depois, fui tristeza e angústia pelas décadas de chumbo. Terminado o pesadelo, voltei a me alegrar, a fazer planos. Alguns deram certo, outros nem tanto. Se retrocessos aconteceram comigo, desdobramentos promissores nas trajetórias de nossos dois protagonistas me fazem crer que, países e pessoas que somos, mudaremos definitivamente para melhor, fazendo prevalecer nossa verdadeira identidade.

Inaiê leva adiante o projeto da creche. Com cerca de trinta crianças, a casa de Olaria ganha novos ares. Ali, se forma a extensa família com que sempre sonhou. Na primeira festa de fim de ano – para surpresa dos pais, responsáveis e cuidadoras –, ela se apresenta e canta suas composições mais conhecidas. A receptividade é grande, porque estão todos voltados para o mesmo propósito: dar sentido àquelas vidas, cultivá-las e lhes dar prova de que parentesco transcende o sangue, é vínculo muito mais profundo.

Caíque, além das leituras e do estudo de línguas, dedica-se agora à conclusão do Ensino Médio. Considera a internet o portal da nova era – ao atravessá-lo, as mais fantásticas oportunidades se abrem, e quanto mais idiomas alguém domina, maior o acesso à informação em todas as áreas do conhecimento. Diante dos progressos do neto, Faruk decide chamá-lo para contar sobre seus planos para o presente, já que o futuro é incerto, mais ainda para quem é obrigado a lidar com os achaques da idade. A fala vem logo depois de terminado o expediente na livraria.

– Você, querido neto, é o melhor que Faruk tem na vida, entende? Vida que é muito boa com Faruk neste finalzinho.

– Para com isso, vô! Finalzinho nada!

O velho acha graça.

– Finalzinho, sim, porque é muito cansativo viver para sempre.

Caíque pega o celular, não quer saber desse assunto – como se as perdas da infância voltassem a assombrá-lo agora na juventude. Faruk trata de chamá-lo à realidade.

– Quer deixar esse celular e prestar atenção, por favor?

Caíque guarda o celular, cruza os braços, cara amarrada. Faruk se serve de café e, bastante à vontade, começa a detalhar sua decisão. Como não tem herdeiros e não quer deixar testamento, pretende resolver a questão de seus poucos bens fazendo a doação em vida.

– Assim, a loja e o apartamento de Faruk vão passar logo para o seu nome. Para garantir seu futuro, seus estudos, entende?

Caíque afasta-se, vai até a porta, precisa de ar, de movimento. Faruk vai até ele, conhece bem o neto, sabe que a ideia de fim sempre o perturba, por mais que seja tratada com naturalidade, sobretudo se diz respeito à perda afetiva.

– Faruk quer ver você no comando da loja. A doação é gesto simbólico. Você deve se orgulhar disso.

– A livraria sem você não faz sentido.

– Não pense no depois. Pense no agora.

– E se eu for antes? Pode acontecer, não pode?

– Poder, pode. Mas você não vai querer essa dor para Faruk, vai?

Caíque encosta a cabeça no ombro do avô. Ficam algum tempo aconchegados assim em silêncio, enquanto o mundo desfila pela calçada em frente a eles. A fala sai com esforço.

– Claro que não. Desculpa. É que esse papo me pegou de surpresa, me trouxe lembranças ruins.

– Melhor tirar essas coisas da cabeça, ser feliz agora, junto com Faruk, com seus pais, com Foguinho. A família reunida... Entende?

– Entendo, sim, vô. Você está certo.

O tempo volta a mostrar que mudanças fazem parte da vida e – Caíque sabe muito bem disso – vêm quando menos esperamos. Portanto, melhor mesmo aproveitar o presente, com todas as suas alegrias e aflições.

Capítulo 20

Estava escrito?

O susto é grande. Domingo, pleno verão carioca. Cabelo preso, bermuda, tênis, chapéu de sol e óculos escuros – para não ser reconhecida –, Inaiê passeia pela orla da praia do Flamengo com Damião. Aproveitam o ar cedinho da manhã, um pouco depois das sete. Caíque, cheio de si, já está na barraca com Gabriel se preparando para atender os clientes. Exibe o corpo bronzeado, usa apenas uma sunga preta e na cabeça o gorro multicolorido dos doze orixás. À medida que se aproxima da barraca, Inaiê sente a garganta secar, como se o corpo a estivesse conduzindo para o inevitável, o prestes a acontecer.

– Preciso beber alguma coisa.

– Vamos ali, a barraca parece simpática.

Damião toma a iniciativa do pedido, dirige-se a Gabriel.

– Duas águas de coco sem estarem geladas, por favor.

Caíque, que abaixado acomodava latas de cerveja na caixa de isopor, levanta-se com disposição. Escancara sorriso para a cliente à sua frente. Atônita, ela fica sem reação diante do que vê. Até que são verbalizados o espanto e a certeza.

– Esse gorro é meu!

Gabriel para de cortar o coco. Hã?! Caíque olha para ele e depois, lívido, para a freguesa.

— Ganhei de presente.

— De quem?

— De um menino, faz tempo.

— Quanto tempo?

— Uns nove anos.

— É isso mesmo, nove anos. Esse gorro é meu, foi roubado!

Caíque custa a crer no que acontece.

— Então você é a menina que cantava no largo da Carioca...

— Eu mesma.

Ele se emociona, cria coragem.

— Eu voltei lá várias vezes pra devolver o gorro e o dinheiro pra você, mas nunca mais te vi e acabei desistindo.

Gabriel confirma a versão do filho. Nervoso e emocionado, diz que o encontrou nesse dia do roubo, descreve o desespero, o arrependimento do menino. Com acelerada ansiedade, resume a história da adoção, de Faruk, da livraria...

— Pode acreditar, ainda tenho comigo os 145 reais de dinheiro miúdo que ele me deu para guardar. Nunca gastou.

Solene, como se cumprisse ritual, Caíque tira o gorro da cabeça e o entrega à dona, que, ao pegá-lo, o acaricia e começa a chorar.

Impressionado, Damião intervém.

— Ontem falamos tanto na tua avó Firmina, e hoje ela devolve pra você o que é teu por direito... Inaiê, você tem estrela, minha querida.

Agora, é Caíque e Gabriel que são apanhados de surpresa. Falam ao mesmo tempo.

— Você é a Inaiê?!

Ela tira os óculos escuros. Dirige-se a Caíque, olhos vermelhos e encharcados.

– Sim, sou eu. Aquela adolescente magrela que cantava nas ruas para sobreviver.

Caíque se alegra. As regras mudam, o jogo vira. Com a revelação, seu sentimento de culpa vai embora. A menina batalhadora se deu bem na vida. Não mais se atormentará pelo mal que lhe causou. Fala com respeitoso entusiasmo.

– Minha família e eu fomos ver seu show no ano passado. Foi lindo demais. Meu avô nos apresentou, meu pai tirou foto.

Caíque sendo Caíque: espontâneo, verdadeiro. Corpo fechado, alma escancarada. Bicho e anjo. Inaiê olha bem nos olhos dele.

– Me lembro. Você é aquele que fala muitas línguas.

Gabriel se intromete.

– Seis!

Ainda impactada por reaver o gorro de forma tão inusitada, Inaiê rebate com autoridade.

– Espero que, em todas elas, ele me peça perdão pelo que fez.

Sem se intimidar, Caíque tenta tirar proveito do revés. Começa a desfiar os seis pedidos de perdão – na realidade, sete, se incluirmos o português com que encerra a fala. Pelo amor que envolve, a cena não será esquecida tão cedo por quem a presenciou. Quem terá vivido algo assim? Um grupo de jovens se aproxima da barraca. Inaiê repõe os óculos escuros, não quer ser reconhecida com expressão de choro. Dá o assunto por encerrado.

– Está tudo certo. Vamos esquecer tudo isso.

O tom da fala é frio e distante. Desapontado, nosso protagonista não passa recibo, diz estar feliz por tê-la finalmente encontrado, pede licença e se afasta em direção ao mar. Foguinho, atento, acompanha o amigo. Gabriel oferece os dois cocos, insiste que é cortesia e Damião acaba aceitando. Enquanto sacia sua sede, vez ou outra Inaiê bate os olhos em Caíque, pensa na profecia de sua avó. Será ele o tal menino da igreja, será o erê agora homem quase feito? De longe, o vê brincar com o cão e entrar no mar. A vida a desconcerta sempre, para o bem ou para o mal. Essa história apenas começa e a assusta: "Vento que sopra para o alto também pode ser redemoinho que adentra a terra".

Com uma pitada de impaciência, Damião dá o espetáculo por findo.

– Vamos? Acho que já vimos o suficiente.

O casal se despede. Mais uma vez, Inaiê agradece a gentileza, o coco estava bem doce. Gabriel aproveita a oportunidade para que um próximo capítulo aconteça.

– Se você me der algum endereço, posso deixar os seus 145 reais na portaria. O valor já não é o mesmo, é claro, mas, pelo simbolismo, acho que você vai gostar de ter de volta aquele dinheiro que ganhou com sacrifício.

Damião dá de ombros como se tanto fizesse. Silencia, mas não acredita na história fantasiosa de um punhado de reais guardados esse tempo todo, acha que é pretexto de fã para manter contato. Inaiê, ao contrário, sente verdade na afirmação, dá sinal verde. O endereço é dito e anotado num guardanapo de papel. Fim de conversa. Nas mãos certas, o gorro multicolorido dos doze orixás toma rumo. Domingo que segue.

Capítulo 21

DIAS DEPOIS

À tardinha, Gabriel vai ao endereço dado – como era só entregar o envelope, não havia combinado hora. Cumprindo instruções, o porteiro pede a ele que aguarde, comunica-se com o apartamento e o autoriza a subir. Surpreso, ele toma o elevador com uma mistura de estranhamento e curiosidade. Inaiê está só. Afetuosa, convida-o a entrar. O ambiente é claro, bastante amplo, aconchegante, não há como não se sentir à vontade. Está com algum tempo disponível? Sim? Ótimo. Sentam-se de frente um para o outro, como se ele precisasse recontar aquela história imprecisa, ansiosa e acelerada sobre Caíque. Agora, com o devido distanciamento e os detalhes que são trazidos, o reencontro na praia a impressiona ainda mais, parece ter sido mesmo programado pelo destino.

Depois da longa conversa, sempre em torno da trajetória de Caíque e da própria Inaiê nesses anos de afastamento, Gabriel entende que é hora de entregar o envelope com o dinheiro.

– Os seus 145 reais, que ficaram esse tempo todo guardados comigo. Caíque nunca pôs as mãos neles.

A emoção é forte. Quando poderia imaginar? Reaver as mesmas notas recebidas por seu canto adolescente! Pegá-las depois de tanto sonho, tanto estudo, tanta luta! Que loucura... Por onde andarão as pessoas que lhe deram aquelas contribuições, que a incentivaram com o gesto solidário? A volta súbita ao passado projeta todo um filme do que foi vivido e superado durante esse tempo.

– Confesso que me sinto confusa diante de tudo isso. E me pergunto a razão de esse dinheiro voltar intacto para as minhas mãos.

– Muito segredo entre o Céu e a Terra. Melhor não revirar.

– Com o que ouvi agora sobre o Caíque, o fato ganhou outras cores. Acho até que fui indelicada com ele. Queria encontrar com ele de novo para tirar a má impressão que causei.

Gabriel acha graça.

– Má impressão? A admiração que ele sente por você é imensa. É claro que ele vai gostar muito de estar com você de novo.

A visita termina por aí, cumpriu finalidade. Caíque precisava estar presente. Quem o conhece sabe o quanto ele exultaria por se ver bem falado, o centro das atenções, e por saber que Inaiê promete estar com ele novamente.

À noite, o clima é outro. Damião acha estranho Gabriel ter subido para entregar o envelope. Não era só deixar o dinheiro na portaria? E ainda ter estado lá sem marcar hora justo durante a sua ausência. Coincidência demais, não acha? Inaiê se aborrece, ciúmes agora? Ridículo. Tem culpa por ele ter passado a tarde fora? O Caíque nem veio. A conversa foi mais que respeitosa. E nem adianta cara feia, porque há mágica envolvida em tudo isso, sim. E ela se sente feliz pela forma como até o dinheiro lhe voltou às mãos. Damião não se conforma, é o entusiasmo excessivo que o incomoda. Que ficasse com o gorro de seus antepassados e pronto. Para que dar corda para quem já tomou rumo na vida? Que siga adiante e suma, desapareça. Não é supersticioso, mas começa a acreditar que o celebrado reencontro possa lhes trazer infortúnio. Do seu jeito, em tom irônico, usa as próprias palavras de Firmina: Esse vento aí, minha querida, pode muito bem ser o tal redemoinho que adentra a terra. Inaiê deixa-o falando sozinho, vai para o quarto. O rapaz, que conheceu menino, e o gorro reavido certamente têm a ver com a profecia de sua avó. Que seja redemoinho ou o que for. Contando com as bênçãos do bisavô Erasto, está disposta a fazer o seu destino. Coragem não lhe falta, sabemos.

Capítulo 22

FOGUINHO

Aconteceu sem que ninguém esperasse. Gabriel e Caíque o levaram à clínica veterinária aos primeiros sinais de envenenamento: vômito, febre, dificuldade de se manter em pé. Foi algo que ele comeu na praia, só pode ter sido. Pouco ou nada a fazer para reverter o estrago – explicou o veterinário, consternado. Os últimos momentos foram tristíssimos, era como se Foguinho tivesse certeza de que estava de partida – o olhar, a serenidade, o sentimento de que havia cumprido sua missão aqui na Terra. Foi companheiro de todas as horas, foi leal, foi divertido. E participou de grandes momentos na vida de seus dois maiores amigos. Como esquecer o dia em que conheceu Caíque? Viu quando Gabriel foi buscá-lo atrás das ondas e o trouxe de volta à areia. A aflição, a vontade de ficar perto, de lhe lamber as mãos, o rosto, demonstrar carinho para tranquilizá-lo e, depois, a recepção que lhe deu para que se sentisse o mais confortável possível diante de estranhos. E o dia em que Gabriel o adotou? Dois ou três meses de nascido, largado no mundo, órfão de pai e mãe. Que importava? Aquele colo era prova de que também existem bondade e compaixão no ser humano, que não era impedimento à felicidade ser meio feio, não ter pedigree. Por ser preto com mancha branca no focinho e nas patas, foi batizado de Foguinho, em homenagem ao time de seu pai adotivo, time que passaria a ser o seu também. Sua vida foi boa, nada a reclamar. Comida farta, caminha gostosa, sempre muito acarinhado, até nesses seus últimos instantes. Apressados, Faruk e Tereza chegam juntos. Pronto, a família toda reunida. Comoção. Mais afagos e beijos. Saudade antecipada. Ele já pode ir em paz, sem dor, sem medo. Fecha os olhos, vira sonho, anjo de patas.

A partida de Foguinho trouxe mudanças expressivas na vida de Caíque, bicho que é, instinto apurado. Nunca se importou em dormir no sofá da sala aconchegado ao amigo de infância, pelo contrário. Quando juntos, impossível saber onde acabava um e começava o outro – desde o início foi assim. Agora, o cenário na Cândido Mendes não é mais o mesmo, a história não é mais a mesma. Caíque intui que é tempo de crescer e amadurecer em seu próprio espaço, domesticar a liberdade que terá ao morar sozinho. Com o que ganha na livraria e na barraca da praia, dá muito bem para alugar um conjugado e aprender a se virar no dia a dia, a fazer compras para casa, a preparar o alimento, a controlar as despesas. Conversa com o pai, a mãe e o avô, o apoio é irrestrito. Faruk, todo orgulhoso, contribui com os móveis. Tereza lhe fornece roupa de cama, mesa e utensílios de cozinha. Gabriel – sempre faz-tudo – põe a mão na massa com o filho: montam o armário, a cama, pregam quadros, prateleiras, instalam as luminárias de teto e o que mais precise. Por fim, cuidam da faxina, que, pelo tamanho do apartamento, é tarefa fácil. A família já pode vir visitá-lo.

Toda essa reviravolta se dá em menos de um mês. As iniciativas para alugar, montar e arrumar a nova moradia ajudam Caíque a amenizar a dor da perda. Mas as noites dormidas sem a companhia do amigo e a ausência dele também na praia ainda o machucam.

Nem a notícia de que Inaiê pretende vê-lo novamente o entusiasma. Hoje cedo, Gabriel voltou ao assunto e ele desdenhou.

– Tudo bem. Ela sabe onde eu trabalho. Quando quiser, ela passa por aqui para me dar um alô. Se é que já não se esqueceu do que disse. Pelo tempo, deve estar ocupada lá nos compromissos dela.

O fato é que as adolescências de Caíque foram embora com Foguinho. Parece homem feito. Além do corpo e da voz, a postura, as atitudes... Todos notam, até os clientes – que também sentem falta do barrete colorido em sua cabeça. Cadê o gorro? É sua marca registrada, cara! Pode ficar sem ele não! Caíque sorri sem graça, tenta levar na brincadeira, finge não dar importância, mas no fundo se pergunta se, sem ele, sua luz não irá outra vez se apagar – afinal, Gabriel, Foguinho e o gorro lhe chegaram no mesmo dia, praticamente na mesma hora. E, a partir dali, tudo deu certo em sua vida – a nova família, a adoção, a volta à livraria e o reencontro com Faruk, que se tornou verdadeiro avô.

Em verdade, o que aflige não só Caíque, mas tantos outros jovens, é algo mais complexo e abrangente, porque envolve questões que dizem respeito não só a eles, mas também a mim como país. Explico-me: dias depois de ter se mudado, ele volta ao morro onde viveu sua primeira infância, onde conheceu o que é lar, amor, família, morte. Súbito, precisa pôr a mão na ferida, descobrir se ela está aberta ou cicatrizada. Ao enveredar por aquelas ruelas e becos, sente estranheza, desamparo, aperto no coração. O local onde houve o desabamento da casa de seus pais continua do mesmo jeito, nada pôde ser construído ali, e as construções ao lado se equilibram precariamente como antes. Os vizinhos que o acolheram se mudaram para outro canto faz tempo, e os novos inquilinos não têm ideia do paradeiro deles. A velha escola, eternamente sem recursos, sobrevive. A professora, que agora é bem mais jovem que a professora Aurora, demonstra a mesma expressão de cansaço, embora a voz seja determinada e inspire confiança. Dos ex-colegas, sabe por Téo, que hoje se vira como motoboy. O mesmo tipo indígena, a mesma cara de esperto. Reencontro emocionado, porque, de todos, Téo era o mais falante e comunicativo, e também o mais amigo. Conta que alguns trabalham na construção ou no comércio, outros são faxineiros ou porteiros de edifício. Cleiton formou um grupo de funk e parece que está se saindo razoavelmente bem com seus seguidores na internet. Josué, que sempre tirava as melhores notas, entrou para o tráfico e pouco é visto circulando. Lembra dele? Claro. Era o mais piadista da turma, gente boa, nunca se meteu em confusão. A mãe, dona Leda, morreu ano passado. De desgosto, dizem. Nova ainda, devia ter o quê? Uns quarenta e poucos anos no máximo. Era uma entusiasta dos Cieps. Isso! Falava com orgulho e saudade do tempo em que tinha escola das oito da manhã às cinco da tarde, com direito a refeições completas, serviço médico, educação física, estudo dirigido! Dá para acreditar em algo assim? Pena que o sonho durou pouco. País covarde, que só protege o grande e bate no pequeno – se revolta Téo. Quando é que essa humilhação vai acabar, Caíque? Quando? Magoa demais ver tanta mina e tanto moleque soltos e perdidos por aí, sem rumo, sem futuro nenhum.

A conversa continua acalorada, com Caíque apostando em saídas e em voltas por cima, e Téo discordando. O que se pode fazer é cada um resistir e ir sobrevivendo na sua trincheira, insiste. Olha ao redor e é só desespero. País covarde, sim. Poderosos que mantêm seus privilégios e só ferram o batalhador honesto, repete. Fazem da política um balcão de negócios, roubam e corrompem à vontade, porque estão sempre protegidos por suas próprias leis. Que justiça é essa, irmão?! Que Brasil é esse?! É tanta notícia de safadeza, é tanto nome de corrupto, que o povo, atordoado com seus próprios problemas e aflições, nem registra, passa batido, só pensa em garantir o pão de cada dia. E os bandidos se reelegem com o mesmo discurso mentiroso – levanta as mãos para o céu por ter conseguido comprar a moto, que já está quase paga, e por ela lhe dar o sustento. Mas, volta e meia, bate medo, insegurança. É filho único, os pais ainda na batalha, envelhecendo rápido e obrigados a viver no limite. O que vai ser deles na velhice? O quê? Me diz. Só Deus, meu irmão. Só Deus para amparar. Porque os de cima só dão mau exemplo e querem é que tudo permaneça como está, mesmo à custa de tanta morte, perda e sofrimento.

Novidade nenhuma. Morte, perda e sofrimento foi o que fez Caíque ir embora do lugar onde cresceu. Morte, perda e sofrimento foi o que o fez querer voltar, revisitar o passado. Morte, perda e sofrimento é o que o faz se solidarizar com Téo. O abraço forte e demorado é promessa de irmandade reinaugurada, de não se perderem mais um do outro, conexão que se restabelece. Eu me emociono e torço para que vivam para ver o sonho daquela escola ideal se tornar de novo realidade. Sei que, juntos, se fortalecem nessa luta desigual. Luta que já vem antes deles, que segue com eles e que continuará depois deles. Porque não são poucos os que se dão conta de que, além de pessoas, são países. Intuem, portanto, que o individual e o coletivo andam de mãos dadas, precisam um do outro. Que todos importam tanto quanto cada um.

Capítulo 23

A Ponte de Lebab

É o que lhe volta à mente ao chegar ao apartamento. Ideia aparentemente impossível de ser realizada, admite. Mas por que não a levar a sério, se a cabeça a engendra desde menino? A fantástica Ponte de Lebab em oposição à frustrada Torre de Babel! Outro tipo de engenharia, outra qualificação de mão de obra, outro material a ser usado! A conversa com Téo e o sonho de dona Leda servem de gatilho para esse projeto ainda mais ambicioso que o daquela escola ideal. Porque, embora essencial, só boa educação não é suficiente para encontrar sentido nesta vida – teima Caíque. Sim, é preciso teimosia para ir além, a ponto de se tocar o Algo Maior que vive dentro de cada um, que a todos inspira e entrelaça, e que só será alcançado por meio de conexões solidárias, mesmo as mais improváveis. Conexões que se fazem pelos que procuram se entender apesar das diferenças. Conexões que precisam se expandir e reunir mais e mais pessoas, mais e mais países. Conexões por pontes, que são horizontais e que, no movimento de ir e vir, nos conduzem uns aos outros – não por torres, que são verticais e, em seu exibicionismo, nunca chegam a lugar algum. Talvez a Torre de Babel tenha sido erguida por motivos menos nobres e, assim, se tenha dado o desastre. Pois é. Aquela visão de menino, de um monumento grandioso nos levando aos céus, ficou lá atrás.

Agora vivendo sozinho, Caíque aproveita as horas da noite para ir passando para o caderno todas essas elucubrações. Suas perdas e sofrimentos, repito, são os ingredientes que, desde a infância, o fortalecem em vez de abatê-lo. Tudo o que a vida lhe toma, ele recicla e reconecta com a disposição férrea de usar o revés a seu favor, porque esse Algo Maior, que não se explica, está presente até nas pequenas atividades do seu dia a dia, nos encontros e desencontros, no bem que o inspira e no mal que o aflige. Assim, também arruma modos de alegrá-lo de repente e poderá surpreendê-lo ao chegar à barraca da praia para trabalhar. É o comando de Gabriel que anuncia a nova conexão.

– Garrincha, junto!

O cãozinho preto de manchas brancas vem correndo, chega aos pulos. É acariciado, mimado, paparicado pelo dono. Caíque abre sorriso incontido, mal pode acreditar. Adotou?! Sim! O namoro durou três dias, até que foi buscá-lo hoje bem cedo. Garrincha é engraçado, esperto, abusado. Agrada de cara. Chama-o para si, ele não pensa duas vezes, vem em busca de novos carinhos e brincadeiras, vagabundo, dócil, fácil. Alegria que não para quieta, espalha areia e quer atenção.

– Garrincha, muito prazer. Eu sou o Caíque, seu irmão.

Pata e mão balançadas se dão oficialmente a conhecer. Que figuras! O dia começa bem. Vamos então às amenidades – que o trabalho na barraca também é farra, conversas e gozações com a clientela. E assim os ponteiros do relógio giram sem que se perceba.

O sol já brilha alto, a turma dos exercícios matinais vai voltando para suas casas e rotinas, o movimento diminui. Gabriel e Caíque se permitem uma espichada nas espreguiçadeiras, matam a sede com água de coco e se distraem com o vaivém de Garrincha a pegar e a trazer o que lhe atiram. Satisfeito com o que tem e com a vida que leva, nosso jovem sonhador comenta com o pai a ideia de criança que sempre o entusiasmou.

– Ponte de Lebab?! Que ideia é essa, cara?

Caíque acha graça. Tudo bem, pode ser maluquice, mas desde que conversou com Téo, muita coisa lhe tem fustigado os pensamentos.

– Tudo está conectado, de uma forma ou de outra, para o bem ou para o mal. É urgente que todo mundo tenha consciência disso.

Gabriel franze o cenho.

– Não entendi.

– Veja a minha vida: perco meus pais, minha casa, tudo. Sou recebido pelos vizinhos, briga feia, fujo, peço esmolas, roubo, encontro Faruk, que me dá a mão, mas logo sofre acidente. Encontro o contador, que me confunde com ladrão, me revolto, roubo o gorro e o dinheiro de Inaiê, fujo, venho aqui para a praia, conheço você, que me salva e me adota. Tudo conectado, tudo! E por aí vai, com novas conexões! O reencontro com Faruk, os laços de família que criamos com ele, a ida ao show de Inaiê sem que eu soubesse que ela era aquela menina que cantava no largo da Carioca! Aí ela me descobre só por causa do bendito gorro!

– Mas isso é o que acontece com todo mundo, a vida inteira.

– Claro! O problema é que ninguém se dá conta do óbvio, de que essas conexões não param. Nunca! O Foguinho morre, eu decido morar sozinho, sinto saudade dos meus pais, do Linguiça, da minha infância com eles. Volto ao morro onde cresci, encontro com Téo, colega de escola. Levamos um papo incrível, ele me fala da barra que enfrenta para sobreviver, do colega nosso que entrou para o tráfico, da morte de dona Leda, que viveu uma realidade possível... Foi essa realidade que me deu força para querer pôr em prática um sonho antigo: a Ponte de Lebab!

– Lebab? De onde você tirou isso, cara?

– Lebab é Babel de trás para a frente. Se a torre confundiu e separou a humanidade, a ponte pode reunir a gente novamente. Maluquice minha, já disse. Mas ponho fé.

– Maluquice, não é, mas é sonho de adolescente. Já fui assim também, revoltado com as injustiças que eu via e sentia na pele. Acreditava que minha geração ia mudar o mundo. Mudou? Mudou nada, tudo na mesma. Ralei um bocado, acabei aqui nesta barraca e me dou por satisfeito. Sobrevivi e vou vivendo com dignidade.

– O ponto é esse, pai. A Ponte de Lebab não pode ser sonho de adolescente. Tem que ser projeto de todas as gerações, de todos os países, de todas as culturas! De quem ainda acredita na mudança! Tem um montão de gente batalhadora e honesta em cada canto deste planeta. A grande, grande, grande maioria. Gente simples como nós, que quer uma vida melhor, mais justa, com dias mais tranquilos para curtir a família, os amigos... E trabalho digno. Só isso. Existe um Algo Maior que nos une, eu sinto. Esse pessoal precisa apenas se conectar, ter voz. Boa escola ajuda, mas não basta. Falar muitos idiomas ajuda, mas não basta. Internet ajuda, mas não basta. Para levantar a Ponte de Lebab, mais que tudo, tem que ter muita garra e vontade, cada qual sendo respeitado pelo seu talento, a sua luta, o seu sonho. É um pouco a letra de "Imagine", do John Lennon, que você ama e vive cantando.

Chega um cliente. Gabriel se levanta para atender. Enquanto corta o coco, pensa no orgulho que sente do filho. Que sorte o ter em sua vida. Depois de Tereza, essa foi a conexão mais abençoada. Pois é: o filho, que não teve, chegou não depois de nove meses, mas com nove anos. Que importam agora as injustiças da vida? Superou muitas delas. Está bem assim. Comodismo? Talvez. Caíque que o perdoe, mas não acredita nem um pouco nessa ponte. "Imagine" e Lebab são utopias das mais ingênuas. Podem quando muito inspirar belas canções, mas nunca conseguirão desfazer o carma de um mundo desconexo nem a sina de Babel. Muita gente ruim e ignorante sempre tocando o terror, infernizando e disseminando o mal pelos quatro pontos da Terra. E as torres, cada vez mais altas, estão aí para provar essa trágica realidade.

Será? Caíque não se convence.

Capítulo 24

SEM BEIJOS E AMORES, A VIDA É DESENXABIDA

Damião e Inaiê discutem acaloradamente. Pelos anos de amizade e parceria, querem chegar a um acordo, é claro. Interesses, limites, relações afetivas – tudo é posto na mesa. O principal obstáculo para o entendimento? A vida pessoal misturada com a profissional. Ou seja: a dificuldade de separar o que é razão e o que é emoção, o viverem debaixo do mesmo teto. Nesse instante, a discussão se arrefece. Damião resume o impasse com uma pitada de tristeza.

– Fidelidade total de ambas as partes, é verdade, porque só vivemos as desvantagens do casamento.

– Não vejo como desvantagens, ao contrário, foram ganhos. Companheirismo, admiração, cumplicidade total, sempre...

– Já conversamos sobre isso. Tantas vezes, que perdi a conta. Sou o pai que você gostaria de ter tido.

– Besteira. Você nem tem idade para ser meu pai.

– Não importa, é assim que você me vê. O mais experiente, o que transmite segurança e proteção.

– E como é que você me vê? Não quando nos conhecemos. Não quando minha avó morreu e passamos a morar juntos. Não quando celebramos vitórias, ganhamos dinheiro e choramos juntos. Quero saber como você me vê agora, neste exato momento.

— Vejo você plena, pronta para uma relação madura.

— Talvez o certo seja: plena, pronta para morar sozinha.

Silêncio. Damião sente o impacto da afirmação, custa a digerir. Pergunta o que já intui.

— Morar sozinha?

— Tenho tido sonhos. Você me conhece, sabe que me impressiono com sonhos.

— Posso saber que sonhos são esses?

Inaiê não tem coragem de contar. Dá pistas.

— O gorro veio para me libertar, para desfazer o que está amarrado.

— Não precisa falar mais nada.

Inaiê vai até ele. Abraça-o. Fica assim aconchegada em seu corpo, como fazia aos dezesseis anos. Sem a mesma intensidade, ele a envolve com um dos braços, simplesmente permitindo que ela se aninhe.

— Nunca vou me afastar de você, Damião.

— Então por que morar sozinha?

— Porque vai ser melhor para nós dois, você vai ver. Tudo vai ficar mais claro, mais transparente.

Ainda abraçada a Damião, ela fala olhando para a parede onde estão os quadros dos vários prêmios emoldurados. Ele faz menção de desfazer o abraço. Inaiê entende o gesto. Ambos se afastam naturalmente.

— Se você pensa assim, não posso fazer nada. Só não entendo por que justo agora quando parecíamos tão próximos. Por causa de um gorro que ficou anos com um estranho e não lhe fez falta alguma? Ao contrário, trouxe foi muita sorte para nós dois. Pense bem. Você está sendo iludida por uma fantasia.

É que, para Inaiê, a fantasia já se realizou. Mesmo que não se concretize na carne, já se concretizou na mente, sinalizando que é hora de ela ser outra sendo ela mesma. Como pássaro na muda, serpente que troca de pele.

– A criação de sua avó deixou marcas profundas em você.

– Isso é crítica ou elogio?

– Nem uma coisa nem outra. É constatação. Como se a vida estivesse me confirmando agora algo que eu temia.

– Não entendi.

– Quando vi você pela primeira vez lá no supermercado, eu disse: essa garota vai ser minha. Orgulhoso, eu apostava que, mais cedo ou mais tarde, você se apaixonaria. Que bastava eu ser gentil e atencioso e você viria para mim sem muito esforço...

Damião acha graça dele mesmo, e continua.

– O que me perturba é que, com a morte de sua avó Firmina, aconteceu o que eu tanto queria. Não porque você tivesse se apaixonado, é claro. Sinto vergonha de admitir que fiquei feliz com a sua infelicidade, porque foi ela que fez você me propor dividirmos um apartamento, porque era menor de idade, não poderia assinar um contrato de aluguel nem teria dinheiro para morar sozinha. Lembra? Tudo a meu favor, até casa montada. E eu ainda poderia posar de protetor. Apostava que um dia você iria descobrir que me desejava não só como amigo.

– Nunca enganei você nem dei nenhum tipo de esperança.

– A esperança estava em você nunca ter se entregado a ninguém de verdade. Só namoros infantis, sem consequência. E quando eu dormia fora de casa e aparecia com alguma namorada mais frequente, você ficava de mau humor, fechava a cara. Algumas, você até destratava.

– Eu era muito nova, achava que elas poderiam estragar nossa amizade. Faz tempo que eu não me importo com suas saídas ou aventuras amorosas.

– Não era só amizade, Inaiê. Era tudo: a vida e os projetos em comum, o trabalho, as superações, as conquistas... E o amor. Não tem como você negar que a gente se ama.

– Amor de amigos. Nunca me apaixonei por você.

– Nem por ninguém. E agora está caída por um adolescente que viu apenas uma vez. Essa é que é a verdade. Tudo por causa de um gorro... A profecia de Firmina... E sonhos...

Inaiê não o desmente, ao contrário.

– Ninguém controla o que não conhece. Estou impressionada, sim. Fazer o quê? Aconteceu, é fato. Caíque entrou na minha vida sem pedir licença. Quero descobrir o porquê dessa história. Direito meu.

– Pois então vai em frente e seja feliz. Ou se arrependa.

– O importante é que a gente resolva essa situação sem hostilidade, mantendo a confiança e o respeito que um tem pelo outro.

– Claro. Só me dá um tempo para organizar as ideias. Vou para um hotel por uns dias, e aí depois a gente combina como vai fazer.

– Perfeito. Eu aguardo o seu sinal.

Damião sai para o quarto, vai arrumar a mala. Inaiê sente o peso antecipado da ausência. É o preço a pagar por sua liberdade. Durante anos, se acomodou nessa redoma de cuidados que lhe permite ver o mundo sem experimentá-lo. Talvez Damião tenha razão quando diz que fez papel de pai excessivamente protetor. Pois então é hora de ela se emancipar. De saber que a vida, sem anestesia, dói. Mas que, sem beijos e amores, é desenxabida.

Capítulo 25

Uma semana hoje

Damião saiu de casa e ainda não deu notícia. Inaiê já pensou até em ligar, chegou a iniciar uma mensagem pelo WhatsApp, mas apagou. Melhor esperar, não quer transmitir impressão de cobrança – a liberdade vale para os dois lados, e o combinado foi que ele daria o sinal de que estaria pronto para levar adiante a separação. Nem sei se separação será a palavra certa, já que os dois pretendem manter a amizade e continuar trabalhando juntos. O que se espera é que, com cada um morando no seu canto, sem o controle de horários e movimentos e, portanto, sem as inevitáveis tensões, a relação tenda a melhorar, a ficar aberta e confortável. E o principal: que acabe de vez com a ilusão de que poderá haver entre eles algum envolvimento mais profundo.

Inaiê sente a ausência do companheiro. Durante essa contagem regressiva para que ele volte, ou para que, pelo menos, se comunique, o apartamento ficou imenso e tudo parece opaco, sem vida. Há dias em que bate insegurança, medo de que ele tome alguma atitude extrema, de que não queira mais amizade ou parceria profissional. Se assim for, paciência. Ela sabe que, para o bem de ambos, é caminho sem volta. Uma coisa está decidida: ali ela não vai morar. Se ele quiser ficar e comprar a parte dela, ótimo. Caso contrário, vendem o apartamento e pronto.

A vida é mesmo cheia de surpresas e contradições: desde que Damião mudou-se para o hotel, Inaiê deixou de sonhar. Bate na cama e apaga, breu total. Acorda na manhã seguinte com saudade do que não existe. Sensação de vazio. Tenta interpretar o motivo e não consegue. Já pediu à avó que lhe dê alguma pista. Como pode seu futuro estar ligado a um adolescente que mal conhece e que lhe inspira estranhas fantasias? O gorro dos doze orixás? Já não o associa à avó ou aos antepassados. Virou fetiche. Dorme aconchegada a ele. Recusou-se a lavá-lo como sugeriu Damião. Ao contrário, inebria-se com seu perfume. Cheiro de vida, profecia e feitiço.

O celular toca, é Damião. Ela atende de imediato.

– Que surpresa.

– Tudo bem por aí?

– Tudo. E você?

– Tranquilo. Está podendo falar?

– O tempo que você quiser.

– Tomei uma decisão que vai me fazer imenso bem.

– Diz.

– Estive vendo nossa agenda e agosto está quase todo livre de compromissos. As duas apresentações que estão sendo negociadas podem perfeitamente ficar para setembro. Pretendo viajar, estou precisando, e faz tempo que não tiro férias. Você poderia fazer o mesmo, sair um pouco, arejar...

– Viajar agora?

– É. Qual é o problema?

– A gente tem muita coisa para decidir e separar...

– Da minha parte, já está tudo decidido. Vou alugar um apartamento. E não se preocupe, você não tem nada para dividir comigo.

Vou ficar com pouquíssima coisa: minhas roupas e só alguns pequenos itens de estimação.

— E a sua parte no apartamento?

— Você pode comprar, se quiser.

— Não quero. Não pretendo continuar aqui.

— Então a gente vende e divide o que der.

— Mas você não vai viajar?

— E o que é que tem isso?

— A gente vendendo, você vai ter que assinar papéis.

— Essa venda não vai se resolver num mês. Não dá para esperar a minha volta?

Inaiê respira fundo, olha ao redor. Por ela, iria embora dali o quanto antes. Demora a responder. Damião insiste.

— Você me ouviu?

— Ouvi.

— Então? Não dá para esperar só um pouco?

— Tudo bem, eu espero.

— Ótimo. Essas férias vão me fazer bem.

— Vai para onde? Posso saber?

— Jericoacoara e outros paraísos por lá.

— A viagem que a gente se prometeu e nunca fez.

— Para você ver como são as coisas. Nossa separação já está dando bons frutos.

— Não vejo como separação.

— Mudança de vida, então.

— Melhor assim.

Pausa demorada. Damião retoma.

— Bom, é isso. A gente vai se mantendo em contato.

— Você vai passar antes por aqui?

— Não vai ser preciso. O que eu tenho de roupa dá e sobra.

— Boa viagem, então. Aproveite bem e descanse.

– Com certeza. E você, se cuida.

– Pode deixar. Beijo.

– Beijo.

Desligaram quase ao mesmo tempo. Por alguma razão que não sabemos, Damião não disse que iria acompanhado. Inaiê sentiu vontade de perguntar, mas preferiu segurar a curiosidade. Será prova de que ainda há volta? O fato é que oito anos de convívio não são oito dias, desembaraçar hábitos não é nada fácil. O estarem juntos nas refeições, no trabalho e nas horas de folga. As toalhas úmidas no banheiro, os remédios, os cremes e as escovas de dentes no armário de espelho sobre a pia. O tomar banho no mesmo chuveiro, a intimidade descontraída, a naturalidade em se verem nus muitas vezes. Roupas se esfregando misturadas na máquina de lavar, e os filmes a que assistiram no mesmo sofá. As invenções na cozinha, o receber amigos e, por fim, o conhecerem muito bem as manias e pequenos vícios um do outro. Amizade assim é irmandade que entranha mais que amor carnal.

O que assusta? O terem varrido toda a dor para debaixo da pele e terem fingido, com aparente calma, que está tudo bem. Não está.

Capítulo 26

O QUARTO ENCONTRO

Vida que segue sabe-se lá para onde – não é assim a regra que nos rege? O fim de tarde lhe dá coragem para caminhar, ir até a praia e passar pela barraca onde Caíque trabalha. Inaiê sabe que a essa hora não haverá risco de encontrá-lo. Quer apenas voltar ao local onde se deparou com o bem que lhe fora roubado e o jovem que o exibia. Impacientou-se com aquele tipo que lhe desfiou perdões em várias línguas e lhe devolveu, com adolescente naturalidade, o que para ela era sério demais, porque envolvia suas crenças, sua formação, lembranças da avó. Ainda assim, a conexão entre eles se deu como se fossem duas peças avulsas destinadas a fazer par. Como entender a contradição? Certo ou errado, o fato é que o gorro multicolorido dos doze orixás foi parar na cabeça de quem hoje a atrai e desperta inexplicável curiosidade.

Inaiê revira todos esses pensamentos enquanto segue pela orla. Uma única certeza lhe aquieta a mente: depois de tantos anos, ainda se felicita porque o pequeno ladrão conseguiu fugir. Não foi bênção o roubo? O malfeito não deu certo? Não lhe devolveu o dinheiro – o mesmo dinheiro?! Se o menino foi usado para lhe dar sorte, a recíproca é verdadeira, agora sabe. Tantas vezes pensou nele, como estaria, que fim teria levado. E também temia pelo destino do gorro. Mas a premonição lhe garantia que ambos estariam a salvo em algum lugar. E não é que a fé se confirmou por prova real? Prova que lhe dá atrevimento para confiar no instinto apurado de bicho que pensa – bicho que pensa é perigoso, porque é capaz de tudo, e isso assusta demais. Que importa? Precisa é viver este momento com a intensidade que ele requer. Mágica, bênção, milagre, encantamento – mundo invisível e intangível que nos envolve, inebria e comanda, mas ainda assim o desdenhamos.

Gabriel se prepara para fechar a barraca. Surpreende-se com a presença inesperada, abre sorriso incontido.

– Oi, você por aqui?

– Vim andar um pouco para distrair a cabeça. Tive um dia difícil.

– Muito trabalho?

Inaiê gostaria de dizer o que lhe vai na alma, se dar o direito. Mas as convenções sociais não lhe permitem esse tipo de confidência, deixam passar apenas a meia verdade confortável.

– Damião viajou, precisei resolver sozinha um monte de coisas.

– Aceita uma água?

– Não, obrigada. Estou bem.

– Hoje vou encerrar o expediente mais cedo. Caíque ficou de vir me encontrar, vai jantar lá em casa. Tereza está preparando panquecas de espinafre que ele adora.

Gabriel fala enquanto vai dobrando e guardando as cadeiras de praia, não vê o efeito que a informação causa em Inaiê – uma mistura de excitamento e medo, que é o que prevalece e a faz refugar, querer se livrar do que poderá vir. Mas a voz sai tímida, sem convicção alguma. Diz que já vai indo, não quer atrapalhar. Gabriel não interrompe o que faz.

– Que isso, não atrapalha em nada. Fica mais um pouco, ele deve estar chegando.

Incapaz de um mínimo gesto de recusa ou assentimento, Inaiê permanece onde está, os pés colados no chão, como se uma força maior a obrigasse a calar e a esperar o tempo que for. Por sorte, a aflição dura pouco. Garrincha, que perambulava longe dali, pressente a chegada do irmão, corre desembestado para saudá-lo, lambê-lo todo. A manifestação de afeto contagia, descontrai. Agachado, alegria desatada entre os saltos e as lambidas do companheiro saudoso, Caíque olha em direção à barraca e lá está aquela com quem se imagina em tramas e enredos mis. Levanta-se, aproxima-se, fala como se o encontro houvesse sido combinado.

– Oi, tudo bem?

A naturalidade ajuda, prepara bom terreno.

– Tudo. Quase que chegamos juntos.

Sempre se movimentando, Gabriel não perde a oportunidade.

– Se vocês tivessem marcado, não teria dado tão certo.

Os dois trocam beijos tímidos. Caíque tem um livro em sua mão. Inaiê percebe.

– Fico curiosa quando vejo alguém com livro.

Caíque mostra a capa: *Uma aprendizagem ou o livro dos prazeres*, Clarice Lispector.

– Acabei de ler. Estou levando para minha mãe, mas se quiser furar a fila, eu deixo. Ela não vai se importar.

– Posso dar uma olhada?

– Claro.

Enquanto ela passa os olhos em algumas páginas, ele se afasta um pouco e volta a se aproximar como o artista que contempla a modelo na pintura em andamento, e busca detalhes nas cores do corpo que se vai formando na tela – o rosto, as mãos, a pose descontraída. Inaiê percebe que está sendo observada, sua atenção se divide entre o livro e Caíque. Lê algum trecho ao acaso.

– "...faz de conta que ela fechasse os olhos e seres amados surgissem quando abrisse os olhos úmidos de gratidão, faz de conta que tudo que tinha não era faz de conta..."

Os dois se olham por algum tempo. Sonho? Caíque desperta.

– É tudo muito lindo. Você vai ver que o romance está quase todo grifado.

Inaiê responde sem tirar os olhos do papel.

– Acho que esse aprendizado da Clarice chegou na hora certa.

– Pode levar, depois você me devolve, não tem pressa.

– Mas... E sua mãe?

– Não tem problema. Ela vai gostar de saber que nos encontramos e que o livro está com você.

Gabriel já está com tudo pronto.

– Bom, vamos indo?

Caíque arrisca.

– Por que você não janta com a gente?

Inaiê ama o convite, mas se permite recusar – é que já tem bom pretexto para o próximo encontro. Lerá o livro com interesse, haverá por certo muito o que conversar depois. Anotam seus números no WhatsApp e se despedem com euforia contida – mero disfarce da inconsciente paixão que os vai enredando.

Capítulo 27

Inútil querer entender

Damião volta irreconhecível. Como é possível alguém mudar tanto em apenas um mês de viagem? A voz, os gestos, as reações. O mais surpreendente é que não se trata de encenação para impressionar. Há verdade no distanciamento, no falar pausado e baixo – mecanismo de defesa?

– As férias serviram para eu pôr as ideias no lugar. Cheguei à conclusão de que não tenho mais estrutura emocional para ser só seu amigo.

– Mas é o que a gente é, Damião. Amigos.

– Foi mais que amizade, você sabe muito bem.

– O tempo do verbo está certo: foi. E foi algo passageiro, fruto de momentos de entusiasmo e cumplicidade. Nada além disso.

– E da minha parte? Tudo o que eu senti e ainda sinto. Não conta?

– Não posso controlar os sentimentos de ninguém.

– E precisa? Sua presença sempre me pôs sob seu controle.

– Essa conversa não vai levar a nada, só a raiva e ressentimento.

– Não se preocupe. Podemos resolver tudo rapidamente.

Inaiê cruza os braços.

– Ótimo, pode falar. Estou ouvindo.

– Ou a gente assume de vez esses anos todos que vivemos juntos ou eu saio de sua vida para sempre.

Ela se aproxima e o encara com estranhamento.

– O que você fala não faz o menor sentido. Como assumir de vez esses anos todos?

Levantando-lhe os braços e segurando-a pelos pulsos, Damião a prende contra a parede com firmeza. Seu rosto fica bem próximo ao dela, como se fosse beijá-la.

– Duvido que você não sinta mais nada por mim.

– Me solta, Damião, por favor.

– Quero que você fale olhando nos meus olhos. Não mente.

A verdade e o medo vêm estampados na voz.

– Sinto amizade, muito carinho e admiração. Você acha pouco?

– Acho.

Imprensando-a com desejo incontido, Damião tenta beijá-la na boca, no pescoço, nos seios. Diante da desesperada resistência, ele a solta. Afasta-se. Desaba no sofá, mãos na cabeça. Inaiê esfrega os pulsos, não se move do lugar, amedrontada. Damião se recompõe, fala de onde está.

– Me perdoa.

– Tudo bem, esquece.

Silêncio demorado. Ele retoma.

– Quer saber? No fundo, está sendo bom acontecer tudo isso. Faz tempo, eu pressentia que não dava mais para esticar a corda.

– Pena que está acabando tão mal.

– Questão de sobrevivência. Já falei, é tudo ou nada.

– Poderíamos continuar amigos. Mas, se você quer radicalizar, paciência, a decisão é sua.

– Não tem a menor chance de a gente trabalhar junto morando separado. Ainda mais agora, com você envolvida com esse garoto, saindo e se deitando com ele, sei lá.

– Não mistura as coisas, Damião. Morar em apartamentos diferentes seria uma decisão madura, natural. Não iria atrapalhar em nada o nosso trabalho. E não aconteceu nada com o Caíque. Nem sei se vai acontecer.

– Claro que vai. Aliás, já aconteceu. No dia que você o reencontrou, tive certeza de que a profecia de Firmina tinha se realizado. Mas essa figura só vai te trazer atraso e infelicidade, pode acreditar. O gorro já não é só seu. Alguém vai sair perdendo: você ou ele.

Inaiê ouve em silêncio. Se entristece com o que se passa com Damião, não entende seu comportamento hostil, sua solução extrema, seu triste agouro. Como entender? Lembra-se de um trecho de *Uma aprendizagem*, de Clarice: "E era bom. 'Não entender' era tão vasto que ultrapassava qualquer entender – entender era sempre limitado. Mas não entender não tinha fronteiras e levava ao infinito, ao Deus. Não era um não entender como um simples de espírito. O bom era ter uma inteligência e não entender". Então, se apascenta, guarda para si as palavras que restam. Começa a cantar algo improvisado que Damião jamais tenha ouvido, algo que a inspire e a prepare para o inesperado, o desconhecido, o que há de vir.

Pelo menos materialmente, a questão entre eles está resolvida. O apartamento é vendido, a sociedade, desfeita, e a separação dos bens, bastante rápida. Difícil está sendo acabar uma amizade e parceria de quase dez anos. Mágoas, acusações, decepções dos dois lados. E a certeza de que Caíque foi a causa maior para que cada um tomasse seu rumo. Para Damião, o ladrãozinho barato que lhe roubou a felicidade e o futuro há muito planejado. Para Inaiê, o responsável por lhe devolver parte essencial de sua história, por lhe dar – quem sabe? – a oportunidade de viver experiência inédita que transcende explicações. Fazer o quê? Estava escrito nas linhas das mãos, marcado nas solas dos pés, nos fios dos cabelos. Pontaria certeira do destino. Lei que se cumpre e pronto.

Seja como for, Damião e Inaiê mantiveram seus números nos celulares... Vá entender.

Capítulo 28

Perdas e ganhos

Para Inaiê, a história se repete. Com o Mal sempre vem o Bem. Com a perda, o ganho inesperado. No dia em que o apartamento foi vendido e Damião foi embora de vez, Marta a procurou, queria muito conversar. Tudo o que Inaiê não precisava era de discussões e aborrecimentos. Puro engano – encontro algum teria sido mais bem-vindo. Se palavras podem ser esconderijos que impedem o diálogo e levam a desentendimentos, também são descobertas que apontam novos caminhos e possibilidades. Mãe e filha se falam pela primeira vez desde o velório de Benedito. Depois de tanto tempo, mesmo pouco à vontade, ambas se mostram receptivas.

– Você está muito bem.

– Resolvi assumir os cabelos brancos.

– Gostei. E esse corte ficou ótimo.

Marta gosta do que ouve, sente sinceridade. Repara em detalhes no ambiente à sua volta.

– Pena que vocês venderam o apartamento. Você poderia ter comprado a parte do seu amigo.

– Não. Muita recordação. Já aluguei um aqui pertinho. A transportadora vem pegar os móveis na semana que vem, é o tempo de acabar a pintura. Depois, decido com calma o que comprar. No momento, não estou com cabeça para isso. Quero é sair daqui.

– É. A gente custa, mas aprende que deixar pra trás o que nos pesa compensa toda a trabalheira.

Inaiê concorda em pensamento. As duas se olham por alguns segundos, esboçam sorrisos. Marta sente que é o momento certo para dizer a que veio. Para começar, não vê mais sentido viverem assim, separadas como se tivessem cortado relações. Afinal, o que houve foi um distanciamento por conta de diferenças passadas e também pelos temperamentos difíceis. Reconhece que foi radical em alguns pontos. Depois da morte de Benedito, muita coisa perdeu importância, e momentos como este começaram a ser valorizados. Quem sabe agora consigam se entender? Feita a introdução, passa confiante à principal razão da visita.

– Estou com alguém que está trazendo muita alegria à minha vida.

Inaiê se surpreende positivamente.

– Que bom, minha mãe.

– Ele é muito carinhoso comigo. Viúvo, sem filhos. Dez anos mais velho que eu.

– O importante é que vocês se gostam.

– Foi ele que me pediu para vir aqui conversar com você. Quer muito te conhecer.

– Sério?

– Tenho falado de nós duas pra ele. Sua infância e adolescência comigo. As nossas brigas até você sair de casa pra ir morar com sua avó. Me faz bem, a esta altura da vida, ter alguém pra me ouvir e me aconselhar com isenção.

A surpresa maior? Esse novo companheiro é pastor. Antes que Inaiê se desaponte, Marta explica que não frequenta mais a antiga igreja. Cansou de toda aquela verbosidade punitiva do bispo Ivanir. Talvez porque Vitorino seja bem diferente. Muito preparado, profundo conhecedor da Bíblia e das demais religiões, acredita no ecumenismo religioso, no apelo à unidade de todos os povos contido na mensagem do Evangelho. No púlpito, suas palavras sempre transmitem paz, que é do que precisamos todos. E, no dia a dia, se revela alegre e afetuoso.

– Faz seis meses que nos conhecemos. Pretendemos nos casar em breve e morar juntos.

Inaiê toma a iniciativa de sair da poltrona e ir se sentar no sofá ao lado de Marta.

– Que notícia boa, fico feliz por você.

Mãe e filha se dão as mãos sem pensar, puro instinto. Algum estranhamento no toque inédito.

– Nunca pensei que fôssemos capazes de uma aproximação dessas.

Inaiê acha graça.

– Nem eu.

O gesto se desfaz naturalmente. Inaiê se levanta, anda pela sala.

– Engraçado. Ganho você no dia que perco Damião.

Construir pontes ou erguer torres e muros – lei que rege povos e indivíduos, todos sem exceção. Uma relação que se retoma não substitui a amizade que se desfaz, mas, pelo menos, ajuda a diminuir o vazio que fica. Vazio. Inaiê conhece bem o significado da palavra. Não conviveu com o desamor e a ausência dos pais desde cedo? Que sentido faz a vida, se nos foi dada por quem nos rejeita? Como termina a história que já começa faltando um pedaço? Pelas fronteiras que criou, Marta aconselha.

– Não dê a história com Damião por terminada, Ester. Vocês ainda têm muita estrada pela frente.

– Ester... Você é a única pessoa no mundo que me chama assim.

– E vou continuar a chamar. Até me alegra ninguém mais dividir seu verdadeiro nome comigo.

– Pois esse nome verdadeiro só me traz lembrança ruim.

– Nem ao menos uma lembrança boa?

– Todas esquecidas. Quem sabe você me ajuda com alguma que esteja por aí perdida?

A verdade dói. Marta leva algum tempo para responder. Ganha fôlego, fala com segurança.

– Começou muito antes do seu nascimento. Você não poderia mesmo lembrar.

Inaiê se desconcerta.

– Seu pai queria muito um menino. Falava isso o tempo inteiro... Quando veio o resultado da ultrassonografia, ele não se conformou. Ficou revoltado, deprimido. Chegou a afirmar que preferia que eu não tivesse engravidado.

– Você nunca me disse nada.

Dizer para quê? Causar mais raivas e ressentimentos em casa? Ouviu o desabafo e guardou a dor para si. Depois, cismou que a fala tinha sido um sinal. Teve momentos de muito medo, achava que ia morrer no parto. A lembrança boa? É que, para ganhar forças, se apegou demais à filha antes mesmo de ela nascer, imaginava mil sonhos para a sua vida, pedia a Deus que viesse saudável e com boa estrela. Por isso, escolheu o nome de Ester.

– Pena que eu não conheci essa mãe.

Marta lhe dá razão. No passar dos anos, se foi tornando uma mulher irascível, dando espaço para o lado sombrio que todos têm. O mais já sabemos. Ciúmes de Firmina, por Inaiê ter puxado a ela em tudo, física e moralmente. Só agora, em suas conversas com Vitorino, entendeu que, no fundo, avó, mãe e filha foram todas vítimas de um patriarcado infeliz, ancestral. Firmina, porque abandonada pelo homem que a engravidou. Ela, porque se apaixonou por um Benedito truculento, que já trazia mágoas profundas pela relação paterna inexistente. E Inaiê, rejeitada pelo simples fato de ter nascido mulher. Por fim, a admiração pela filha se transformou em inveja, quando ela, com apenas treze anos, declarou sua independência. Coragem que nunca teve, mesmo tendo bancado o marido durante anos até ele se firmar como advogado. Outra lembrança boa? É que, ao ouvir a menina franzina cantar na igreja, imaginava um futuro brilhante à sua frente. Mas do seu jeito puritano e à sua maneira áspera. Lembranças que são só suas. Palavras escondidas. Por isso, nada deu certo.

Inaiê se emociona.

– Bem que a gente podia ter tido essa conversa antes.

– Nem eu nem você estaríamos preparadas. Devo muito ao Vitorino, repito. É ele o responsável por eu estar me tornando uma pessoa melhor.

– Engraçado isso. A influência boa ou má que alguém pode ter sobre nós. Damião, por exemplo, foi uma luz em minha vida. Se não fosse ele, eu não teria conseguido chegar aonde cheguei. Até o empurrão pra eu sair do supermercado e ir cantar na rua foi ele que deu. Meu maior amigo e parceiro. E agora nos separamos dessa maneira triste e ressentida, porque decidi dar um salto no escuro. Como explicar?

– Nem tenta. Pura perda de tempo.

Inaiê dá de ombros.

– É. Melhor mesmo seguir em frente, já que não há retorno.

Silêncio demorado. Marta arremata de modo objetivo.

– Fiquei sabendo que você transformou a casa de Olaria numa creche. É verdade?

– É, sim. Também nessa iniciativa, devo muito a Damião.

– Se você estiver de acordo, Vitorino e eu queremos te ajudar.

– Claro. Toda ajuda é bem-vinda.

– Vamos combinar uma visita. Quero conhecer essa casa, preciso muito ir até lá e resolver essa questão de vez.

A fala causa surpresa. Por iniciativa de Inaiê, as duas se abraçam demoradamente. Assim, derruba-se um muro, projeta-se uma ponte, apaga-se uma fronteira em mais um mapa familiar.

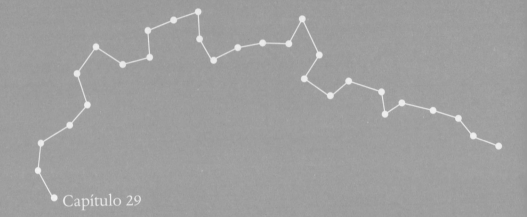

Capítulo 29

Inaiê e Caíque: virtuais

A iniciativa será dele. Antes do primeiro encontro a sós, usará a tela do celular para ensaiar intimidade. Escreverá a ela. Sim, escreverá. Aprendeu que, desde tempos imemoriais, a palavra escrita possui magia. Se bem manejada, imprime sentimentos fortes em quem lhe põe os olhos. E melhor: estimula o mistério, aguça a curiosidade pelo que virá em seguida. E mais: a fala silenciosa desinibe, liberta – como as apaixonadas e caligráficas cartas a bico de pena, que enlouqueciam os amantes de séculos idos. Pois é, muita leitura de ficção dá nisso. Nove da noite. Será boa hora para mandar mensagem? Ele arrisca.

O enviar vai cheio de expectativa, o retorno custa a vir. Ansiedade adolescente, algum arrependimento até. Melhor que ela tivesse dado o primeiro passo, mas agora é tarde, o olá-tudo-bem já foi. Poderia também ter escrito algo mais elaborado para começar, mas não. Acaba achando que fez o certo nesse alô inicial. A espera só lhe faz aumentar o desejo – fantasia de menino, quando a ouviu cantar em praça pública, tão sozinha e carente quanto ele.

Seu coração acelera quando ela reage receptiva à visita inesperada. Visita de longe, ele lamenta. Mas com imaginação se fica perto, ela rebate no impulso. Terá sido precipitada? Decide que não. Que sentido fazer jogo com quem, tem certeza, lhe foi predestinado? Pouco importa se ainda tão jovem, se der em nada ou em dor. Vento alto ou redemoinho, já não há retorno possível na aventura.

"Que tal a gente se falar e se ver por vídeo? Mais confortável."

Caíque não pensa duas vezes, acha ótimo: aquela conversa das cartas caligráficas que enlouqueciam os amantes de séculos passados era pura timidez, receio de ser tido por importuno. Agora a história é outra. Está estirado no sofá da sala, short, camiseta básica, descalço, mas só pode ser visto da cintura para cima. Inaiê usa uma blusa leve de algodão e short, está recostada em travesseiros na cabeceira da cama. Cabelo preso, rosto lavado. Quase *close-up*, quase tato, quase ao alcance de um beijo.

A informalidade das imagens ajuda na descontração da conversa, que logo evolui dos comentários sobre o livro de Clarice Lispector para assuntos mais pessoais. Inaiê fala dos anos de cumplicidade e parceria com Damião, a ponto de morarem juntos e de se envolverem, ainda que rapidamente. Da gratidão pelo tanto que ele a ajudou em sua carreira. Sem entrar em detalhes, comenta da sociedade desfeita, cada um tomando seu rumo. Naturalmente, omite as mágoas e os ressentimentos – Caíque não poderá saber, pelo menos agora, que foi a principal causa da amizade terminada, da mudança radical na vida de ambos. Receosa em terreno minado, prefere saber um pouco o que acontece do outro lado, joga verde. Algum namoro sério? Desarmado, o adolescente acha graça. Não quer decepcionar, mas nunca se relacionou com ninguém, experiência zero. Ela se desconcerta, não esperava tamanha honestidade. Ao mesmo tempo, a inexperiência verbalizada assim tão sem pudor alimenta ainda mais sua libido. Também é sincera. Nunca amou ninguém de verdade. Começos e fins bem previsíveis. Com ele, tudo difere já de início. Surpresas, sustos, sempre o inesperado. O que a move é curiosidade e medo. Curiosidade e medo? Sim, sente-se atraída por toda a trama que os enreda, mas desconhece o grau dessa atração, quer descobrir, ir fundo se preciso. E o medo vem daí, relembra. A revolta e a violência do primeiro encontro, ele ainda menino, quase linchado pelo povo enfurecido. A emoção de quando se reencontraram tantos anos depois, o choro incontido. Por duas vezes ele entrou em sua vida com um forte pontapé na porta – o destempero dessa combinação é o que a assusta e fascina e lhe desperta desejo. E ainda tem a fala de sua avó Firmina. Profecia ou apenas visão de uma mulher avançada em anos? Seja como for, há muito mistério envolvido, há o Céu e a Terra em permanente conflito e em busca de entendimento. O que mais poderá vir?

Atento, Caíque mais ouve. Do seu lado, mistério algum. Sabe muito bem que o que sente é simples fruto de admiração – aquela adolescente, quase menina, chegar aonde chegou, tendo vindo de onde veio. Para ele, Inaiê significa a liberdade, a mágica, a arte das ruas. Só que agora, trazidos por ela, curiosidade e medo também se fazem presentes. A história do gorro o impressiona, é claro. Aprende que, por sorte, não interrompeu tradição familiar centenária. Quando poderia imaginar que uma corrente tão forte teria sido quebrada? Ainda bem que o tempo lhe permitiu reparar o erro. Mas e os tantos anos em que, indevidamente, pôs o sagrado em sua cabeça como se fosse seu? O tempo usurpado, ele não poderá devolver jamais. Haverá resgate a ser pago? O preço será alto? Sua imaginação vai longe, como sempre.

A conversa prossegue, sempre a girar em torno do que vivenciaram desde que se separaram naquele distante 12 de outubro. A sintonia entre eles é grande, assunto puxa assunto como se há muito se conhecessem. Inaiê intui que é hora de testar o que vem maquinando há dias. Pede que sua avó a perdoe se estiver agindo precipitadamente. Tem algo importante para dizer. Caíque não faz ideia do que possa vir. E o que vem causa impacto.

— O gorro é seu.

— Hã?!

— É isso mesmo. O gorro é seu por direito. Só vesti ele uma vez, quando vovó morreu. Depois, ficou guardado, e só voltei a usar para recolher o dinheiro que eu ganhava nas minhas apresentações de rua. Achava que dava sorte. Você tirou ele do chão e pôs na cabeça. Prova de que ele é mais seu do que meu.

Inexplicavelmente, Caíque reage mal à surpresa, leva a mão à testa, começa a suar frio. Tenta entender o que acontece — esforço inútil. Contraste: por um lado felicidade; por outro, inesperada tristeza.

— Desculpa, Inaiê, eu agradeço, mas não posso aceitar um presente que foi roubado.

— Bobagem. Já está decidido, o gorro é seu.

Foi roubo, ele se martela sem parar. O único que conseguiu devolver. O único! De repente, cenas de pessoas sendo assaltadas lhe passam em flashes. Tudo muito rápido, gritos de pega ladrão, xingamentos, raiva. Meninos desembestados, que não veem nada, só correm, correm, correm, coração na boca, pânico e destemor misturados. Corajosos por terem ousado e covardes por terem atacado gente indefesa. Anônimos, esses rostos lhe aparecem nítidos em total desamparo. Sobrevivência e sofrido desamor de um lado. Do outro, revolta, pesar e perda. Inaiê se preocupa com o rosto que vê pelo celular.

— O que aconteceu?

— Não estou me sentindo bem, falo com você depois.

— Mas o que é que você está sentindo, diz.

Ansioso, ele se impacienta.

— Pensamentos ruins que chegaram de repente, logo depois de você dizer que o gorro é meu.

– Que loucura! Por que isso?!

– Sei lá!

– Não entendo. Estou lhe dando o gorro com tanto amor...

Ele emudece, olhar distante. Sua infância vai passando feito filme acelerado: a mãe Josefa e o pai Mariano, apaixonados, as refeições a três com Linguiça sempre perto, a escola, a professora Aurora, Téo, os colegas, bagunça em sala de aula. Medo. Os dias seguidos daquela chuva que não dava trégua. O café da manhã, a última vez em que se despede dos pais e de Linguiça. O beijo na testa, que Deus te guarde, meu filho. Ele com os pés já fora de casa e, súbito, o estrondo da avalanche de terra, a casa desabando, ele coberto de lama salvo por milagre, sem um arranhão, o povo batendo palma e ele apavorado, a notícia da morte, da ausência maior, o choro e os gritos de dor e de raiva. O fogo que um dia o secou por dentro, e ele correndo, descendo morro abaixo, fugindo, fugindo, fugindo...

– Caíque, diz alguma coisa, por favor.

– Inaiê, depois a gente se fala. Eu não estou nada bem, é sério.

– Eu vou aí te ver. Não vou deixar você desse jeito.

– Nem pensar, vou me sentir péssimo.

– Deixa eu ir te ver, Caíque. Por mim.

Ele demora, acaba verbalizando o que lhe vem à mente.

– Que vergonha, pareço uma criança.

– Qual o problema? Seremos duas crianças curiosas, nos dando as mãos e cantando alto para espantar os fantasmas.

A imagem transmite conforto, e Caíque se deixa convencer. Só que, para assombrá-lo ainda mais, começa a trovejar. Temporal certo, aquele velho céu bíblico, barulhento e ameaçador. Inaiê pouco se importa com intempéries, garante que não vê problema algum em sair e se expor ao desabrigo – é filha de Iansã, santa Bárbara, senhora das tempestades, trovões, raios e vendavais, e hoje, 4 de dezembro, é dia dela. Fúria alguma impedirá que vá aonde bem entende. Melhor até que seja assim, cenário que combina com o ímpeto que vive dentro de si.

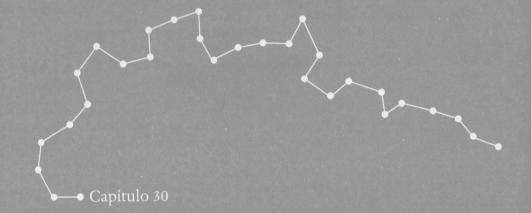

Capítulo 30

Tudo ao contrário

Do que havia planejado para quando ela o fosse visitar: o ambiente estaria aconchegante, pouca luz, música de fundo, comidinhas... E ele, de banho tomado, todo pronto, senhor de si. Agora – como poderia prever? – o que temos é de dar pena: ele ali encolhido no sofá, sem ânimo sequer para dar uma ajeitada na casa ou se trocar. Nada para oferecer a não ser água ou café. Mesmo assim, só de pensar que ela virá vê-lo, já se sente melhor. Terá Inaiê ao alcance do tato, paladar e olfato – os três sentidos que o mundo virtual ainda não consegue reproduzir, os três sentidos que só estão presentes no calor do corpo que se toca, se prova e se cheira. Conforma-se, portanto, em se apresentar com essa insegurança e fragilidade que chegaram sem aviso, mas que também são sinais de vida – em algum momento, todo mundo já se sentiu assim. Ou não?

O interfone toca, o porteiro anuncia a visitante. Caíque abre a porta antes mesmo de o elevador chegar. Expectativa. Podia ao menos ter posto outra camiseta. Não. Que ela o veja exatamente do jeito que estava enquanto se falavam por vídeo. Inaiê desponta no corredor: rosto sempre lavado, cabelo preso, vestido leve, sandália baixa, pequena sacola de pano a tiracolo. Sem pensar, por puro instinto e desejo, ele abre os braços à espera. Protetora, ela o enlaça firme e demoradamente – a adolescente cantora e o menino ladrão. Quando seriam capazes de imaginar o abraço já tão íntimo? De pronto, se acariciam às cegas – mãos que tateiam as costas e os cabelos – como se quisessem se compreender, decifrar enigmas, sentimentos.

A tempestade chega junto. Lá fora, o céu que desaba. Clarões, estrondos. As luzes do prédio apagam e tornam a acender de imediato. Embora abrigados, os corpos mais se apertam e se aconchegam. Tempo de fazer as pazes com as águas? Batismo simbólico de um novo tempo? Caíque é todo entrega, Inaiê é toda posse – quer o destino que esse amor tenha início assim: ele, *yin*; ela, *yang*. E nenhuma palavra. Apenas o respirar junto, e o se dar.

Temporariamente saciados, parecem se ter encontrado de algum modo, pois que o abraço se torna menos procura e mais descoberta. Os corpos se descolam naturalmente, porque já se misturaram por dentro, e a intuição lhes garante que, em suas vidas, tudo será diferente a partir de agora. Juntos, muito a fazer e a realizar. Dirão os céticos que, como país, o que descrevo são arrebatamentos pueris, arroubos da pouca idade. E que os anos se encarregarão de desapontá-los e lhes esfregar na cara minha miserável realidade. Pode até ser, reconheço. Mas, pelos meus séculos de estrada, garanto que esse par não se formou por acaso. Caíque tem a fibra do sertão paraibano, couro nordestino bem curtido – seus pais chegaram com ele pela mão àquele morro deste Rio de Janeiro, Deus retirante e eu sabemos como. Inaiê é indígena, branca e negra, em conteúdo e forma – sangue dos bons que lhe corre nas veias. Então? Se o Algo Maior achou de uni-los, outras forças lhes poderão quando muito atrapalhar os passos, mas nunca os impedir de coisa alguma, ponho convicção.

Os dois entram de mãos dadas. Caíque fecha a porta devagar, gira a chave como se quisesse guardar todo o seu amor em cofre segredado. A privacidade é convite para que o último dos três sentidos se materialize. Experimentaram o tato e o olfato, falta-lhes conhecer o paladar. Assim, com as bênçãos e os bons votos de suas famílias ancestrais, o passe está por se completar. Encostados à porta, Caíque e Inaiê se dão o primeiro beijo e se provam e se salivam sem pressa. Depois, fazem dos ombros travesseiros onde repousam a cabeça. E ficariam assim para sempre. Ainda nenhuma palavra? Ainda nenhuma – o beijo é o silêncio dos deuses, o diálogo em sua forma mais elevada.

A chuva já não bate tão forte, o vento amaina. Aos poucos, Caíque e Inaiê voltam à Terra, seres mortais de carne e osso, que acabam por se dar conta do mundo real que os rodeia.

– Você veio... Ainda não estou acreditando.

Ela lhe afaga o rosto.

– Nem eu. É tudo tão diferente para mim. Você está melhor?

Ele faz que sim com a cabeça.

– Ainda um pouco assustado...

– Vai ficar tudo bem, você vai ver.

Inaiê repara no ambiente à sua volta, olhar de aprovação.

– Gostei dessa sua toca.

– Está meio desarrumada. Não queria que você viesse aqui assim.

– Prefiro desse jeito mesmo. Eu entrando de repente, como você entrou na minha vida...

Ela caminha até a estante onde, entre outros, estão os livros e dicionários de línguas estrangeiras, tudo muito bem organizado. Na pequena mesa de trabalho, estão uma caneca com canetas, vários cadernos e blocos de rascunho. Na folha de rosto de um deles, se lê: "A Ponte de Lebab".

– Você escreve?

Caíque se desconcerta por ter sido descoberto. Deprecia o que está escrito – não é o momento para falar de seu sonho.

– São anotações, ideias que me vão passando pela cabeça e eu tento organizar. Nada de importante.

Inaiê respeita a privacidade dos textos, apenas folheia os cadernos e acaricia o título que acaba de ler.

– Os tais pensamentos ruins também?

– Sim, alguns. Penso nas conexões que, para o bem ou para o mal, se fazem na vida da gente e ninguém percebe. De um modo ou de outro, estamos todos ligados. Todos. Do mendigo ao bilionário, do assassino ao santo. Se as pessoas entendessem isso, seriam mais generosas umas com as outras, e tudo podia ser melhor.

– E nós dois? Estamos ligados para o bem ou para o mal?

– Que pergunta.

– Falo sério. Você não gostou quando eu disse que o gorro é seu.

– Não mereço ficar com o que é da sua família e eu roubei.

– O gorro é a nossa conexão.

– Tudo bem, concordo. Mas por que é que ele tem de ficar comigo?

– Porque foi com ele que eu vi você na praia. E me emocionei ao reencontrar ele na sua cabeça depois de tantos anos. Porque, com você, ele estava cheio de vida, colorido como nunca. E mais ainda porque, naquela manhã, fiquei sabendo que você era o menino que ouviu meu canto e fugiu... O menino que não se deixou prender...

Caíque fica com os olhos cheios d'água. Inaiê arremata.

– Então? Respondi sua pergunta?

Imantados, os dois voltam a se abraçar e a se beijar. Depois, Inaiê retira o gorro da sacola de pano e, como se cumprisse ritual, o assenta cuidadosamente na cabeça de quem faz jus ao presente.

– Perfeito. Ele é mesmo seu.

Todo casal tem uma história de como se conheceu e de como tudo começou. Há sempre um encantamento envolvido, um sinal de que aquela união estava predestinada. Assim, a partir de agora, Caíque e Inaiê reúnem o individual e o coletivo dentro deles.

— A sensação é de que acabo de ser coroado, mas não sou rei, sou povo. Milhões de mulheres, homens e crianças morando comigo. Como é que pode? Todos numa casa, que minha mãe me disse que deve estar sempre limpa e arrumada. Muito difícil mantê-la assim... Você me entende?

— Entendo, porque sinto igual. Me assusto quando penso que guardo a humanidade dentro de mim, com suas dores e prazeres, belezas e feiuras. E me vejo impotente porque não posso fazer nada por ela, só imagino maneiras fantasiosas para que as pessoas sejam mais felizes, mais livres, mais realizadas em suas vidas.

Talvez você aí se veja assim, como Caíque, Inaiê e eu: país e pessoa ao mesmo tempo, se afligindo ao transitar sem descanso entre o coletivo e o individual. Talvez insista nesse desejo irrealizável de imaginar uma nova Terra, alimentá-la com pequenas alegrias cotidianas, para vê-la menos dividida e mais plena, menos poluída e mais respirável, menos sofrida e mais festiva. Talvez acredite haver lá no horizonte a tal Ponte de Lebab, e também se entristeça por não ser capaz de dar voz e vez aos que não têm e, mais triste ainda, por ter consciência de que todos somos uma só família.

Pois é, nada de novo neste velho e pisado chão. Só que fatos extraordinários também podem acontecer num quarto e sala na rua do Catete, nas periferias, nas cidadezinhas do interior, nos vilarejos mais longínquos. Estão ao alcance de qualquer um, basta se estar atento aos sinais e às conexões. Pessoas comuns, em busca de seu lugar no mundo, também aspiram a fazer sentido, a alçar voo, mesmo nos projetos mais modestos: conseguir o emprego, comprar a casa própria, encontrar boa escola para os filhos... Tudo parece milagroso ao ser conquistado. E é.

– Você está lindo demais, sabia?

– Para com isso.

– É verdade. E esse seu lugar é perfeito. Nada falta, nada sobra. Combina com você.

Caíque gosta do que ouve, sorri com vitoriosa adolescência.

– Me mudei para cá, faz algum tempo. Parece pouco, mas para mim foi um passo importante decidir morar sozinho, ter meu próprio canto, pagar minhas contas.

– Estou tendo essa experiência agora. Morei com meus pais, com minha avó e depois com o Damião.

– E aí? Está gostando?

– Como tudo, tem o lado bom e o lado ruim. O melhor é que estou me sentindo mais livre.

– É, acho que a maior vantagem é essa.

Sentirem-se livres... Mal sabem eles que, mesmo morando sozinhos, estarão irremediavelmente presos um ao outro. E mais: por opção. É que este 4 de dezembro marca o início de uma longa, espinhosa e apaixonada fase na vida de ambos. Tempos hostis se avizinham, a carga será pesada, e os desafios, enormes. Assim, a profecia de Firmina irá se confirmar: "Unidos pelo destino, todo cuidado será pouco, porque vento que sopra para o alto também pode ser redemoinho que adentra a terra".

A conversa se estende até a madrugada. Sem pudor e sem mistério, como se há muito se conhecessem e fosse algo esperado, se despem, se revelam, fazem repetido amor. Paixão à flor das peles. Depois, deixam-se estar no cansaço que os felicita e apascenta. Dormem juntos – Inaiê cantarola canções de embalar, afaga cabelos, se sente completa. Aconchegado em seu ventre, Caíque é o primeiro a pegar no sono, a sonhar longe...

Capítulo 31

Avisos da Natureza

Animais são mensageiros. Os cães, os gatos, os pássaros... Também um inseto, plantas ou flores que chegam, uma brisa ou ventania, um sol que entra súbito pela janela... A Natureza se expressa de várias maneiras, muitas vezes nos prevenindo do que está para acontecer. Quando Caíque e Inaiê despertaram naquele 5 de dezembro de 2019, o céu já estava limpo, quase sem nuvens, parecia não ter mais nada a dizer. Não fazia calor, não fazia frio, temperatura ideal para que se deixassem ficar na cama aos afagos, aos cochilos, aos cochichos de uma manhã de núpcias. O presente é o que vale, o hoje, o agora – ouvimos à exaustão e não nos convencemos. Por isso, sem roupas, mas vestidos de sonhos futuros, puseram-se a fazer planos para si mesmos, a imaginar novos cenários para a vida fora daquelas quatro paredes, e a Ponte de Lebab acabou se tornando tema da conversa. Caíque prometeu lhe emprestar os cadernos, mas não naquele dia.

– Seu bobo, deixa eu ler, anda. Fiquei curiosa.

– Nada disso. Depois, você lê.

Beijaram-se e se abraçaram.

– Você precisa é conhecer a livraria do meu avô Faruk. É muito linda. Parece que estamos num outro mundo, distante de tudo.

– Claro. Quando você quiser.

Caíque se anima.

– Lá, vou te mostrar uma seção de livros que eu amo. Todos escritos numa língua belíssima, que eu sempre quis falar, mas nunca tive coragem de aprender.

– Nossa. Essa língua existe?

– Existe, e é usada por milhões e milhões de pessoas. Uma das línguas mais faladas do mundo.

– Difícil acreditar que você tenha achado alguma língua difícil...

Na semana seguinte, a visita se realiza. Ao fundo, o velho Faruk, abancado à sua mesa, separa uns livros, não toma conhecimento do que se passa ao redor. Da entrada, Inaiê já se encanta com o que vê. Mais que um sebo, mais que uma livraria, ali é abrigo que dá acolhimento a quem conhece as palavras mágicas do afeto e da cumplicidade – e ela as conhece, e como! Com Caíque, vai se aproximando, cuidadosa e reverente. Os dois chegam perto.

– Vô...

Faruk levanta os olhos, abre sorriso extenso.

– Caíque, querido neto! Que surpresa é essa?!

– Trouxe uma pessoa especial para conhecer um lugar especial.

– Você é aquela moça do show, não é? Inaiê.

– Sim, eu mesma.

De pé, com a habitual simplicidade, Faruk é abraços e beijos, todo contentamento. Desata a falar de tanta alegria.

– Muito bem-vinda, querida! Fique à vontade! Caíque, depois leve-a ao Café Balbeque.

– Claro, vô. Mas antes prometi mostrar a ela aquela seção de livros na língua que eu amo, mas nunca pude aprender.

Faruk acha graça, conhece a história.

– Está bem, está bem. Vamos lá então! Ela vai gostar, com certeza!

Caíque pede que Inaiê feche os olhos e a leva pela mão.

– Pronto, pode ver agora.

– Que loucura, Caíque! Como é que eu não adivinhei?

Diante deles, uma grande bancada só para partituras e livros para esse fim. Partituras variadas, das mais simples às mais elaboradas de música clássica e popular. O acervo impressiona. Faruk explica que os estudantes de música são os mais interessados em obtê-las ou consultá-las. Caíque desfaz o mistério.

– Sempre quis ler uma partitura, saber música, conhecer todos esses símbolos que valem para o mundo inteiro! Me emociono só em pensar que foi um simples monge italiano no século XI, Guido de Arezzo, que inventou essa linguagem. E quase ninguém sabe disso. É inacreditável!

– Esse é o neto sonhador de Faruk. Desde que Faruk o conhece, pequenino assim, implica com a história da Torre de Babel. Faruk já disse a ele: de que adianta falar a mesma língua? No país de Faruk, o Líbano, todos falam a mesma língua, e teve guerra, muita morte e destruição, porque ninguém se entendia. Aqui mesmo no Brasil, quanta violência, quanta raiva e impaciência nas pessoas Faruk vê agora... De que adianta todo mundo falar português se ninguém ouve ninguém?

– O senhor está parecendo meu pai. Para que então ter essa livraria, que atrai tanta gente boa, e ele, aquela barraca na praia cheia de amigos, se pensam desse jeito pessimista?

– Porque uma coisa não tem nada a ver com outra. Você quer o mundo todo solidário e amigo. Não é assim, e nunca vai ser. Faruk fala isso para você não sofrer mais do que já sofre.

– Tudo bem, vô. Não quero brigar com você.

Inaiê pega ao acaso a partitura da música "Adeste Fideles" com letra, começa a cantar um pequeno trecho em voz baixa. Embevecido com a beleza do canto, Faruk abraça Caíque como se fosse pedido de desculpas. O gesto é mais que bem recebido e os dois permanecem assim, entrelaçados. Depois, Inaiê aproveita para também marcar posição.

– Me desculpe, seu Faruk, mas concordo com Caíque. Temos que querer o mundo todo solidário e amigo, sim. Mesmo que a gente nunca consiga realizar o propósito. Se eu não pensar desse jeito, meu canto não faz sentido, nada faz sentido.

– Quer saber? Está certo, Faruk concorda. Faruk já está velho. Mas vocês, não. Por isso, têm que continuar acreditando. Façam isso por Faruk.

Inaiê junta-se ao abraço. Momento único que transcende explicações. Faruk conclui afirmando que essa, sim, é a língua universal que todos devem praticar, porque não precisa de tradutores. Qualquer povo entende o beijo, o carinho, o sorriso, o cumprimento amável, as mãos postas para a prece, o oferecer um copo d'água ou uma taça de vinho. Para ele, é por esses gestos que devemos começar, antes de abrirmos a boca.

Hora de subir e conhecer o Café Balbeque. Chão de tábuas corridas, o espaço transmite aconchego, embora de um rigor franciscano. As três portas que dão para a sacada estão abertas, a luz inspira e acolhe, corre uma viração gostosa. Bem distribuídas, cinco pequenas mesas com cadeiras servem para trabalho, estudo ou uma simples leitura. Numa delas, concentrados, um rapaz e uma moça teclam em seus laptops sem dar importância à entrada dos visitantes. Sobre um pesado balcão de madeira de lei, há copos e xícaras, com garrafas térmicas de café, chá e água, para quem quiser se servir. Há também grandes potes de vidro com biscoitos sortidos. Caíque explica que nada é cobrado. Há apenas uma pequena placa com a solicitação para que a louça seja lavada após o uso – ideia de Faruk que funciona com perfeição. O simples gesto de generosidade atraiu muitos clientes para a livraria, que acabou

O fio condutor   211

virando ponto de encontro, principalmente de jovens estudantes. Para eles, Faruk também se tornou uma espécie de avô e conselheiro muito admirado.

A visita não poderia ter sido mais proveitosa, Inaiê tem certeza de que, pela sintonia, ganhou um grande amigo. Feitas as despedidas, ela e Caíque seguem em direção ao largo da Carioca. Lá, os dois compartilham a ideia de voltarem ao ponto onde, há tantos anos, se viram pela primeira vez e ocorreu o roubo.

– Você lembra exatamente onde foi?

– Lógico. Escolhi o melhor lugar para atrair o público.

– Também me lembro, e estou pronto para reviver o encontro.

Para surpresa de Inaiê, Caíque tira o gorro do bolso. Por que razão o teria levado assim guardado? Inspiração vinda de Erasto? O sinal é forte, concordam, mas não têm noção do que possa significar o desejo de irem juntos e tão confiantes rumo ao passado. Agradecerem aos Céus? Alimentarem as raízes? Que importa? Vale é viverem a experiência.

– Foi aqui.

Inaiê põe o gorro no chão.

– E eu estava lá.

Caíque se dirige ao local apontado. Aquele menino e aquela adolescente se olham com prolongada ternura, como se quisessem se reconhecer naquele instante preciso em que seus destinos se encontraram com espanto, sofrimento e violência. Hoje, ainda por juventude e inexperiência, eles não se dão conta, mas eu sei: o que houve naquele 12 de outubro não foi roubo, foi tentativa desesperada de contato, esforço último de uma criança absolutamente só, que sonhava em se comunicar, estabelecer algum tipo de conexão. Caíque e Inaiê podem não saber, mas sentem. Por isso, a emoção é grande. Ambos choram copiosamente ao reproduzirem a cena. Só que agora o menino age diferente. Abaixa-se, pega o gorro sem o dinheiro e o aperta contra o peito. A adolescente completa o gesto e o abraça forte, de modo que as boas vibrações sejam sentidas pelos dois. O beijo apaixonado é átimo de eternidade.

– Parece mentira que acabo de beijar aquela menina.

– E eu ainda custo a crer que o sucesso da sua fuga resultou em tudo isto que estamos vivendo. Nem imagino o que teria acontecido se tivessem conseguido pegar você. Teriam me devolvido o gorro, e nunca mais nos reconheceríamos.

Caíque pousa os dedos nos lábios de Inaiê.

– Não vamos pensar mais nisso. Somos companheiros de vida dispostos a realizar nossos projetos.

– Por mais ingênuos e loucos que possam parecer.

– Por mais dificuldades que a gente tenha que encarar.

– Te amo muito. Desde que você era menino.

– Também te amo. Desde que fugi levando um pouco de você.

Novo e demorado beijo arremata a cena com a certeza de que, depois de tanto tempo separados, os dias lhes serão leves a partir de agora. Nem mais um minuto de espera para serem felizes juntos. O ano de 2020, já às portas, será o melhor de suas vidas – é promessa-jura.

Quando poderiam imaginar que a promessa-jura seria quebrada? Ainda em dezembro, terror de ficção científica tornado realidade. Aviões no chão, trens nas estações, automóveis nas garagens. Ruas vazias, cidades desertas, as famílias trancadas em casa. Nem mesmo a mais remota aldeia se salva – você certamente se lembra. Inaiê e Caíque acreditam que a felicidade que lhes falta, e ao mundo inteiro, é aviso urgente da Natureza, alarme, pedido de socorro, oportunidade única para as pessoas se repensarem, evoluírem noutra direção. Os sacrifícios impostos a todos, o desespero em hospitais lotados e as tantas mortes servirão para construir uma humanidade melhor, mais fraterna e solidária – é a única esperança,

O fio condutor 213

o consolo possível. Se não aprenderam pela fartura e alegria, aprenderão pela provação e dor. Triste engano. Cedo constatam ser difícil abolir velhos padrões de comportamento, egoísmos e desconfianças inerentes aos seres humanos, incapazes de se unir até para causas que os beneficiam. Digo o mesmo com relação a nós, países, nascidos de violentas disputas para sermos arbitrariamente desenhados em fantasiosos mapas. Quem nos dera nos tornarmos abrigos a céu aberto! Impossível, com tantas fronteiras, muros, cercas e arames farpados – é que aqueles que nos conceberam também se fecham assim, se trancam assim, se farpam assim, como se o eterno pé atrás fizesse sentido ou adiantasse alguma coisa.

Me causa dor contar: Faruk é obrigado a fechar a livraria. Gabriel, sem saber o que fazer para pagar as contas, porque todas as barracas e quiosques da orla estão proibidos de funcionar. Ninguém nas praias, é ordem expressa. Tereza não pode lecionar, escolas com as aulas suspensas, alunos sem estudar, o caos. E medo, muito medo do contágio. Beijos, ausentes. Abraços, ausentes. Rostos escondidos, ninguém tem coragem de sequer se tocar. O inimaginável, o impensável, o absurdo ditando as normas de convívio. Lojas e restaurantes, sem clientes. Museus, cinemas, teatros, sem público – a arte, que é o que nos enobrece e diviniza, em recesso. Inaiê tem de cancelar todas as suas apresentações, é claro, mas, por incrível que pareça, consegue manter a creche de Olaria com suas crianças. Tendo ambientes arejados e amplo espaço ao ar livre, a velha casa de sua avó Firmina é refúgio mais seguro. Porque precisam se arriscar para manter seus empregos, as mães respiram agradecidas. Muito trabalho a encarar: as acomodações, os cuidados, a compra e higienização de alimentos e o preparo das refeições. Gabriel e Tereza passam a ir até lá diariamente para dar força – sentem-se úteis como voluntários. Pelo apoio e ajuda financeira, Marta, o pastor Vitorino e Faruk são essenciais para o sucesso da aventura. Prova de que, quando todos se conectam amorosamente em torno de um objetivo, o que parece inalcançável se torna possível e é conseguido.

Enfrentando os temores e as adversidades desse período insano, Caíque e Inaiê se fortalecem e se tornam cada vez mais cúmplices. Ao completarem o primeiro ano juntos, recebem a notícia de que uma criança está para chegar. Novo susto. Nada programado. Justo nessa hora, em meio a tanta turbulência e incerteza? Sim, avisos da Natureza, que se expressa de várias maneiras – e boa-nova que vem de dentro do corpo é sinal de esperança que germina e brota e floresce e frutifica com o tempo.

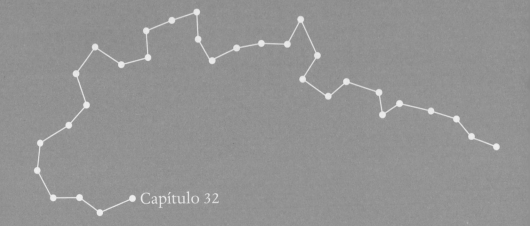

Capítulo 32

Conversas caseiras e rueiras

Conversas diversas. Às vezes, no apartamento de Inaiê. Às vezes, no apartamento de Caíque. Com frequência, se visitam, dormem juntos lá ou cá. Cafés da manhã lá ou cá, e algumas roupas nos armários lá e cá. Sentem-se confortáveis assim, se amam assim, se dão a conhecer assim. Só que agora, a situação é outra: um novo ser começa a ganhar forma e, em breve, virá lhes fazer companhia. Decisões e providências precisam ser tomadas. Caíque ajeita o travesseiro, se acomoda melhor na cama.

— A gente vai ter que morar junto, não tem jeito. Melhor encarar isso com a gravidez ainda no começo.

— Mudança radical em nossas vidas. Já se deu conta?

— Já. Seremos mais um casal com uma criança recém-nascida vivendo debaixo do mesmo teto.

Inaiê se aconchega nele.

— Não estava preparada para ser mãe.

— Somos dois. Insegurança: dez. Preparação para ser pai: zero.

O abraço os silencia. Cada um com seus pensamentos. A Caíque, ocorre a imagem de Faruk recebendo a notícia: ficou eufórico, nunca pensou que poderia ver bisnetos. A Inaiê, que é bisneta do negro Erasto e da indígena Iacina, e o pouco que sabe sobre eles foi a avó Firmina que lhe contou. Pensa que, no futuro, também será o que for sobrando dela pelo caminho... Caíque nunca ouviu falar dos seus antepassados. Sua ancestralidade começa com seus pais. E durou pouco... Caíque e Inaiê: sintonizados até em pensamentos, entrelaçam memórias.

Mais beijos, mais aconchego, mais conversa.

– Já falou com sua mãe?

– Está feliz da vida, porque vai ser avó. No momento, estamos nos dando bem, e isso é o que importa.

– Tereza e Gabriel não falam de outra coisa. Acho que foi a maior alegria que eu dei a eles. Me dão a maior força, dizem que a vida é isso mesmo, tem que continuar, não tem que ter medo de nada, não.

– Acho que é porque sonhavam ter filhos e não conseguiram.

Conversas aparentemente sem importância acontecem desse jeito em todos os lares e lugares – aparentemente, repito. Porque são elas que, dia após dia, a conta-gotas, vão escrevendo a essencial história de cada um. E conversas tipo café com leite fazem bem à saúde, é certo, mesmo em época tão doentia. Assunto puxa assunto, garimpando novidades. Caíque passa a falar de Téo, esteve com ele na semana anterior – conversa de rua, conversa boa como sempre. Nem as máscaras nem o distanciamento impediram a conexão. Quando soube da gravidez de Inaiê, levou a mão à testa. Se casar hoje em dia é falta de juízo, fazer filho é desatino, ainda mais sendo tão novo e inexperiente. Caíque entendeu o discurso, mas disse que ele pensava assim porque nunca tinha se amarrado em alguém para valer. É, talvez seja isso mesmo. Assim, com a amizade bem mais forte que o medo, acabaram se esquecendo de todo tipo de precaução e se abraçaram forte, e se beijaram nos rostos cobertos, com os parabéns e muita gozação.

Pela vida que leva, sempre no limite, Téo também causa preocupação, mas seu santo é forte, posso provar. Antes da pandemia, haviam lhe oferecido emprego num escritório ganhando bem melhor do que como motoboy, carteira assinada e tudo. Agradeceu, mas recusou – trabalho parado demais para o seu temperamento. Apesar de todo o estresse, preferia continuar montado em sua moto se arriscando no meio do trânsito. O ritmo agitado lhe fazia bem, sua ansiedade precisava daquela adrenalina. E quer saber? Por causa de duas contaminações com morte, o escritório foi obrigado a fechar as portas. E Téo continua aí, resistindo firme, na sua lida cotidiana.

Cada um sabe de si – velho ditado. Quantas diferenças entre os temperamentos desses dois amigos, quantos contrastes em suas vidas! Se Téo se realiza com a excitação e a velocidade, Caíque sempre se felicitou com a paz do seu trabalho, dividindo seus dias entre a livraria da rua da Carioca e a barraca da praia do Flamengo, espaços sagrados para ele. Tinha consciência de que, nestes tempos cronometrados que escravizam pobres e ricos, havia conseguido sua alforria. Quando ouvia dizerem ser desperdício falar seis línguas e não fazer bom uso desse aprendizado, achava graça: como assim? Ninguém tinha ideia do prazer que sentia quando, ao vender uma água de coco, se comunicava na língua do cliente, causava espanto e fazia amizade no ato. No seu WhatsApp, ainda tem o nome da maioria desses viajantes. Quantas conexões! Quanta troca de conhecimento! Então? Para ele, não haveria emprego melhor nem alegria maior. Somando o que ganhava com o avô e o pai, dava para viver. E mais: ainda que modestamente, não deixava de estar ajudando a erguer sua Ponte de Lebab.

– De repente, vem essa pandemia e desfaz o sonho que era real.

– De repente, ela vai embora e, mesmo causando estrago, não vai derrubar a nossa ponte. Se o Téo resiste na moto, a gente resiste na casa de Olaria, que é a nossa trincheira.

Caíque ganha ânimo.

– Claro! A creche está lá funcionando. E Maria vem aí para nos dar mais força ainda.

– Que ninguém duvide.

A conversa aparentemente desimportante seguirá de alguma forma, ajudando a erguer a Ponte de Lebab sem fazer alarde.

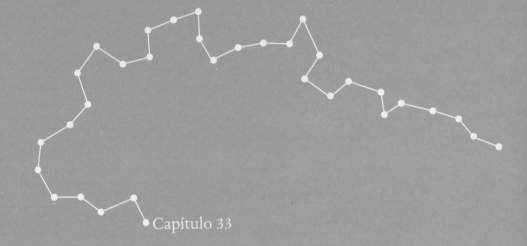

Capítulo 33

Súbito encontro

Calado, vem 2021, sem Réveillon e sem Carnaval. Janeiro e fevereiro em completo silêncio, sem um pio. Quando se poderia imaginar algo do gênero? A peste determina ser desse jeito e pronto. Só mais para o meio do ano, com algumas precauções, tudo parece voltar ao normal. Mesmo com pouca clientela, Faruk reabre a livraria e o café. Faz-lhe bem sair de casa e se ocupar. Com o parque e a orla da praia um pouco mais movimentados, Gabriel logo se arrisca a pegar no batente em sua barraca, e Tereza pode retornar às aulas presenciais. Ansiosas, lojas abrem as portas tentando minorar os prejuízos. Restaurantes, ainda com lotação pela metade, compensam a ausência de clientes com pedidos de entrega – motoboys tornam-se os novos garçons. A cultura é o setor que mais padece. Embora seguindo as rígidas normas de segurança, teatros e cinemas permanecem praticamente vazios. Para sobreviverem, artistas recorrem à internet, promovendo apresentações em vídeo e divulgando seus trabalhos pelas mídias sociais. Dá pena assistir. Nada que possa ser comparado à força do atuar nos palcos – personagens vivas, vibrantes, ao alcance! – e à energia dos aplausos das plateias. Os dias se arrastam atrás das máscaras – recomendam-se os modelos mais blindados. No centro da cidade, salas e mais salas comerciais à venda ou para alugar – quem se interessará? Melhor trabalhar em casa: mais protegido, mais econômico, mais tempo disponível. Negócios parados, imóveis desvalorizados, falências. Assim, em vários aspectos, a vida cotidiana se vai modificando radicalmente. Todos sentem o tranco na carne e no bolso, sem saber o que o futuro ainda lhes reservará. A única certeza: um mundo novo está por vir, e o que está para nascer sempre exige cuidados e gestos de generosidade, tanto no coletivo quanto no individual. Com a gravidez adiantada, Inaiê e Caíque dão prova do que afirmo. Mudam o estilo de vida morando juntos – Maria chegará em breve e precisará dos dois por perto, vigilantes.

É na hora certa, não há a menor dúvida. Às vésperas de dar à luz, Inaiê caminha pela rua do Russell de volta para casa, quando se dá o súbito encontro.

– Inaiê?!

– Nossa, que surpresa!

– Que surpresa digo eu! Grávida!?

– Pois é, pra você ver. Já estou na contagem regressiva.

– Não vai me dizer que é do garotão.

– Dele mesmo.

Damião sente um aperto no peito, mas não passa recibo. Sorri com algum esforço.

– Então não foi só uma aventura, vocês se acertaram para valer.

– Sim, estamos felizes e nos damos muito bem.

– Que bom.

Ele coça a cabeça, ainda não acredita no que vê.

– Menino ou menina?

– Menina. Maria.

– Confesso que estou sem chão com essa novidade. Tudo passa tão rápido, não é?

– Rápido demais... E você? Tudo bem?

– Sempre avulso. Uma aventura aqui, outra ali. Nada sério.

Inaiê evita entrar nesse campo, desconversa.

– E o trabalho?

– Tudo parado desde o ano passado, uma loucura.

– Pois é, tive de suspender todas as apresentações.

– Fica direto em casa?

– Não mesmo. Trabalho dobrado.

– Como?

– Com o início da pandemia, passei a me dedicar totalmente à creche. Agora, por causa deste barrigão, é que não tenho ido. Mas Caíque continua lá, firme, me ajudando a manter o espaço aberto.

– Entendo.

– Você tem feito alguma coisa? Tem conseguido se virar?

– Até que tenho dado sorte. Ajudo a fazer lives de artistas iniciantes, arranjo patrocinadores e espaços pra essas lives e vendo pra plataformas. Como não pago aluguel, dá para me manter legal.

Inaiê não pensa muito, decide arriscar.

– Se interessar, você pode voltar a me produzir. Sempre admirei o seu trabalho e confio em você.

Damião gosta do que ouve.

– Puxa, eu adoraria. É só você me chamar. Ainda tem meu número?

– Tenho, sim.

– Beleza. Também tenho o seu.

Algum silêncio. Damião vê expressão de cansaço em Inaiê, sente que o encontro está por terminar. Olha para ela com carinho.

– Queria rever seu rosto. Se importa de tirar a máscara um instante?

Embora constrangida, como se estivesse se despindo, Inaiê atende o pedido. Mas se mantém séria. Sua imagem encanta.

– Você continua linda. Com a gravidez, ficou ainda mais luminosa.

Inaiê repõe a máscara e só então agradece os elogios. Ficam de se falar quando houver a oportunidade de alguma futura apresentação. Damião pede que, antes, ela avise quando Maria nascer, ficará feliz. Claro, avisará com certeza. E assim, se despedem.

Agora que cada um tomou seu rumo, posso reafirmar que esse encontro aconteceu mesmo no momento oportuno. Para Damião, a gravidez avançada é prova definitiva de que apenas no campo profissional ainda terá alguma chance com a antiga paixão. Para Inaiê, a confirmação de que a distância entre ele e Caíque é incomensurável. Damião, de pouca conversa. Prático, matemático, objetivo. Preocupado com números e tudo o que há de mais concreto: os ganhos, os lucros, os percentuais, os contratos – sempre com o pé atrás, desconfiando de Deus e o mundo. Caíque, o oposto. Idealista, sonhador, pouco ligado à matéria. Conversas intermináveis sobre assuntos que transcendem: livros, músicas, filmes, as artes todas, os povos, as diferentes culturas, a história. Sempre confiando em Deus e no mundo. A maior afinidade entre ele e Inaiê? O pensar a humanidade como um único e gigantesco ser vivo, que anda bastante doente e, mais que nunca, precisa ser tratado. Afinal, são séculos e séculos de frustrações e maus-tratos. Acreditam firmemente que para a cura só há uma saída: o diálogo e a solidariedade, porque já salta aos olhos que, metastática, a doença afeta todos e cada um.

Depois do encontro, enquanto caminha, Damião pensa em sua vida, no tanto que fez e ainda falta fazer, no quanto aprendeu depois que se separou de Inaiê. Que ela seja feliz. Merece. Que bom que retomaram o diálogo e o provável entendimento.

Depois do encontro, enquanto caminha, Inaiê pensa em sua vida, no tanto que fez e ainda falta fazer, no quanto aprendeu depois que se separou de Damião. Que ele seja feliz. Merece. Que bom que retomaram o diálogo e o provável entendimento.

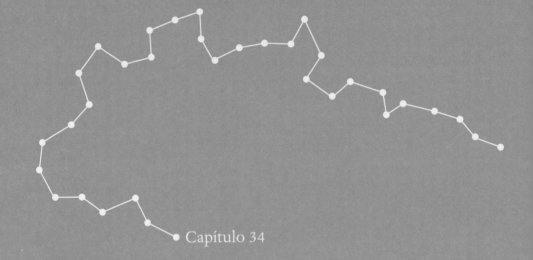

Capítulo 34

MARIA

Está nascendo. Dez para as duas da madrugada do dia 15 de agosto de 2021. Parto natural. Dor, esforço, sangue, corte, separação, choro e vida! É assim que tudo começa, sabemos – o sofrimento recebido com naturalidade. A recém-nascida vai para o regaço da mãe, primeiro amparo, abrigo. Neste instante, nos quatro cantos do mundo, milhares de crianças são dadas à luz. Provavelmente, nunca se conhecerão, mas chegaram juntas à mesma aventura terrena, cada uma com a sua missão, sina, destino. Histórias originais que começam a ser escritas e que serão entremeadas com tantas outras, que já estão sendo contadas, que vêm de longe, protagonizadas pelos que ainda estão aqui e pelos que já se foram. Mistério fantástico. Bênção da existência humana. Pesada responsabilidade tantos irmãos vivendo debaixo do mesmo céu – do mesmo teto. Alguma razão haverá para tudo isso – imagino, enquanto aprecio a cena de Inaiê e Caíque com a pequena Maria na sala de parto.

Caíque, pai! Dá para acreditar? Presenciou o procedimento, o tempo todo ao lado da mulher, de mãos dadas, confortando – experiência única. Mais que nunca trabalhará com afinco para que sua filha tenha infância diferente da dele, mais fácil, mais protegida. Daí pensa como teria sido se não tivesse perdido seus pais: poderiam estar ali com ele, conhecer a neta, sentir-se orgulhosos. Se assim tivesse sido, não teria morado nas ruas e enveredado pelo mau caminho. Mas também não teria conhecido Faruk e os livros que tanto lhe ensinaram, e não teria roubado o gorro da menina que cantava no largo da Carioca. Gabriel e Tereza não existiriam para ele que não estaria ali agora com Inaiê, o primeiro e único amor de sua vida. Portanto, não seria pai, e Maria não teria vindo ao mundo. Então se pergunta se é destino ou acaso que rege a vida da gente. O que acontece quando resolvemos ir por esta estrada e não aquela? Triste é quando a desgraça fala mais alto e decide por nós. Com os pais vivos, quem seria ele? Onde estaria agora? Melhor aquietar o pensamento, porque hoje é dia de festa. E uma luminosa fase de sua vida se inicia, quer acreditar.

Os meses que se seguem ainda exigem cautela. A pandemia abrandou, mas não está de todo debelada. Inaiê se divide entre a casa, as lives e a creche – Maria sempre perto de seu olhar atento. Caíque continua com o trabalho na livraria do avô e na barraca do pai, embora separe mais tempo para estar com a filha – o fato de ele e a mulher morarem juntos facilitou demais a vida de ambos e permitiu que economizassem um bom dinheiro. Aquela conversa de se sentirem livres cada um em seu canto – lembra? Pois é, ficou no passado. A lista de prioridades mudou ao se tornarem três. As maiores alegrias estão agora nos cuidados com Maria. E também os maiores receios. Têm consciência do que significa pôr uma filha no mundo, prepará-la para ser livre e independente, estar pronta para encarar os desafios e provas que certamente virão. Por outro lado, sempre que a veem dormindo em seu berço, agradecem a bênção de tê-la, fantasiam contos de fadas futuros, imaginam felicidades perenes, numa realidade tão acolhedora quanto o quarto que aprontaram para ela, com bichos de pelúcia, móbiles e cheiro de lavanda. Mães e pais são dados a esses sonhos, só interrompidos quando seus filhos choram por algum motivo. E eles choram, nas mais surpreendentes ocasiões.

Uma curiosidade: Maria saiu parecidíssima com Marta, só que com a pele mais escura. A avó se desmancha pela neta e a paparica desmedidamente. Volta e meia, tira da bolsa um retratinho antigo de quando era bebê e o compara com outros de Maria: a semelhança é, de fato, impressionante, as duas são iguais! Inaiê sente-se dividida. Alegra-se ao ver a felicidade e a dedicação de sua mãe, mas não quer que a velha história se repita. Fantasmas do passado voltam a assombrá-la ao lembrar que saiu brigada de casa para morar com a avó Firmina, de quem herdou os traços, a personalidade e até o temperamento. Bobagem. Posso garantir que logo ela irá perceber que os tempos mudaram, os antigos nós foram desatados e as desavenças, resolvidas. O apego de Marta por Maria é sinal de que as ancestralidades das três raças já se entendem dentro de sua família. Quando será que verei a mesma harmonia entre os meus?

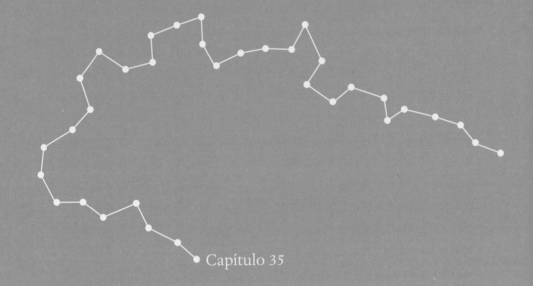

Capítulo 35

ERASTO

Está nascendo. Dez para as oito da manhã do dia 15 de agosto de 2021. Parto natural. Dor, esforço, sangue, corte, separação, choro e vida! É assim que tudo começa, sabemos – o sofrimento recebido com naturalidade. O recém-nascido vai para o regaço da mãe, primeiro amparo, abrigo. Neste instante, nos quatro cantos do mundo, milhares de crianças são dadas à luz. Provavelmente, nunca se conhecerão, mas chegaram juntas à mesma aventura terrena, cada uma com a sua missão, sina, destino. Histórias originais que começam a ser escritas, e que serão entremeadas com tantas outras que já estão sendo contadas, que vêm de longe, protagonizadas pelos que ainda estão aqui e pelos que já se foram. Mistério fantástico. Bênção da existência humana. Pesada responsabilidade tantos irmãos vivendo debaixo do mesmo céu – do mesmo teto. Alguma razão haverá para tudo isso – imagino, enquanto aprecio a cena de Caetana e Daniel com o pequeno Erasto na sala de parto.

Daniel, pai! Emocionado por realizar sonho antigo. Presenciou o procedimento, o tempo todo ao lado da mulher, de mãos dadas, confortando – experiência única. Mais que nunca trabalhará com afinco para que seu filho tenha infância tão protegida quanto a dele. Daí pensa o que teria acontecido se há quatro anos não tivesse chegado atrasado ao aeroporto e perdido aquele voo para Salvador. Quiseram os Céus que, de péssimo humor, ele tomasse o avião seguinte, que Caetana viesse se sentar a seu lado e iniciasse a conversa que lhe mudou o ânimo e a vida. Abençoada viagem que resultou em casamento e, por fim, em sua mudança para o Rio de Janeiro. Se tivesse seguido no primeiro voo, teria continuado solteiro, e Erasto não teria vindo ao mundo. Então se pergunta se é destino ou acaso que rege a vida da gente. O que acontece quando resolvemos ir por esta estrada e não aquela? Felicidade é quando a sorte fala mais alto e decide por nós. Sem o apoio e a força de Caetana, quem seria ele? Onde estaria agora com seus estudos e crenças? Melhor aquietar o pensamento, porque hoje é dia de festa. E uma luminosa fase de sua vida se inicia, quer acreditar.

Os meses que se seguem ainda exigem cautela. A pandemia abrandou, mas não está de todo debelada. Caetana se divide entre a casa e seu consultório de pediatria – Erasto sempre perto de seu olhar atento. Professor de história, Daniel continua a dar aulas on-line na universidade. Está contente, porque os alunos perseveram e demonstram interesse. Os passeios de bicicleta com Caetana na Floresta da Tijuca é que vão ter de esperar. A lista de prioridades mudou ao se tornarem três. As maiores alegrias estão nos cuidados com Erasto. E também os maiores receios. Têm consciência do que significa pôr um filho no mundo, prepará-lo para ser livre e independente, estar pronto para encarar os desafios e provas que certamente virão. Por outro lado, sempre que o veem dormindo em seu berço, agradecem a bênção de tê-lo, fantasiam contos de fadas futuros, imaginam felicidades perenes, numa realidade tão acolhedora quanto o quarto que aprontaram para ele, com bichos de pelúcia, móbiles e cheiro de lavanda. Mães e pais são dados a esses sonhos, só interrompidos quando seus filhos choram por algum motivo. E eles choram, nas mais surpreendentes ocasiões.

Uma curiosidade: filho de homem preto com mulher branca, Erasto saiu parecidíssimo com o avô materno, Giuseppe, só que com a pele bem escura. O italiano se desmancha pelo neto e o paparica desmedidamente. Volta e meia, tira do bolso um retratinho antigo de quando era bebê e o compara com outros de Erasto: a semelhança é, de fato, impressionante, os dois são iguais! Caetana sente-se realizada. Alegra-se ao ver a felicidade e a dedicação de seu pai, ainda que fantasmas do passado voltem a assombrá-la ao lembrar velhos preconceitos paternos. Bobagem. Posso garantir que logo ela irá perceber que os tempos mudaram, os antigos nós foram desatados e as diferenças, resolvidas. O apego de Giuseppe por Erasto é sinal de que as tristes rixas ficaram no passado. Quando será que verei a mesma harmonia entre os meus?

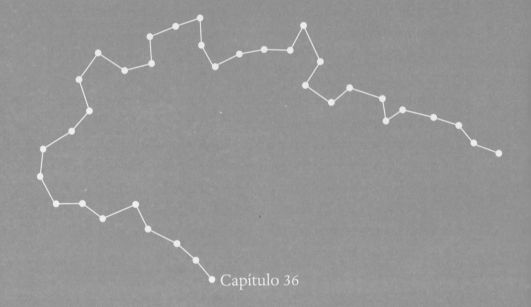

Capítulo 36

BEM PERTO DELA

Desconfiado, vem 2022, com Réveillon discreto e Carnaval adiado para abril. Pelo segundo ano consecutivo, janeiro e fevereiro silenciosos. Dá para acreditar? Em março, a pandemia perde fôlego. Máscaras e álcool em gel são praticamente aposentados. Portanto, o momento não poderia ser mais oportuno para que alguém chegasse com a notícia. Agora, é certo: Inaiê finalmente voltará a se apresentar em público. Será na Quinta da Boa Vista, entrada franca.

– Vai ser ao ar livre, do jeito que tudo começou. As pessoas vão se sentar no gramado e relaxar...

Caíque exulta. Nestes tempos de distopia, mais ele se agarra à sua ponte, mais se recusa a acreditar que o ser humano esteja fadado ao isolamento, mais se orgulha da mulher e sua arte – a beleza das partituras, escrita dos deuses, língua universal!

Damião sabe do show pelo jornal, chega cedo, fala afetuosamente com Inaiê e Caíque, parabeniza-os pela filha. Já conhece Marta, é apresentado a Vitorino, a Faruk e a Tereza. Lembra-se de Gabriel do famoso dia do gorro reencontrado, cumprimentam-se com um aperto de mão. Caíque o convida a permanecer com o grupo familiar enquanto Inaiê se afasta e se posiciona no palco para cantar, e ele se acomoda por ali mesmo, prestando atenção em detalhes, saudoso de suas produções, saudoso da cumplicidade de anos, saudoso de um amor sonhado que não chegou a acontecer.

Quando Daniel e Caetana chegam à Quinta da Boa Vista, a área reservada para o show já está praticamente lotada. Fizeram questão de levar Erasto com eles – têm certeza de que irão vivenciar momentos de mágica e encantamento. E acertam. Com paciência e cuidado, vão se aproximando do palco o mais que podem, até que conseguem um bom lugar. Quase em seguida, Inaiê dá início ao seu canto com os clássicos da música popular que fazem parte de seu repertório: "As rosas não falam", "Carinhoso", "Eu sei que vou te amar", "Chão de estrelas", "Asa branca", "Coqueiro de Itapoã", "O mar serenou", "A noite do meu bem", "Viver e não ter vergonha de ser feliz", "A força do criador" e vários outros.

Há mesmo muita coisa entre o Céu e a Terra – o público sente, mas apenas eu, como país, posso ver. É que lá estão, bem perto de Inaiê, os compositores de todas essas canções: Cartola, Pixinguinha e Braguinha, Tom Jobim e Vinicius de Moraes, Silvio Caldas, Luiz Gonzaga, Dorival Caymmi, Clara Nunes, Dolores Duran, Gonzaguinha e, é claro, a querida Dona Ivone Lara. Faz tempo que não os encontrava assim tão nítidos! Me emociono, e muito. Porque ali, me vejo representado por pura arte e puro coração dos meus mais queridos talentos que se foram deste plano terreno. A Natureza sabe o quanto me felicita revê-los ainda vivos assim comigo, a energia e a fé que me transmitem pela voz de Inaiê, que encerra a apresentação com músicas de sua autoria – sem letra alguma, só cânticos, melodia ancestral. Atendendo aos pedidos de bis, canta "Cuidar" para uma plateia atenta e silenciosa. Ao terminar, é aplaudida de pé. Por fim, atende aos que vão até ela pedir um autógrafo ou uma foto. No parque, o que se vê é o essencial:

famílias reunidas, pessoas comuns de todos os tipos aproveitando um domingo de outono.

Ao tomarem o caminho de casa, Daniel e Caetana chegam a avistar Inaiê no meio do povo, passam bem perto dela. Daniel fixa o olhar naquela que, há muito, o perturba por algo que não pode ser definido. Que trama os enreda? Atração incontida – seu corpo dá sinais, mas sabe que é sensação que não deve ser levada a sério. Com Erasto no colo, ele beija Caetana, e nela se aconchega.

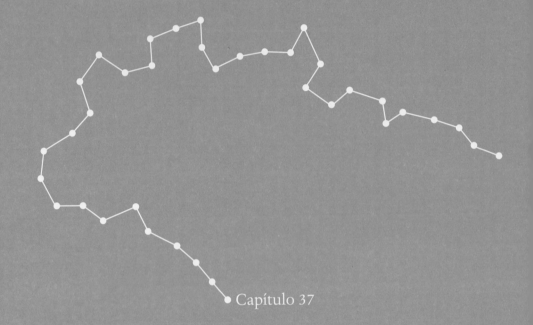

Capítulo 37

CAETANA E DANIEL

Sabem perfeitamente que o mundo exterior é capaz de interferir, e muito, no que se passa dentro de uma casa. É a tal história, a que já me referi, do coletivo e o individual sempre entrelaçados, traçando caminhos para o bem ou para o mal. De repente, algo acontece fora de suas quatro paredes e lhe vira a vida de cabeça para baixo. Voltando ao passado remoto, posso explicar: Gregória, mãe de Caetana, tinha sete anos quando chegou ao Rio de Janeiro. Seus pais deixaram o Chile em 12 de setembro de 1973, dia seguinte ao golpe de Estado que derrubou o presidente Salvador Allende. Eram professores universitários que, pelas ideias que defendiam, seriam fatalmente presos. Vieram com a roupa do corpo e, por sorte, foram recebidos na casa de um casal amigo. O poeta Pablo Neruda, Prêmio Nobel de Literatura, era padrinho de Gregória e, por trágica coincidência ou desgosto, morreu onze dias depois do golpe. A menina sentiu profundamente os rumos que lhe foram impostos – absurdos e inexplicáveis para ela. Assustou-se com a viagem súbita, a mudança forçada, a perda do seu país, de sua cidade, de sua casa, de seu quarto, de seus brinquedos. O afastamento das pessoas queridas, das amizades da escola... Nunca mais veria o padrinho? Nunca mais. Nunca mais ouviria suas histórias? Essas, ela poderia ler nos livros que ele escreveu, nas memórias que deixou – tudo muito pouco se comparado com a imensidão de seus sonhos. O pior é que seus pais tiveram dificuldade para se firmar nestas minhas terras – aqui a situação também não era das melhores para seres livres e pensantes. O exílio durou até 1990, quando puderam regressar ao Chile com a restauração da democracia.

Com 24 anos, naturalizada brasileira e recém-formada em medicina, Gregória decidiu ficar. Os tempos eram outros. Aqui, criou suas raízes, fez amigos, refez seus sonhos. Amou o clima, as praias, as montanhas, a informalidade do povo e das roupas, tornou-se uma verdadeira carioca. Longe de seu país de origem, queria também distância de discussões políticas, preferia se dedicar às pessoas a seu modo, ou seja, cuidando da saúde de todos que a procurassem. Sem saber se seriam de direita, centro ou esquerda, o que a realizava era lhes curar os males do corpo. Para os males da mente e da alma, que se entendessem com analistas ou religiosos. Estudiosíssima, especializou-se em clínica geral, ganhou nome. Anos depois, casou-se com Giuseppe. Conheceram-se com ele estatelado no asfalto, à beira da morte, debaixo das ferragens de sua moto. Gregória presenciou o acidente, teve frieza e coragem para tomar as providências que lhe salvaram a vida. No hospital, já convalescendo, o rapaz repetia que Gregória havia sido a pessoa certa, no lugar certo, na hora certa. Não houve tempo para se tornarem amigos, porque a paixão foi imediata. Não houve tempo, portanto, para se conhecerem, para se darem conta de que as diferenças entre eles eram abissais. Embora nascido no Brasil e falando português, Giuseppe se considerava italiano pelo sangue, orgulhoso da nobre ancestralidade. De família abastada, era conservador extremado. Gregória não dava ouvidos aos seus discursos, investia nas qualidades do companheiro e lhe relevava os defeitos. Quando Caetana nasceu, o casal ganhou fôlego para lidar com os temperamentos conflitantes, as pequenas desavenças, as implicâncias cotidianas. Giuseppe parecia mais tranquilo e compreensivo, se enternecia com a filha, tendo estabelecido com ela forte conexão. Os desentendimentos só tiveram início na adolescência, depois de Caetana ter passado uma temporada no Chile com os avós maternos. Lá, nasceu a vontade de se dedicar a trabalhos sociais e se confirmou sua vocação para a medicina, seguindo os passos da mãe. A partir de então, as brigas com o pai eram constantes, discussões intermináveis. O rompimento se deu ao apresentar Daniel como relacionamento sério. Um genro negro, de família que você nem conhece direito?! Netos mestiços?! Não, minha filha, definitivamente vivemos em universos diferentes. Você é maior de idade, independente, tem sua profissão, é livre para fazer o que quiser, mas não me obrigue a aceitar o que me violenta. Vá em frente, não me procure mais nem se preocupe em me dar notícias.

Em oposição ao marido, Gregória não só foi ao casamento como ajudou nos preparativos da cerimônia. De nada adiantaram os pedidos para Giuseppe aceitar a opção da filha e fazerem as pazes. O infeliz ficou o dia inteiro sozinho, remoendo inutilmente sua indignação. Pois é. Passaram-se dias, meses, e os anos seguiram com cada um no seu canto. É que o tempo não espera por ninguém, quem quiser que o acompanhe. Guardou mágoas, ressentimentos? Problema seu, vai perder muitos capítulos da novela, com certeza. Às vezes, os melhores momentos, as cenas mais emocionantes. Foi o que aconteceu com Giuseppe que, quando voltou a assistir aos novos episódios da vida de Caetana e Daniel, a história já tinha avançado bastante.

Domingo, fim de tarde em Ipanema, Giuseppe vem caminhando pelo calçadão. No sentido contrário, acompanhado de Caetana, Daniel empurra o carrinho com Erasto. O espanto pelo encontro não pode ser maior. Por alguns segundos, ninguém se mexe. Expectativa. Caso aconteça, a iniciativa do cumprimento terá de partir de Giuseppe, é claro – foi ele que decidiu romper relações com a filha. Embora tímido, o gesto vem: um leve aceno de cabeça e um sorriso, que são correspondidos pelo casal. Giuseppe se aproxima, sua atenção vai logo para o neto. A emoção é grande. São parecidíssimos! De pele escura, Erasto é ele bebê sem tirar nem pôr. Iguais, ele exclama. Tem retratos, há de provar. Pode segurá-lo um pouco? Lógico, que pergunta, é seu neto. Nove meses e com esse tamanhão todo?! É forte, o *bambino*, hã?! Erasto? Belo nome, belo nome! Depois de lhe dar muitos beijos, Giuseppe põe o neto de volta no carrinho e cumprimenta Daniel com olhar sincero. Pai e filha se abraçam demoradamente, ficam de se ver o mais breve possível, e pronto – a reconciliação está de bom tamanho, ali não é lugar para desculpas e acertos de contas. Enquanto se despedem, o sol se põe atrás do morro Dois Irmãos, belo cenário para as três reflexões: "Gregória ficará felicíssima com a novidade", "Papai envelheceu muito" e "Senti sinceridade quando o velho me apertou a mão e me olhou nos olhos".

Erasto veio com boa estrela. Pelo visto, já ajudando a reconciliar famílias. Foi Daniel que escolheu o nome, intrigado com a história de um gorro de crochê que teria sido feito por Anastácia, sua trisavó. O que ele sabe é que o gorro, confeccionado como promessa aos doze orixás, salvara a vida de sua bisavó Amara e de seu tio-bisavô Erasto quando bebês – verdadeiro milagre. Assim, os gêmeos, também beneficiados pela Lei do Ventre Livre, cresceram saudáveis e seguiram seus destinos. Por vontade de Anastácia, com sua morte, o gorro ficou para Erasto, o filho cuidador que esteve a seu lado até os últimos dias. Amara, primeira a vir ao mundo, não se conformou. Interpretou o gesto como desmesurada predileção da mãe pelo filho. Ressentida, rompeu em definitivo com o irmão e a cunhada Iacina, indígena de espírito conciliador, que, por mais que tentasse, nada pôde fazer para manter a família unida. Por ser muito apegada à sobrinha Firmina, Amara sofreu muito ao tomar rumo com o marido e os filhos. Mas o gorro não poderia ser dividido em dois, e era seu por direito, insistia.

Como professor de história, Daniel sempre pesquisa e esmiúça relatos que nos reconduzem ao passado, ainda que, pela tradição oral, muita coisa deles se perca ou neles se acrescente. Também respeita tudo o que transcende sua compreensão – o sobrenatural seria apenas uma realidade que a ciência ainda não consegue explicar, como o fato de, em sua linha ascendente, sempre haver a morte de uma criança a cada geração. Teve infância protegida, com excelentes pais, mas aos nove anos perdeu a irmã caçula, que lhe era xodó e grude. Por formação espírita e recorrentes narrativas familiares, tende a atribuir o carma ancestral à sua bisavó Amara e à disputa pelo gorro que se perdeu. Por esse motivo, relutava em fazer filhos, medo de que a sina trágica lhe batesse à porta. Foi Caetana que insistiu para engravidar, também não se opôs a que se desse ao menino o nome de Erasto – aos olhos de Daniel, reconciliação simbólica com o ramo da família que havia sido rejeitado e, portanto, algum modo de tranquilizá-lo quanto à sorte da criança. Exagero? Não sei. Pelo sim, pelo não, fez ele bem.

Comecei este capítulo afirmando que o mundo exterior é capaz de interferir, e muito, no que se passa dentro de uma casa. Com Gregória, mãe de Caetana, dei provas de que, de repente, algo acontece fora de suas quatro paredes e lhe põe a vida de cabeça para baixo, determinando também o destino dos que virão depois, traçando seus caminhos. Quase sempre é o destrutivo Tânatos, com sua pulsão de morte, que insiste em prevalecer sobre Eros, a celebração da vida. Cedo, Daniel conheceu essa dor, sabemos. Ao perder a irmã tragicamente, aprendeu que, neste plano terreno, o bem deve conviver com o mal, e suportá-lo – sua maior e mais árdua missão. Por isso, tantos mistérios, tantos enigmas indecifráveis em forma de belezas e horrores, de ódios e amores a um só tempo. Por isso, famílias se vão misturando com suas tramas e dramas, passado que vez ou outra volta para contar o que já ninguém lembra – são histórias que, do seu jeito precário, se encarregam de deixar algum registro, criar conexões. Por isso, Daniel ainda jovem decidiu mergulhar na História, assim mesmo com maiúscula: modo de tentar compreender os rumos do infeliz ser humano desde que se entende por gente. Loucura pensar em tudo, absolutamente tudo o que está acontecendo no planeta neste exato momento e ontem, e amanhã, e depois, e que, queira ou não, diz respeito também a você, protagonista, como qualquer um, desse assombroso espetáculo que a todos afeta de um modo ou de outro.

A irmã de Daniel morreu na escola, ele estava lá, viu tudo de perto. A cidade de Salvador em festa celebrando o tradicional são João. A apresentação para as famílias cheia de expectativa. No palco, cenário de encantamento, as crianças dançando, representando casamento na roça, risos, alegria pura. Auditório lotado. De repente, fumaça, alarme de fogo que se alastrava. Pânico, gritaria, pais e mães corriam para seus filhos, todos procurando a saída. Tumulto, tombos, a queda fatal. Maria, justo ela – por quê?! – a escolhida por Tânatos para se satisfazer com o sofrimento alheio. Era festa de criança, eu disse. Festa. Como precisamos de festa, seja ela qual for, para suportar as dores!

Deixe-me voltar ao presente. Meu povo pode, enfim, festejar o Carnaval, extravasar o tanto de sofrimento guardado durante a pandemia, saborear todos os beijos e abraços que não puderam ser dados e, corajosamente, reaproximar os que se afastaram por medo – cito apenas a infinidade de adolescentes apaixonados que começavam a se conhecer, iniciavam namoro e, de repente, foram obrigados a lidar com a separação imposta. Quanta maldade, quanta frieza de Tânatos! Sim, como precisamos de festa, seja ela qual for! Como precisamos de luzes para suportar as trevas! Como precisamos brindar à vida! Inaiê e Caíque, Caetana e Daniel vão ao Sambódromo ver o desfile das escolas de samba. Acredite ou não, sentam-se bem perto na mesma arquibancada – histórias que se aproximam aos poucos. E quem é que eles veem pulando animadamente na avenida? O eterno Eros! Sua garra, seu trabalho suado de um ano inteiro transformado em brilho e beleza por puro amor à arte. Veem a fé, a esperança e a energia que, por algumas horas, vencem as misérias e as tantas perdas. Veem sensualidade e saúde. Veem ritmo, dança, requebro nas mais luxuosas fantasias. E ouvem, nas baterias, os corações acelerados de paixão. Porque ali, naquela feérica passarela, não entram as maldades e as feiuras do mundo. Ali, naquela casa a céu aberto, o que se vê, ainda que por alguns instantes, é emoção, é cor, é o sonho da Ponte de Lebab realizado. Ali, naquele lar de todos, mesmo sem falar a língua nativa, o estrangeiro recebe a mensagem com clareza e entende o recado e a conexão está feita! E que eu, Brasil, seja sempre o fruto abençoado da força sincrética de minha cultura popular, da alegria e da criatividade dessa minha multicolorida família, num brincante e inspirado samba-enredo. Dizer mais o quê? Impregnados pela irmandade nas arquibancadas e por aquela divina batucada que transporta, contagia e injeta luz nas veias, Inaiê, Caíque, Caetana e Daniel voltam para casa em estado de graça, prontos para o destino que lhes couber, para a carta que vier no tarô. Predição que há de se cumprir.

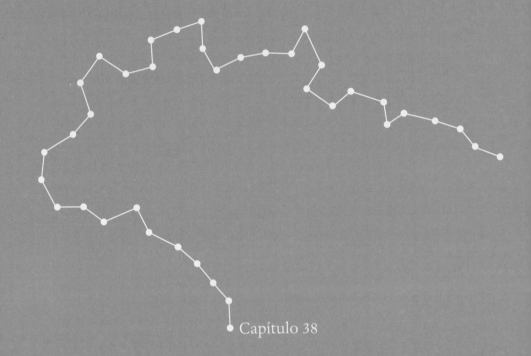

Capítulo 38

Passado que vai, passado que volta

Semanas depois do desfile, Marta e Vitorino são recebidos por Inaiê na velha casa de Olaria. Horário de pleno expediente. Ficam entusiasmados com o apuro que veem na creche. O cuidado com as crianças, o conforto das instalações, o carinho e a qualificação das profissionais. À entrada de uma das salas, o retrato da ialorixá Firmina paramentada de branco. Marta se impressiona com a mulher que tanto hostilizou em vida – olhar de bondade e sabedoria. Por caprichos da alma, que transcendem explicações, sente-se acolhida ao vê-la. No amplo cômodo ao lado, se emociona com a translucidez do vitral com as cores dos doze orixás, a simplicidade e o aconchego do espaço reservado para oração e meditação. Ali, todas as crenças e preces são bem-vindas, e Marta se deixa estar por alguns minutos.

Sei que essa questão de religião é complicada – para pessoas e, principalmente, para países. Falo pelo que vejo em mim e mundo afora. Quando a religião se junta com a política, a mistura costuma ser explosiva, e o desastre é certo. Extremismos político-religiosos continuam a causar vergonha, invadem lares, separam famílias, triste retrocesso para a humanidade. Ainda bem que, por caminhos bem definidos, Marta conheceu Vitorino e empreendeu uma mudança de 180 graus em sua relação com Inaiê. Vitorino é conciliador, espirituoso, mente aberta. Agora, no mesmo lugar onde Benedito dera o prazo de uma semana para a filha sair da casa, ele lhe oferece manter o apoio a esse abençoado lar que recebe e abriga quase quarenta crianças.

O tempo é remédio: clichê que explica a receptividade de Marta à iniciativa de Inaiê de transformar o antigo centro religioso em creche, e que a faz transitar à vontade pela casa que julgava amaldiçoada e onde, havia jurado, jamais pisaria. Ao fim da visita, Inaiê se comove com os elogios que recebe da mãe e de Vitorino. É como se, aos poucos, o desenho de seu quebra-cabeça familiar começasse a se definir pelo encaixe das peças certas.

Feitas as despedidas, ainda no portão e com Maria no colo, Inaiê vê o carro partir. Acenos de lá e de cá. Quando poderia imaginar que sua mãe iria refazer a vida de forma tão positiva e que as duas conseguiriam se dar tão bem? Neste exato momento, vê Firmina, sorridente e bem-disposta. Inspirada pela nítida visão, se dá conta de que, em sua sina, tudo aconteceu para seu crescimento e aprimoramento pessoal. À distância, até os desacertos familiares cumpriram finalidade. Sim, a história é triste, alinhavada de frustrações. Mas a verdade é que se Benedito tivesse se dado bem com a mãe e herdado o gorro por tradição, seu destino teria sido outro: não teria saído brigada da casa dos pais para morar com a avó, não teria ido trabalhar em supermercado nem conhecido Damião, não teria ido cantar nas ruas, o gorro não teria sido roubado e ela não teria conhecido Caíque – o amor de sua vida. Assim, por desígnios incompreensíveis, o pai também terá sido responsável por sua felicidade hoje. Vá entender... Quanto mais de mistério haverá em seus laços de família? Que novas conexões poderão ainda surpreendê-la? Muitas, a ancestralidade lhe sopra à mente. É que o passado resolvido fica quieto em seu lugar de paz. Mas o passado incompleto, cedo ou tarde, volta com as questões que não foram respondidas, e se faz presente. Entende que, em toda história, há o que se conta e o que se esconde, o que se sabe e o que se ignora. E assim seguem as vidas de países e pessoas, as tramas individuais e coletivas. Com o gorro da trisavó Anastácia, não seria diferente: do lado de Inaiê, o bisavô Erasto, do lado de lá, a tia-bisavó Amara. Entre eles, o gorro da discórdia que separou os irmãos, cortou a família ao meio. Não houve disputa, diga-se. Houve, sim, decisão salomônica da Mãe Maior: se não é possível, com espada, dividir o bem pela metade, que se aplique a lei do merecimento, e não a lei da antiguidade. Acontece que a cafuza Firmina, aconselhada por sua mãe Iacina, começou a trabalhar em outros planos para que a família se recompusesse. Nessa missão, um novo Erasto haveria de vir. O tempo diria quando e como.

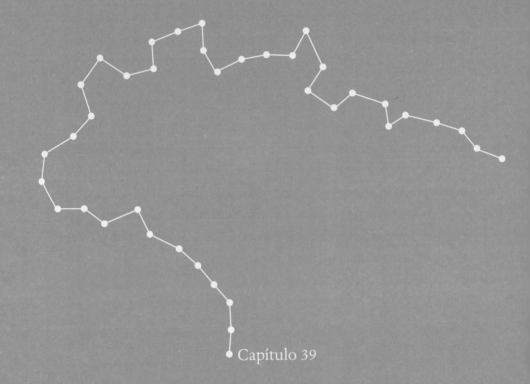

Capítulo 39

O SONHO LEMBRADO

Pela Natureza que há em mim, vejo que o sonho lembrado não reproduz com fidelidade o sonho sonhado. Vejo que o principal da história fica arquivado na mente de quem sonhou. O que vem à tona são sinais, pistas da narrativa, mensagens cifradas do que poderá ocorrer no futuro. Dou exemplo.

O visitante chega de madrugada, vem de longe à procura de Daniel. Com voz e autoridade anciãs, vai logo se apresentando e avisando assertivo: sou negro de ébano, como vê. Em vida, casei-me com Iacina, árvore de profunda raiz, madeira de lei. Com amor e paciência, anos a fio, crescemos juntos, dividindo nossos sofreres e multiplicando nossos saberes, como deve ser. Você, também maciço e retinto, se uniu a Caetana, rocha bem assentada por firmeza de caráter. Mais que escolha, foi destino combinado – dia, hora, minutos e segundos contados ao se alçarem no mesmo voo. Era certo, era preciso, modo de chegarmos até agora, quando você será chamado a se ligar àquela que, no sangue e na pele, reúne as três ancestralidades: Inaiê. Estarão ligados espiritualmente e pelo tato, entenda bem. O tato. Só ele será capaz de reaproximar e unir o que, por desamor e inveja, foi separado em passado distante. O tato! Tão humano, tão vital! O tato, que se foi com Amara e os seus.

Daniel se sente confuso, não entende o enredo. Como assim, ligados pelo tato que se perdeu? Olha para o lado, Caetana está mergulhada em alguma leitura – outro universo a entretém. O visitante convida-o ao quarto do pequeno Erasto, ao berço onde repousa. A vigiá-lo está uma menina de nove anos: Maria. Ela não se surpreende ao ver o irmão entrar acompanhado. Os dois se olham com emocionada saudade, mas incapazes de se falar. É que Daniel é homem feito, não mais possui a transcendência e a fluência da infância. As preocupações e percepções são outras. Sua irmã Maria está ali para facilitar conexões, lançar a ponte que unirá os dois lados da família, vencer o abismo, o vácuo, o vazio entre as partes. Outras crianças vão chegando para ajudá-la, indígenas, brancas, negras e amarelas – também estavam prontas em tenra idade, não tinham mais o que fazer por aqui. Elas existem em todas as gerações, em todas as culturas, em famílias nos quatro cantos da Terra. Ali, Daniel entende sua perda precoce: por mais triste que pareça, é bênção partir tão cedo deste plano, é prêmio – mas os adultos, por não saberem, sofrem, não se conformam com o fato.

Acontece que, mesmo em sonho, o professor vive cercado de negações e perguntas. Tudo isso é fantasia? Fruto da imaginação? São criações da mente? Superstições?

Súbito, a presença de Inaiê materializa o que lhe parece irreal.

– Vim cantar com as crianças. Vim por você.

– Por mim?

– Sim. Estaremos ligados pelo tato, você ouviu.

– Não faz sentido.

– Há de fazer em breve.

– Sou casado, tenho filho.

– E o que tem isso? Mal nenhum. Simples tato, cola essencial.

– Essas falas podem ser minhas, sou eu querendo me justificar.

– Que seja você. O que está escrito no invisível mais cedo ou mais tarde irá se materializar no visível.

Em torno do berço de Erasto, muita luz. Maria e as demais crianças entoam "Cuidar" em várias vozes. Inaiê junta-se a elas, canto celestial. Daniel se comove com o que vê.

– Caetana precisava ver isso!

Ela verá, afirma o velho visitante. E se vai.

Meio desperto, Daniel consegue identificar a réstia de luz que vem da rua pela fresta da janela lateral. Está de volta à sua cama, à dita realidade. Caetana, a seu lado, dorme serena. Transitará por outros planos? – ele se pergunta, recém-chegado da fabulosa viagem, da qual traz apenas alguns flashes e avisos. Levanta-se, vai ver Erasto em seu quarto. A luzinha azul ligada à tomada contrasta com o ambiente feérico de há pouco. Mas também há paz e beleza naquele aconchego rotineiro. Nada de especial, nada de grandioso, apenas um bebê de meses entregue ao sono dos inocentes. Que mundo é este? Que mundo é aquele onde esteve? Tão real que foi capaz de ver Inaiê com impressionante nitidez, ouvi-la cantar com as crianças e sua irmã Maria, que estava lá, tem certeza. Não se falaram, é verdade, mas se viram. E o velho Erasto? Assustador, mas não veio com cobranças, foi portador de estranhas predições, algo a ver com Inaiê. Há muitos caminhos e descaminhos entre o Céu e a Terra, admite. Como todo mortal, gostaria de descobrir o que a vida lhe esconde, os tantos segredos que não lhe revela, as respostas essenciais que lhe dariam sentido. E nada lhe é dito, silêncio absoluto sempre. Vive à cata de sinais, pontos de referência. Mas anda cansado de pelejar com vivos e mortos, principalmente em suas aventuras noturnas. Pede a Deus – ou O Que Seja – que lhe dê alguma trégua. Já há aprendizados de sobra nos livros de história universal, nessa trama desperta de milênios e milênios. Portanto, não precisa adentrar enredos enigmáticos enquanto dorme. Que a mente se apague e permita que o corpo descanse... Tão bom houvesse um interruptor que lhe ligasse e desligasse o cérebro, livrando-o de pensamentos e conjecturas aparentemente inúteis!

Quando Caetana se levanta, Daniel já está terminando o café da manhã. Ela entra na cozinha com sorriso de quem dormiu bem. Dá um selinho no marido e vai logo se servindo.

– Bom dia, amor!

– Bom dia.

– Nossa! Dormi feito pedra. E você?

– Até que dormi, mas sonhei tanto, que amanheci exausto.

– Então não dormiu. Ficou vivendo outra vida, como sempre.

Conformado, Daniel acha graça.

– Tem razão. Vida de imagens soltas e confusas.

– Ainda bem que eu fecho os olhos e apago.

Influenciada por seus avós maternos, Caetana se diz ateísta. Neste mundo em crescente desencanto, acredita é na solidariedade, na prática do bem para a construção de relações mais fraternas, igualitárias e justas. Enfim, respeita a espiritualidade de Daniel, embora lhe tenha combatido firmemente algumas cismas, como, por exemplo, aquela de não querer filhos. Ainda bem que tudo se arranjou. Erasto está aí, forte e saudável.

Daniel volta ao sonho. Lembra-se de várias crianças cantando em torno do berço de Erasto, o quarto todo iluminado.

– Você não acha que nosso filho veio com uma missão importante?

– Pelo amor de Deus, Daniel, para com isso. Que missão? Não faço ideia do que o futuro reserva para o Erasto, sei é das nossas responsabilidades com ele, agora. E depois, das responsabilidades dele com ele mesmo. Simples assim. Que seja feliz e realizado no que quiser fazer e do jeito que quiser fazer.

– Você mesma admitiu que ficou impressionada com a reação de seu pai ao ver o Erasto pela primeira vez. Ele mudou da água para o vinho, pegou o menino no colo, se emocionou. Num estalar de dedos, os preconceitos comigo foram todos embora.

– Me surpreendeu, é verdade. Mas é neto, o mesmo sangue, família, ingredientes que, para um italiano orgulhoso, são fundamentais.

– Não é só isso. Tem muito mais. São os tais mistérios que você faz questão de ignorar e eu fico querendo desvendar. O Erasto uniu você à sua família novamente. Isso está bem claro para mim.

– Você pensa assim por influência do seu histórico familiar, a tal lenda do gorro. Aliás, uma triste lenda...

– Não é lenda. É fato. E, pelo que significa, também é mágica.

– Fato e mágica que se perderam no tempo. Quantas gerações já vieram e não estão nem aí para o que aconteceu. As mais novas então nem se lembram de nada. Estão preocupadas é com o presente e o futuro delas. No que fazem muito bem.

Daniel discorda. Sem memória e mágica, o presente e o futuro não se sustentam. Aprendeu que a própria história da humanidade, com todos os seus horrores, é plena de conquistas fabulosas, delírios pioneiros, voos que pareciam impossíveis, mas que acabaram se realizando. Ele se levanta da mesa naturalmente, começa a lavar a louça do café. Fala fazendo graça.

– Mas foi voando comigo que você se apaixonou.

Caetana vai até ele e o abraça por trás.

– Você é que trocou de avião e veio voar comigo. O voo era meu.

– Não importa, voamos juntos.

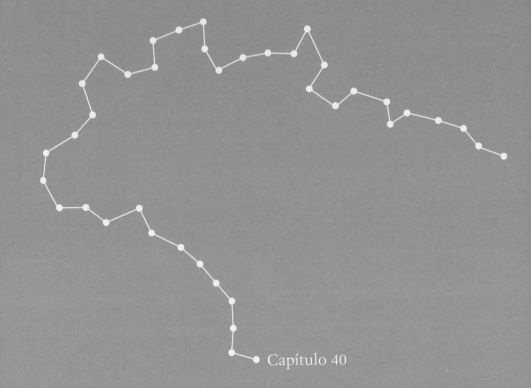

Capítulo 40

Daniel e Caíque

Tecida em planos paralelos, a vida cria oportunidades para os que devem se encontrar. Lei que, há alguns anos, conduziu Daniel à livraria de Faruk e o tornou cliente assíduo. Numa quinta-feira, como faz regularmente, o professor de história decide passar a tarde no Café Balbeque estudando e preparando as próximas aulas. Logo encontra Caíque, que, pelo tempo de convívio, já é considerado amigo. Mais falante que de costume – e talvez estimulado pela conversa com Caetana –, Daniel reconhece o quanto lhe fez bem ter descoberto o icônico sebo da rua da Carioca. É como se estivesse em algum refúgio distante da correria e do tumulto destes tempos, espécie de território sagrado do conhecimento. E o velho Faruk parece uma daquelas figuras míticas dos livros de aventuras, verdadeiro mago, capaz de adivinhar o que você procura só pelo seu modo de chegar e falar. Caíque ouve a louvação esperando que sobrem algumas palavras para ele. Mas o professor para por aí e começa a folhear um livro que está na gôndola ao lado. Por seu conhecido jeito, o jovem livreiro não resiste à tentação de provocar. E ele? Não ganha elogio nenhum? Daniel devolve o livro ao lugar de origem, põe a mão no ombro de Caíque com o peso do afeto que sente.

– Você, amigo, me é muito especial. Nem preciso dizer. Penso nisso desde o dia em que nos conhecemos no meio desses livros.

Porque testemunhei o encontro, confirmo o que acaba de ser dito. Quando Daniel pôs os pés ali pela primeira vez, Faruk não estava, quem o atendeu foi Caíque. Um sedutor, já sabemos. Capaz de, pelos olhos do coração, ver o que poucos veem e, assim, se comunicar com quem quer que seja. Com o professor não foi diferente. Depois de boas falas e fácil sintonia, convidou-o a conhecer o Café Balbeque no piso superior. Por que o nome? Com brilho no olhar, explicou que era a cidade natal de seu avô libanês. Desembaraçado, como se tivesse vivido lá desde a infância, confidenciou segredos milenares. Que Balbeque, morada de oráculos e sábios, havia sido construída pelos romanos no tempo do imperador Augusto, para honrar Júpiter, Baco e Baal, o controlador do destino humano – aprendeu essa e outras histórias com Faruk. Digo que não só aprendeu como também vivenciou, porque, à narrativa, acrescentou tempero próprio. O professor lembra nitidamente: com voz de mistério, Caíque garantiu que, no dia da fundação de Balbeque, Mercúrio, o deus mensageiro, desceu do Olimpo para ensinar aos mortais que toda casa ou cidade poderia se converter em ninho ou gaiola. Que nunca quisessem habitar uma gaiola em troca de conforto, água e comida bem servida. Mesmo que tivessem de arquitetar o lar e depois batalhar pelo alimento, que preferissem o ninho, que dá aconchego, mas também permite o voo. O professor, é claro, ficou encantado com a fábula que não conhecia. Só mais tarde descobriu que ela era fruto da imaginação do rapaz que o atendeu.

A cumplicidade entre os dois vai aumentando com a frequência assídua de Daniel. As conversas sempre giram em torno das artes, dos livros, da cultura e das tradições de diferentes povos. Lamentam o mundo partido, o país partido, a cidade partida... Tudo seria tão mais fácil se as partes se entendessem e se unissem. Vivem trocando ideias, pensando modos de costurar retalhos, desenhar mosaicos, formar mandalas. Acreditam na conhecida unidade pela diversidade, na conexão entre os opostos, que, afinal, é o sonho da Ponte de Lebab. Curiosamente, nunca falaram deles mesmos, porque o universo por onde transitam é rico e extenso demais. Até que chega o momento de, por familiares caminhos, criarem um vínculo mais íntimo. Tudo por causa de uma ligação telefônica em hora que Faruk não está – como se fosse aquele primeiro dia reeditado e aprofundado.

Caíque atende o celular. É Inaiê, está feliz. Maria acaba de lhe dar o maior presente: falou "mamã"! Sua primeira palavra! Mamã! E sorrindo ainda repetiu "mamã"! O pai não cabe em si de tanta alegria. Não importa que ele tenha, sem sucesso, insistido incontáveis vezes para ela dizer "papá". Reconhece o merecimento de quem ouviu a primeira palavra da filha. Palavra dedicada a ela, ainda por cima! O som da primeira palavra! Quanto significado para ele, que tanto ama as palavras, as frases, as conversas nas mais variadas línguas! O querido professor Daniel, ali bem ao alcance, precisa saber da novidade caseira.

– Minha mulher ligou para me dizer que nossa filha falou sua primeira palavra: "mamã"!

– O quê? Tão novo e já é pai?

– Sim. Uma menina linda. Maria. Vai completar nove meses no próximo dia 15 de maio.

– Então nasceu no mesmo dia que o meu filho: 15 de agosto!

Risos de contentamento surpreso, Caíque dá detalhes.

– Maria nasceu às dez para as duas da madrugada!

– O meu Erasto nasceu logo depois, às dez para as oito da manhã.

– Erasto?

– Sim, por quê?

– Erasto era o nome do bisavô de minha mulher.

Daniel se transporta com o que acaba de ouvir. Sempre envolvido com o passado, logo imagina a possibilidade do parentesco.

– Não acredito... Escolhi o nome do meu filho em homenagem ao meu tio-bisavô. Será que é ele?

Emocionado, resume a história que começou com o gorro feito por sua trisavó Anastácia e que resultou na rixa entre sua bisavó Amara e o irmão gêmeo Erasto. Triste destino, a família dividida. Por conhecer bem o enredo, Caíque confirma os fatos. Ansioso, tropeça nas palavras, exulta, o gorro ainda existe!

– E agora, com você, a história está mais viva que nunca!

Antes que possa se refazer emocionalmente, outra revelação causa espanto em Daniel. Um entusiasmado Caíque, sempre inspirado pelo Algo Maior, é o fio condutor de toda a trama.

– Inaiê não vai acreditar quando souber.

– Inaiê, a cantora?

– Sim, somos casados.

Caíque não faz ideia do que se passa dentro de Daniel. Não é imaginação, é fato: o sonho da véspera com o velho Erasto e Inaiê, o parentesco inimaginável, a aproximação ao alcance. O professor se sente perturbado pela epifania inconteste – confirmação de que, neste planeta, vários planos existenciais interagem. Mas é preciso manter os pés firmes no chão, fincá-los na realidade palpável.

– Inacreditável. Fui com Caetana e Erasto à Quinta da Boa Vista para ouvi-la cantar. Amamos seu repertório e todas as suas composições. Quando poderia imaginar que vocês são casados...

– Pois é. Sua prima...

O professor e o jovem livreiro se abraçam forte. Por quanto tempo? O suficiente para, na união de seus corpos, misturarem uma infinidade de imagens que reflete suas almas. Nesses segundos silenciosos, falam todas as línguas do mundo e se dão conta de que há momentos na vida – às vezes dias, às vezes longos períodos – em que somos obrigados a ficar em compasso de espera. E, pelo correr de minha própria história, afirmo que a sensação de impotência é a mesma para países e pessoas. Apreensivos em relação ao futuro, temos certeza de que não há nada a fazer senão cumprir rotina e aguardar pacientemente o desenrolar dos acontecimentos. Súbito, quando mais distraídos estamos, os bons ventos da mudança começam a soprar avisando que é tempo de dar viço ao verde – que é a esperança de ver todas as nossas ancestralidades reunidas. Verde, portanto, que é Monã, a Terra sem males dos indígenas. Verde que é o paraíso cristão, a Árvore da Vida e do Conhecimento. Verde que é Orum, natureza infinita governada por Olorum. Tempo também de fazer com que o ganancioso ouro entenda que é chegada a hora de ceder espaço – por questão mesmo de sobrevivência. Tempo de trocar saberes com os que vêm de longe, com os que vêm de fora, dos quatro cantos da Terra. Tempo de compartilhar ganhos, aliviar o peso dos excessos imprestáveis. Tornar-se mais leve.

Daniel e Caíque. Bom demais quando vejo, impregnados na carne, encontros surpresos assim – e não são raros, posso garantir. Para muitos, não há mais espera. Prova de que é preciso agir, estar aberto para apagar fronteiras, erguer pontes que nos aproximem e nos deem sentido, é bom repetir sempre. Certeza de que conexões construtivas se fazem cada vez com mais frequência. E o ser humano vai encontrando sua verdadeira vocação. Seja por um fluido gorro de crochê, seja por uma história descoberta em livraria.

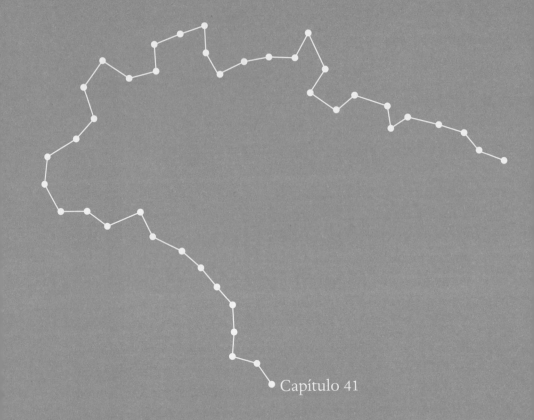

Capítulo 41

Primos distantes

Talvez o espanto da descoberta, talvez o pouco tempo para assimilarem a ideia, talvez o estranhamento de serem protagonistas de uma mesma lenda familiar sem se conhecerem. O certo é que, quando se veem pela primeira vez, Inaiê e Daniel apenas se cumprimentam com um tímido aperto de mão – será esse o tato a que em sonho o velho Erasto se referia, tato que os ligaria física e espiritualmente? Não parece ser. Ambos pressentem que são mais arqueólogos que parentes. Sim, arqueólogos que sempre estiveram à procura de vestígios do passado, como se fosse missão. Caetana, com Erasto no colo, é convidada a entrar. Com Maria no colo, Caíque se apresenta. É o único que se sente perfeitamente à vontade. Dele, portanto, sai a sugestão que estabelecerá as conexões e transformará o ambiente. Passando a filha para o colo de Daniel, pede a Caetana que entregue Erasto a Inaiê.

Impressionante. Os tatos ancestrais, que haviam se perdido, se recompõem de imediato. Em segundos, Inaiê revisita a avó Firmina em sua cadeira de balanço lhe segurando a mão e predizendo o futuro encontro. O pequeno Erasto ganha muitos beijos e um abraço caloroso. Da mesma forma, Daniel se comove ao pegar Maria no colo e a beija pela primeira vez.

— Maria era o nome da irmã que perdi menino. É como se ela estivesse renascendo neste instante em meus braços.

Me fortaleço como país quando Daniel verbaliza esse seu sentimento de resgate amoroso – a vida sempre maior que a morte. Me fortaleço quando Inaiê canta para Erasto cantigas de um passado distante, como se fosse seu bisavô ressurgido a ouvi-la. Me fortaleço ao ver Caetana e Caíque acompanharem a cena com alegria nos olhos – uma só família reunida. Da mesma forma – não se espante – o que acontece com você e os seus repercute no que se passa comigo, com os meus pares, com a Terra viva. Sim, porque juntos criamos uma única e fantástica história. E você, insisto, faz parte dela, às vezes, ouvinte, às vezes, protagonista. É só refletir. Quem não carrega as marcas das tantas lembranças nascidas na infância e adolescência e que são só suas? Quem já não se perguntou o que veio fazer neste mundo, ou já não questionou o papel que representa dentro e fora de casa? Quem não insiste em desvendar os tantos mistérios que envolvem sua existência e não se imagina nos anos que estão por vir? Todos sem exceção, em qualquer cultura, país ou idioma. Você que me ouve, inclusive. Portanto, o que Inaiê, Caíque, Caetana e Daniel conversam agora nesta sala são ecos de todas as narrativas que correm pelo planeta afora, mesmo aquelas das quais nunca saberemos. Parece absurdo, mas assim é. Nesta trama coletiva, se nossos poucos saberes nos tornam pretensamente diferenciados e nos separam, as incontáveis dúvidas nos nivelam e nos agregam. Os medos, mais ainda, porque nos assombram quando menos esperamos e nos colocam em nossos devidos lugares. Só aí o orgulho se vai e nos vemos como simples mortais. Comigo e meus pares se dá o mesmo, independentemente de nossa força e tamanho. Porque, frágeis e humanos países desenhados em mapas, também nascemos, vivemos e morremos.

Daniel e Inaiê já não têm as crianças no colo, estão soltos, livres no presente. Primos distantes, voltam a se olhar como se tomassem consciência da importância e do significado do encontro. Seus corpos parecem ansiar por um abraço que complete aquele leve tato inicial. Abraço de verdade capaz de levá-los até os gêmeos Erasto e Amara e unir os dois ramos da família que se perderam lá atrás, numa partilha infeliz. Inaiê toma a iniciativa.

– Acho que é hora de você ver o gorro de crochê feito por nossa trisavó Anastácia.

Espera, expectativa e, enfim, o instante em que um simples trabalho manual, elaborado por mãos escravizadas no longínquo século XIX, deverá cumprir destino que transcende a própria matéria – o de fazer prevalecer a generosidade sobre o egoísmo, o desapego sobre o desejo de posse. Sem formalidade alguma, mas com profundo sentir, é Caíque quem faz a entrega.

– Esta história também é sua, professor.

O gorro nas mãos de Daniel ganha outra dimensão. Posso ver a imagem de Anastácia a tecê-lo com sua afiada agulha de madeira – também feita por ela. O destino da agulha? Foi bem diverso. Depois do trabalho pronto, promessa cumprida, foi queimada. As cinzas, espalhadas em ritual de agradecimento, já não importavam às gerações seguintes – vida longa ou breve, as coisas também têm seu propósito e sua duração.

O gorro nas mãos de Daniel alimenta a conversa com Inaiê sobre a saga da família por conta daquela herança. Cada um conta o que sabe e o que pressupõe saber. Que longos caminhos se trilharam, quantas aventuras e desventuras, quantas reviravoltas até este momento preciso! Quanta imaginação e fantasia misturadas às verdades! Mas não é a realidade assim?

O gorro nas mãos de Daniel segue o rumo certo, dúvida nenhuma. O profano e o divino que fluem e se misturam nas mesmas águas. Dádiva de tempos esquecidos que, por justiça e direito, lhe chega sem esforço. Ao tocá-lo, quase incrédulo, o professor respira fundo e se emociona diante do modesto item de sua história familiar, suas raízes e saudades – o que resta.

– Quando poderia imaginar uma experiência dessas? É fabuloso, é lindo demais... Um trabalho feito por minha trisavó Anastácia, usado por ela a vida toda... Suas mãos também estão aqui...

Com cuidado curioso, Caetana e Erasto acomodam-se a seu lado, compõem a cena naturalmente.

Por fim, o desfecho inesperado que, no dia anterior, Caíque e Inaiê já haviam decidido.

– O gorro agora é do Erasto. Lembrança nossa.

Sem nada dizer, Daniel e Caetana se levantam imediatamente. Com Erasto no colo, se adiantam para abraçar Caíque, Inaiê e Maria. E os seis ficam assim, os corpos misturados, transcendendo limites. O tato: cola ancestral que, bem aplicada, sempre nos restaura.

Dois casais, múltiplas tramas que desaguam numa só história. Dois casais que, espontaneamente, nos seus modos de ser e agir, sem se darem conta, vão desenhando a humanidade prestes a nascer. E nascimento, já vimos, é dor, esforço, sangue, corte, separação e choro para, só então, ser vida – e não são esses os ingredientes que estão aí nos noticiários do mundo inteiro para nos afligir e testar? Queiramos ou não, acompanhando as fortes contrações da Terra, estamos inevitavelmente presentes nesta esperançosa sala de parto que é o hoje, o agora, aguardando a grande mudança do pensar e do sentir coletivo. Mudança que há de nos sarar as antigas e profundas feridas. Muitos já estamos trabalhando silenciosamente por ela, confiando no Algo Maior que nos irmana, entrelaça e dá sentido, países e pessoas que somos.

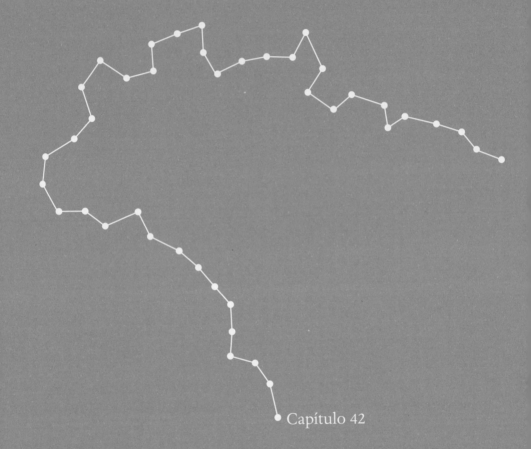

Capítulo 42

O INDIVIDUAL E O COLETIVO

Famílias e famílias tenho abrigado desde que me batizaram Brasil. Árvore genealógica gigantesca com a beleza e a fúria dos trópicos. Impossível, neste emaranhado de galhos seculares, situar onde todas se aproximam ou se afastam, onde se juntam ou se separam, onde se formam ou se desfazem. Só posso lhe dizer que todas – a sua também, é claro – me são essenciais. Nascidas neste chão ou vindas de fora, são elas que, bem ou mal, me formaram, me deram feitio e caráter. Mesmo aqui, nesta breve trama que envolve Caíque e Inaiê, quanto ainda por dizer e desvendar – quase tudo, reconheço. Por mais que me aprofunde em cada um desses universos particulares, revirando o passado em busca de conexões, poderei no máximo lhes arranhar a superfície, descobrir alguma prova ou sinal de que estamos indissoluvelmente associados em todo o planeta, elaborando uma única narrativa que a todos inclui, mesmo a mais indigente e improvável das criaturas. Nesta narrativa fantástica, que flui em infinitas direções, nada passa despercebido, por mais insignificante que pareça. A menor palavra, o mínimo gesto, a mais inofensiva omissão, tudo conta e, mais cedo ou mais tarde, irá se manifestar de forma criativa ou destrutiva, dentro ou fora de nossa casa. Por isso, naquela manhã de trovoada e chuva forte, aconteceu a conversa há muito esperada, e a pergunta chega na hora precisa.

— Você não acha que ainda falta o principal?

— Não sei o que você quer dizer.

— Entendo que Faruk, Gabriel e Tereza tenham se tornado sua verdadeira família. Todos os três essenciais para o que você é hoje. Mas sua história não começa com eles.

— Melhor deixar quieto.

— Não. Melhor encarar o que precisa ser resolvido, curar o que ainda te machuca. E muito, eu sei.

— Papai, mamãe e o Linguiça fizeram a parte deles. Fim. Acabou.

— Pode ter acabado para eles, mas você ainda precisa fazer a sua parte. Para o seu próprio bem e – quem sabe? – para o bem deles.

Aquele fogo, que o secou por dentro aos sete anos, continua a ser seu mecanismo de defesa, seu suporte, seu esquecimento.

— A minha parte vou fazendo com o que eu tenho: umas poucas lembranças que vão ficando cada vez mais longe... O conselho de minha mãe para que eu cuidasse da casa e do jardim dentro de mim. E meu pai repetindo que a liberdade tem um preço, e a segurança, outro. Fora isso, são umas imagens soltas. E um papel dobrado em quatro, que por sorte... Enfim, você sabe.

— Estou me referindo ao passado que se perdeu. E você foge dele.

— Esse passado não vai me trazer nada de bom.

— Ao contrário. Pode ajudar a explicar muita coisa. Se tudo está ligado, como você diz e eu acredito, você tem que procurar saber um pouco mais sobre dona Josefa e seu Mariano. Sem eles por base, sua Ponte de Lebab não se sustenta. Eu sinto isso, estou falando sério.

Caíque não a desmente. Inaiê arremata.

— Vovó Firmina dizia que a gente vem a este mundo para terminar trabalhos que não foram concluídos pelos antepassados.

O fio condutor 273

Nosso encontro com Daniel, Caetana e Erasto me confirma essa crença. Quem sabe agora não é a minha vez de ajudar você?

Barulho de chuva que cai mais forte. Caíque olha a água batendo contra o vidro da janela – esse céu de cara fechada já não o assusta. Faz tempo que até se esforça para entender o que ele sinaliza.

– Procurar como? Nem saberia por onde começar.

– Comece conhecendo o lugar onde você nasceu.

Caíque descrê.

– Ariel não significa nada para mim. É apenas o nome de um vilarejo na Paraíba perdido em algum lugar inalcançável.

– Não acredito que você pense assim.

– E fazer o quê lá? Sempre que eu perguntava sobre meus avós, mamãe e papai diziam que estavam mortos e mudavam de assunto. Nunca soube de nenhum tio, tia ou parente. Entendo que eu ainda era muito pequeno, mas, se eles tivessem alguma lembrança boa do passado, iam querer que eu soubesse.

– Duvido que você nunca tenha pensado em ir até lá.

A resposta demora a vir.

– Uma vez só, quando voltei à favela para rever o lugar onde eu tinha morado e só encontrei um matagal. Nenhuma construção, nada onde era a minha casa. Então, de repente, daquele vazio, viajei longe, fiquei imaginando como seria a vida que papai e mamãe levavam em Ariel, como tinham se conhecido... Mas me senti mal, como se eu estivesse sobrando na história deles. Me veio a ideia de que os dois eram tão ligados, que combinaram ir juntos desta vida. Me vi sozinho, deixado para trás... Aí, tirei logo da cabeça.

– O que você tem de tirar da cabeça é essa bobagem. A verdade é que você nunca se conformou com eles terem saído lá do sertão para viver aqui no Rio e ter o fim que tiveram.

– Já me conformei, faz tempo. Foi destino, e pronto.

– Destino que você só aceita porque acredita que foi por isso que me conheceu. Quantas vezes ouvi essa história?

– Mas não é verdade?

– Não, não é. Eles poderiam estar aí vivos, e a gente teria se encontrado de outra maneira.

– Com eles, eu não teria ido parar nas ruas. A gente ia se encontrar como, de que jeito?

– Não acho legal você associar tudo na sua vida, inclusive nosso encontro, à morte de seus pais.

– Eu não associo. Acho apenas que eles terem morrido determinou o meu caminho. Ainda bem que, nesse caminho torto, eu encontrei Faruk, Gabriel, Tereza... E você, é claro. Simples assim.

– Ou complicado assim.

Os dois se calam, cada um com seus botões. A chuva parou, o tempo abriu. Caíque gosta de ver o céu serenar, mudar de cara. Sem pedir licença, uma réstia de sol vermelho entra pelo quarto. Será algum recado? E aí seus pensamentos também desanuviam.

– Talvez você tenha razão... Se não descobrir nada em Ariel, pelo menos vou conhecer a Paraíba... E o lugar onde aqueles dois apaixonados me fizeram e eu nasci.

Inaiê o abraça e beija. Está feliz, certeza de que esse é o rumo certo.

– Maria e eu vamos com você. Seu passado também é nosso.

– Acho que vai ser uma canseira inútil, uma aventura.

– Aventura coisa nenhuma. Hoje, tudo é perto. O sertão é logo ali.

O entusiasmo encurta distâncias, é verdade. Ajuda na hora de sonhar e fazer planos. Ainda mais quando se é jovem e o tempo sobra. Mas, no instante em que o viajante põe o pé na estrada, há de estar preparado para todo tipo de surpresa, inclusive para constatar que, em mim, não há sertão. Há sertões – muitos até se

O fio condutor 275

estranham e não se falam. E justo aquele que guarda o passado não revelado pode estar mesmo escondido em lugar inalcançável. Que importa? Com leveza, Inaiê e Caíque carregam o mundo dentro deles. Sabem que o individual e o coletivo andam juntos elaborando narrativas que precisam ser contadas, porque são de todos e de cada um. Ninguém é excluído da história – o Algo Maior assim determina.

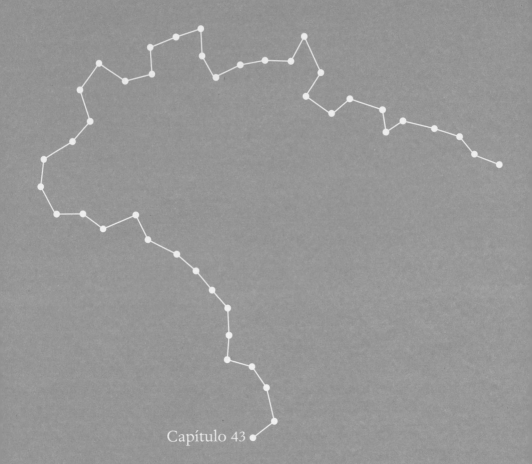
Capítulo 43

Um papel dobrado em quatro

O nome, a identidade, a prova de sua existência – decisão do pai Mariano que o obrigava a levar no bolso a preciosidade. É que a vida apronta sem aviso, principalmente com os pobres, justificava. Experiência, instinto paterno ou o quê? Meses depois, a tragédia desfere o golpe – cedo, logo terminado o café da manhã. Todos alimentados e prontos para encarar o dia. Nem chovia muito, garoa fininha. O temporal forte e assustador caíra na véspera. Felizmente, passou, tudo parecia bem. Ainda com cara de sono, Caíque beija e afaga o cachorrinho Linguiça, se despede dos pais e vai saindo para a escola. Josefa e Mariano olham para ele com orgulho, garoto bom, está espichando rápido, concordam. Súbito, o estrondo ensurdecedor, latidos de alerta. Em desespero, o casal corre em direção ao filho, tenta alcançá-lo – o esforço é inútil. Em segundos, a avalanche de terra, os escombros, a morte, o breu. Encontrado do lado de fora da casa, coberto de lama, Caíque consegue ser resgatado sem um arranhão, sobrevive por milagre, o povo celebra. E ele apavorado, a notícia da morte, da ausência maior, o pranto convulsivo, os gritos de dor e de raiva. Mariano e Josefa foram enterrados como indigentes, porque nenhum parente, além do filho menor, foi localizado.

Puderam ser identificados graças a um papel dobrado em quatro que, por sorte, estava no bolso da calça do menino – sua certidão de nascimento, único bem que lhe restou.

Como sabemos, Caíque morou com uns vizinhos por algum tempo, mas não deu certo, nenhuma chance. Ele queria era a sua casa de volta, a mãe, o pai, o cachorrinho. Impossível, esquece, tentavam convencê-lo, e perdiam a paciência. Ele se irritava, todos se irritavam, culpa de ninguém. Até que veio a briga maior, o não quer comer não come, o prato tirado da mesa e o resto de comida atirado com raiva no lixo. Raios, praga de menino! Hora infeliz que trouxemos ele aqui para dentro! Podia ter ido junto com os pais e o cão! Era melhor para todo mundo! Ele ouviu. Foi a gota d'água – sempre ela. Só que, nesse pingo, que pulou para fora de seu pote de mágoa, ele deu nó muito bem dado e mudou sua história.

Há de se ter muito cuidado com o que se diz e o que se faz. Para o mal ou para o bem, o coletivo e o individual nos governam, sempre se misturando sem deixar escapar nada, insisto. Às vezes, as consequências do gesto são imediatas, trazendo o dano ou a reparação, o rompimento ou as pazes, a morte ou o renascimento. Por experiência familiar, Inaiê sabe disso. Assim, é com muito tato que volta a abordar a morte dos pais de Caíque, antes de se lançarem na imprevisível viagem a Ariel.

– Fico impressionada com o fato de seu pai ter aconselhado você a andar sempre com a certidão de nascimento no bolso.

– Foi a nossa salvação. Ele e mamãe, porque, mesmo como indigentes, foram registrados e puderam ser enterrados com alguma dignidade. Eu, porque fiquei com a única prova de minha existência. Nem sei o que seria de mim sem esse papel. Já pensou?

– A gente tem mesmo que acreditar que há um Algo Maior que rege a vida de todos nós.

– O mais doido é que eu, com sete anos, não me dava conta da importância que aquele papel ganhou. Guardava ele porque gostava de ver o nome dos meus pais e dos meus avós. Ficava lendo alto o documento como se fosse minha história contada por mim mesmo. Quando eu pedia esmola nas ruas, eu sempre relia o que estava escrito ali, que era para me dar força... Depois que passei a roubar, tinha medo e vergonha de abrir o papel, achava que papai e mamãe iam me ver e ficar tristes comigo. Só voltei a ler a minha história, quando conheci o Faruk. Foi ele que me deu coragem para abrir o papel de novo. Chorei muito abraçado com ele, acredita?

Inaiê se emociona.

– Faruk é mesmo seu avô do coração.

– Do coração e da cabeça também.

Caíque dá prova do que afirma.

– Já adolescente, sem contar a ninguém, procurei saber onde meus pais estavam enterrados. Me disseram que, como já havia mais de cinco anos da morte deles, não era mais possível encontrá-los, porque, como indigentes, foram postos em cova rasa, que é temporária. Foi duro ouvir as explicações até o fim...

– Você tinha quantos anos?

– Acho que treze. Fiquei muito mal, mas não quis falar nada para o Gabriel, que estava num dia especialmente feliz lá na barraca. Decidi então me abrir com meu avô. Foi minha sorte. O que ele me contou foi lindo demais. Me fez ver com outros olhos os indigentes.

Posso afirmar que foi um dos momentos mais significativos na relação dos dois. Caíque mal conseguia falar, sentia-se perdido e, ao mesmo tempo, não queria demonstrar fraqueza. A sensação era de desamparo – certeza de que havia perdido seus pais pela segunda vez e, agora, definitivamente. Faruk procurou receber com naturalidade o relato do neto. Com seu sotaque árabe, voz pausada que transmitia segurança, o confortou com uma passagem vivida durante a guerra no Líbano. Sua fala permanece, como se eu a tivesse ouvido hoje: "Ah, querido neto, os indigentes e os ignorados... Quantos neste mundo de Deus. Quantos... Na guerra, no país de Faruk, Faruk aprendeu que são seres especiais que vêm à Terra com nobre missão. Parece contraditório, não é? Pois foi o que ensinou a Faruk uma senhora que bem poderia ser a avó de Faruk. Logo após um bombardeio, Faruk saiu em meio aos escombros e ruínas dos edifícios à procura de algum alimento para a mulher e a filha de Faruk. Ainda havia cadáveres de civis e soldados espalhados pelas ruas. O caminhão que passava ia recolhendo um a um. Faruk começou a chorar ao ver que, mesmo com respeito, iam sendo postos na caçamba todos juntos como se fossem um só corpo. Um só corpo, entende? E Faruk chorava sem parar, até que aquela senhora veio garantir a Faruk que não havia razão para dor. Eram os santos indigentes e ignorados. Santos anônimos, que davam humilde prova de que todos somos um só, entende? Não faz diferença pompa, cova rasa ou vala comum. O luminoso, a morte não o mostra neste lado".

Comovida, Inaiê fica sem reação com o que acaba de ouvir, como se precisasse de tempo para digerir a informação. É claro que lhe vem à mente a lembrança da morte de seu pai Benedito e de sua avó Firmina, que já se foram para se unir a todos os desconhecidos antepassados do lado de Erasto ou de Amara até chegar à trisavó Anastácia e ao seu companheiro que já ninguém sabe quem foi e o que execrou, e o que amou, e o que sofreu, e o que aprendeu, e o que ensinou. E assim, em infinitas conexões que também terão elaborado suas histórias até chegar a ela que, da melhor maneira, segue escrevendo a sua parte nesse Grande Livro de todos nós.

– Santos indigentes e ignorados... Santos anônimos... Quando poderia imaginar algo parecido?

O fio condutor 281

– Sigo a tradição do vovô, e sempre faço orações por eles. Aqueles da guerra, que deviam levar uma vida comum, como papai e mamãe. E por todos os indigentes vivos que andam pelo mundo afora. Os ignorados moradores de rua que vemos com frequência, sempre prostrados nos mesmos lugares e que, de repente, desaparecem. Fico pensando para onde terão ido. Será que ainda andam penando por aí ou já se foram e se tornaram santos?

– Nunca pensei que falar da morte de dona Josefa e de seu Mariano poderia me trazer todas essas histórias e reflexões... Sempre me surpreendo com você.

Os dois se abraçam apertado e se beijam demoradamente, como se quisessem se conectar com algo que não conseguem definir, se tornar um só corpo com o Todo. Um só corpo, entende?

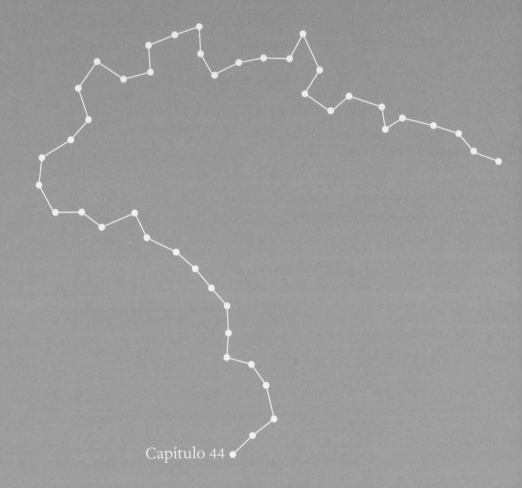

Capítulo 44

O Grande Livro

Manhã de inverno, friozinho gostoso de junho no Rio de Janeiro. O velho Faruk chega à livraria para o expediente rotineiro. Antes, sem nenhuma razão especial, demorou-se mais no banho e se vestiu com mais apuro para sair de casa – até a gravata-borboleta cor de vinho, que não via a luz do dia havia tempos, serviu de complemento para a camisa xadrez de mangas compridas e o colete de lã cinza. Desde cedo, sem muita ordem, sua mente viajava pelo passado, num vaivém que o entretinha como se fosse filme caseiro, às vezes com imagens coloridas, às vezes em sépia ou em preto e branco. Agora mesmo, abancado à sua mesa de trabalho, pega-se rindo sozinho ao recordar suas travessuras com Hana, quando eram recém-casados e ainda moravam em Balbeque. Depois, pula para uma cena no convés do navio que os trouxe para mim, e suspira emocionado com o instante preciso em que se beijaram ao verem o litoral do Rio de Janeiro, beijo que foi promessa de renascimento – promessa fielmente cumprida. Volta rápido para a infância, para a casa dos pais, os irmãos, as refeições em mesa farta. Não se detém no período da guerra civil – hoje, essa parte do filme se perdeu. Vem é correndo para seus anos aqui nos meus trópicos, os sonhos de poder viver e trabalhar em paz, o projeto ambicioso de, recomeçando do zero, abrir uma livraria. Céus, parece que foi ontem! Obrigado, meu Deus, por tudo o que me foi dado! Olha ao redor, todas aquelas bancadas e estantes e gôndolas cobertas de livros, paraíso de histórias e de conhecimento. Que outra vida poderia querer? Bênção ter chegado aonde chegou ao lado de Hana, terem superado juntos o que superaram. Nada mais a ambicionar nesta existência. Até neto, filho e nora lhe foram trazidos de uma só vez no bico da cegonha. Sim, ao fim desta caminhada terrena, Caíque foi o melhor presente, a mais bela surpresa, o mais amoroso ensinamento. Como foi possível um velho andarilho calejado por estradas pedregosas se aprimorar e amadurecer tanto com um molecote abusado de nove anos? Como foi possível reaprender a amar a humanidade com quem ainda dava os primeiros passos?

Que privilégio ter visto esse moleque vencer os estragos que a infância lhe causou, ganhar corpo e conteúdo para se tornar um homem de caráter. Ah, a felicidade que foi conhecer Gabriel e Tereza, os pais adotivos dele, que trouxeram de volta a um ser solitário a alegria dos almoços festivos e até as aventuras das idas aos banhos de sol e de mar. Por fim, com a missão praticamente cumprida, vê-lo se unir a Inaiê. Como esquecer a impressão que a jovem lhe causou? Não era o carisma da cantora famosa, era a doçura da companheira do neto entrando tímida e curiosa por aquela porta. Tudo tão nítido! Diverte-se com a história das partituras musicais, com o gaiato do Caíque explicando a ela que, embora fosse a língua mais universal de todas, era a única que ele nunca tinha conseguido aprender. Ainda é capaz de ouvi-la cantando "Adeste Fideles" à capela, e ele embevecido, transitando por alguns minutos, pela tal Ponte de Lebab, parando de discutir com o neto e acreditando que se tem mesmo que pelejar por um mundo verde, fraterno e sem fronteiras, não importando se utopia inalcançável. Por fim, agradece por esses dois seres tão especiais lhe terem dado uma bisneta: Maria! – é pronunciar o seu nome e ela chega enganchada no colo da mãe, costumeiro sorriso.

– Olha o biso, Maria!

Caíque vem atrás.

– Visita surpresa!

– Ué? Que novidade é essa tão cedo? Deu formigueiro na cama?

Feliz da vida, Maria logo se atira nos braços de um açucarado Faruk. Sabe que ali com ele encontra brincadeira e folia. Inaiê explica que tinha que vir ao centro da cidade agora de manhã e aproveitou para passar e dar um alô rapidinho.

– E como vai a pequena Sherazade de Faruk?

– Não para quieta. Depois que aprendeu a engatinhar, já se levanta apoiando nos móveis e sai andando agarrada neles. Vive me dando sustos. Ontem conseguiu subir numa cadeira e virou com ela.

Faruk se perde de rir com Maria lhe mostrando os dodóis. Caíque não tira os olhos do avô, repara que está bem mais arrumado.

– Que elegância é essa, seu Faruk? Até botou gravatinha-borboleta. Vai casar?

Sem dar importância ao comentário, ele responde por responder.

– Quem sabe?

Sempre ativa, Maria já começa a mexer nas coisas que estão em cima da mesa do computador e acaba derrubando o copo de canetas. Hora de ir embora. Dá um beijo no vovô, anda, moça, que a mamãe tem o que fazer. Despedidas acarinhadas, e lá se vão as duas dando adeus da calçada. Faruk se comove ao acompanhá-las à distância e, por fim, perdê-las de vista, mas disfarça o que sente para que o neto não perceba. Um primeiro cliente entra, vai direto ao velho libanês, tem consulta específica a fazer. Primeira vez ali, recebeu a indicação de um amigo, e a conversa logo se estabelece. Bom ocupar a cabeça com trabalho e dar uma trégua às lembranças e a um futuro antecipado, manter os pés no presente do indicativo, ele pensa. Três estudantes conhecidos de Caíque chegam em seguida, e logo sobem para o Café Balbeque. O movimento na livraria dá vida, faz o tempo passar rápido. O tempo passar rápido... Será que hoje é isso que ele quer? O tempo: o que decide o início, o meio e o fim. O que se arrasta ou dispara. O que surpreende.

Terminado o atendimento, Faruk se alegra com a bem-sucedida venda. Levanta-se, caminha por entre as gôndolas e bancadas. Sensação estranha e confortável: não se vê mais como protagonista, mas como observador distante. Por que o tanto de prazer dessa nova condição? Olha para o neto que, por coincidência, está próximo à estante dos dicionários e idiomas estrangeiros. De imediato, lhe vem à mente a imagem do primeiro presente de aniversário: o *Inglês sem mestre* e o *Espanhol sem mestre*. Que diferença daquele Caíque menino para esse Caíque homem feito! Inexplicavelmente, começa a sentir saudade dos dois.

– Você me acompanha até o café?

É a primeira vez que Caíque vê o avô não se incomodar em deixar a livraria sem atendimento. Acha graça e aceita o convite. Os dois sobem de braços dados. Lá em cima, tudo parece novidade para Faruk. Recorda-se dos tantos anos em que ali era apenas um desleixado depósito sem grande utilidade. Encanta-se com o letreiro que exibe o nome de sua cidade natal na parede em cima do balcão. Fica a admirá-lo.

– Balbeque. Ficou bonito ali onde você e seu pai colocaram.

Depois, sempre acompanhado pelo neto, dirige-se a uma das três sacadas que dão para a rua. Aprecia o movimento lá de fora, as pessoas transitando nas calçadas, o tráfego de automóveis, ônibus e caminhões. Aponta na direção da praça Tiradentes.

– Logo que Faruk inaugurou a livraria, ia muito ao Bar Luiz almoçar... Quase todos os dias. Havia um grupo de amigos comerciantes que sempre se reunia por lá. Era divertido...

Atento, Caíque embarca na viagem do avô. Quanta admiração, quanto amor, quanta cumplicidade... O sol começa a aparecer por trás dos sobrados em frente, Faruk se anima.

– Já deve estar batendo um solzinho no pátio. Acho que Faruk vai até lá se esquentar um pouco.

No caminho de volta, dirige-se aos rapazes que conversam animadamente em torno de uma das mesas, brinca com eles, aconselha-os a se concentrarem mais nos estudos.

– Mas o papo que está rolando é de estudo, seu Faruk.

Ele faz um gesto com as mãos de que não acredita e segue em frente até a escada que o leva à livraria. Novamente, o distanciamento, a sensação de ser mero observador. Ele acha curioso nunca ter experimentado algo assim, mas não se impressiona, porque não há mal-estar, ao contrário, há uma entrega gostosa de todo o seu corpo, como se estivesse embriagado de ar e paz – surpresas da idade. Alguns clientes circulam pela livraria, folheiam este ou aquele livro com o reverente silêncio das bibliotecas. Faruk estufa o peito, sabe que tudo ali é fruto de trabalho seu, embora hoje a vaidade já não lhe sirva para empreender e prosperar. Ciente disso, toma rumo em direção ao pátio. Dispensa o neto usando o conselho costumeiro.

– Vá fazer sala às visitas, anda.

Caíque conhece bem a expressão que significa "fique por lá, mas não incomode quem se entretém".

– Tem certeza de que não quer que eu fique aqui com você?

Faruk dá dois tapinhas no rosto de seu jovem livreiro.

– Faruk não vai demorar. Só precisa de um pouquinho de sol.

E assim, avô e neto se desapegam temporariamente. No pátio, acomoda-se numa cadeira de braço. Gosta de assentos firmes em que a coluna fique bem ajustada ao espaldar – combina com o histórico de sua vida e seu modo de ser. Já bem sentado, repara nas plantas, sempre cuidadas pelos dedos verdes de Caíque. Os antúrios estão viçosos, se dão bem ali onde há mais sombra e umidade. Mas o que ele precisa agora é mesmo de um calorzinho que aconchegue. Nessa temperatura de inverno, pode se manter bem-posto, nem será preciso tirar o colete ou a gravata. Levanta o rosto, encara o sol por uns segundos e fecha os olhos. A partir daí, vai tudo rápido. Me vê desenhado em sua mente, como se eu fosse um velho amigo que chega – e eu sou. Sim, meu mapa se imprime em sua memória afetiva como se eu fosse gente – e eu sou. Fala comigo de igual para igual, como se eu pudesse ouvi-lo – e eu posso. Trata-me por "Brasil, irmão". Sente-se agradecido por tudo o que recebeu de mim, pelo que eu lhe permiti fazer, pelas oportunidades que lhe dei. Exagero, afirmo. Eu é que lhe devo pelo trabalho duro e pela fé que levou em meu povo, tornando-se mais um desses bravos brasileiros que batalham anônimos. Ele se emociona, põe a mão em meu ombro, fraternal. Não quer me magoar, mas confessa que anda desesperançado com a crescente violência que vê em mim. E pior: com a discórdia disseminada pelos que tinham o dever de aglutinar, irmanar e unir. Com tristeza, prevê dias ainda mais difíceis, mas quer acreditar que serei capaz de reunir forças para superá-los. Fala com todos os rios, montanhas e mares que há dentro dele, fala como se país fosse – e é. Preocupado principalmente com o futuro de Caíque, Inaiê e Maria, faz-me prometer que me manterei atento e vigilante. Dou minha palavra – a conversa que agrega em torno da mesa, o exemplo que inspira respeito e a diversidade que dialoga hão de prevalecer em mim, porque é minha vocação inata.

Faruk respira fundo, parece tranquilizar-se com o que lhe digo. Abre ligeiramente os olhos e torna a fechá-los. E assim, minha imagem se vai apagando lentamente para dar lugar a outro amigo secular que chega e vem de longe: seu bom e prestimoso Líbano. Faz tempo que não se visitam. Por isso, a felicidade ao vê-lo tomar forma cercado de cristãos e muçulmanos que caminham juntos, igrejas e mesquitas lado a lado, como se esse futuro fosse possível – e será. Um só corpo, entende?

Desse corpo uno, ele vê surgir uma figura feminina que vem em sua direção, e é logo reconhecida: sua amada Hana! Que saudade! Ela abre os braços como quem convida para o esperado reencontro. É a hora precisa, o sagrado instante. Sem alarde, já em leve invólucro, o frágil coração dispara e para de repente. Fácil agora se levantar e seguir viagem ao lado da antiga companheira. Amorosamente, o Grande Livro vira mais uma página da fabulosa história que continuará a ser contada por todos os que nela estamos inscritos: pessoas e países entrelaçados pelo Algo Maior que nos inspira e nos leva a criar e – mistério dos mistérios – nos concede, mesmo como personagens, sermos donos da elaborada trama.

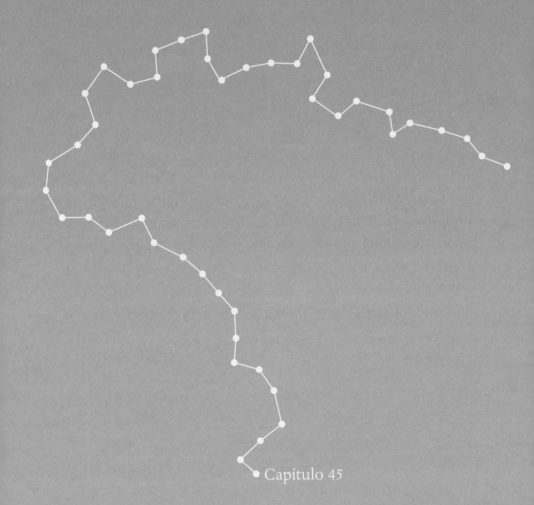

Capítulo 45

O DESFECHO

Acontece num 24 de junho, o dia que Firmina partiu para o Orum nos braços de João Batista, o Xangô, orixá da justiça e da sabedoria. Inaiê e Caíque nunca saberão se a coincidência dessa mesma data será mais uma significativa conexão entre eles – mas, pelo que conheço do passado de ambos, digo que sim: conexão que se estenderá por um bom tempo a tecer vínculos de família e a resolver questões em branco. A partida de Faruk causa espanto, não só pela serenidade e lucidez de seus últimos instantes, mas sobretudo pela forma como ocorre. Com a naturalidade de um gesto de rotina, o velho livreiro cumpre sua missão e discretamente pede licença para deixar esta vida. Ao encontrá-lo, bem sentado, olhos fechados e mãos levemente apoiadas nos braços da cadeira, Caíque pensa que o avô está cochilando, mas não. Um chamado, um leve toque no ombro, um afago nos cabelos grisalhos, mais um chamado e um chegar bem perto para sentir a respiração... Nem é preciso pegar no pulso. Diante da fria verdade, a dor é tamanha, que a mente e o coração, compassivos, o anesteiam de imediato. Decide que o avô está melhor que nunca. Sua expressão, constata, é a de quem repousa em paz imperturbável. Até o apuro da roupa lhe dá a certeza de que seu mestre está preparado para importante evento, por isso é preciso ajudá-lo a chegar a tempo aonde for. E fechar a livraria para, a partir de agora, se dedicar a ele em tempo integral. Resta ligar para Gabriel, que é quem poderá vir vê-los.

— Pai?

— Fala.

— Vovô está dormindo aqui no pátio da livraria, preciso que você venha me ajudar a levar ele pra casa.

— O quê? Não entendi. Como dormindo no pátio? Por que levar ele pra casa? O que foi que aconteceu, Caíque?

— Pai, não pergunta nada. Vem pra cá, anda.

Gabriel acha tudo muito estranho: a voz, a fala, o pedido de Caíque. Deixa a barraca com o ajudante e corre para a livraria, que já se encontra a meia porta. Me machuca ver a cena dos três. É que, não importa como se dê, sempre é difícil aceitar o desfecho, o contraste entre as personagens que saem do Grande Livro e as que nele continuam, o espesso véu que se interpõe entre suas realidades. Embora autores da própria história, esta é a parte que os daqui não entendem, apenas intuem, interpretam, inventam e tanto mais. Portanto, não há como definir ou mesurar o que sentem pai e filho abraçados diante do avô que é presença e ausência a um só tempo. Todos os três, do coração. Ali, nenhum vínculo de sangue, só parentesco de alma e humanidade. Todos os três, deste lado ou do outro, fazendo a história seguir adiante. Assim, Inaiê, Maria, Tereza, Jurema, Daniel, Caetana e Erasto também se reúnem para a última homenagem a alguém que já deixa saudade. E ainda vão chegando os tantos comerciantes vizinhos e frequentadores amigos da livraria e do Café Balbeque. É simples e bonita a cerimônia de cremação. Faruk com a roupa que ele mesmo escolheu e vestiu para o reencontro com Hana – aliás, a gravatinha-borboleta cor de vinho foi presente dela. Para surpresa de todos, Caíque se mantém sereno, não chora – é que o antigo fogo voltou a pegar dentro dele e o secou inteiro. O céu só desaba em seus olhos quando lhe ocorre a fala do avô com seu sotaque característico: "Um só corpo, entende? Não faz diferença pompa, cova rasa ou vala comum. O luminoso, a morte não o mostra neste lado". Se aquela voz lhe dá algum consolo, a água farta lhe traz alívio. Vira-se para Inaiê a seu lado, pede para que ela lhe passe Maria. Com a filha no colo – tato curativo –, as lágrimas que vertem em seu rosto ganham outro sentido. Não mais de perda e de dor, mas de ganho e de gratidão. Como se o aconchego de Maria lhe assegurasse que, dentro dele, sua casa e seu jardim estão limpos e arrumados, prontos para receber o avô Faruk, o pai Mariano, a mãe Josefa, quem quer que, do lado de lá, venha visitá-lo. Aqui, no Grande Livro, enredo que segue.

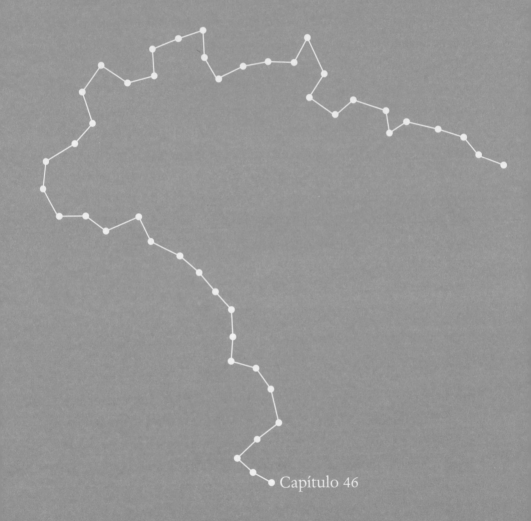

Capítulo 46

Decisão tomada em conjunto

Caíque e Inaiê tiram o mês de julho para a viagem à Paraíba. Voltarão a tempo de preparar o aniversário do primeiro ano de Maria em agosto. Decidem seguir os conselhos de Faruk numa longa conversa que ainda puderam ter com ele – que não vissem a ida a Ariel como ansiosa procura, mas como amorosa curiosidade. Que deixassem o sertão se manifestar do jeito que sua natureza quisesse, porque nem sempre a aridez é inóspita. Nela, haverá também sinais de boas-vindas. É essa última frase que dá a Caíque a esperança de que algo positivo o aguarda na sua cidade natal – nenhuma revelação surpreendente, mas simples "sinais de boas-vindas". Uma das vantagens de irem logo agora é que darão um bom espaço para, só no regresso, cuidar do apartamento e dos pertences de Faruk, separando ou doando o que for preciso. Como os bens já estão todos em nome de Caíque, não há inventário, e tudo poderá ser decidido com a devida calma. No momento, as atenções devem estar voltadas exclusivamente para as férias que, de saída, já garantem experiências inéditas: primeira viagem de Maria, primeiro voo de Caíque, primeira aventura familiar de Inaiê. E tudo indica que, mesmo sem ser em turnê, ela é quem estará no comando. No fazer as malas, organizando o que se vai levar ou não. No comprar as passagens aéreas e no reservar hotel. No decidir que, já em João Pessoa, alugarão um carro para pegar estrada rumo ao oeste paraibano – ela dirigindo, é claro, porque Caíque ainda não se dignou a tirar carteira de motorista, mesmo com 21 anos.

Na véspera da partida, o casal promove um almoço para Gabriel, Tereza, Marta e Vitorino. Pela ausência de Faruk, e como todos conhecem o motivo das férias, volta e meia, a emoção aflora. Num brinde, num conselho ou numa simples constatação – a livraria permanecerá o mês todo fechada. Caíque tem planos para ela, mas não quer adiantar nada por enquanto. À noitinha, ainda é possível encontrar Caetana e Daniel, que estão cheios de ideias para o aniversário de Erasto. Quem sabe não fazem uma só festa para Maria e ele, já que os dois nasceram no mesmo dia? Perfeito!

Tempo bom. A saída do Rio de Janeiro é tranquila. Aeroporto, embarque, decolagem na hora prevista. Ao ver a cidade do alto, o Cristo Redentor, o Pão de Açúcar e a orla se distanciando, Caíque imagina o que terá sido sua vinda para lá aos três anos. O desconforto de dias e dias com os pais em ônibus comuns, o cansaço de que não se lembra. Veio por terra, retorna pelo ar. Para cá, mãe, pai e filho juntos. Para lá, mãe, pai e filha juntos. História que se repete de outra forma, em outro tempo, com outra motivação. Famílias que se misturam para o nascimento de novas famílias, por séculos e séculos. Evolução é isso? Amor é isso? De repente, a paisagem do litoral se desfaz e o novo cenário o encanta. O céu azulíssimo e o mar de nuvens brancas lhe deixam Faruk ao alcance. Certeza de que, ali por perto, o avô os acompanha e lhes faz companhia. Nem precisa fechar os olhos para vê-lo, de tão nítido que o percebe pela pequena janela do avião. Isso mesmo: um avião. Só agora – voando! – se dá conta do invento inacreditável que deu fôlego aos seres humanos para atravessarem oceanos a grandes alturas.

E aí acha graça de seus sete anos com aquela história da Torre de Babel. Se é que existiu, sente pena dos infelizes que a idealizaram e mais ainda dos que tentaram erguê-la. Do alto, onde torre alguma alcança, pensa na trabalheira inútil de uma humanidade que não sabia voar! Volta-se para Inaiê, que vai a seu lado sossegada. Maria dorme no colo da mãe. Haverá paz maior? Beija a mão da mulher.

– Obrigado por me aconselhar a vir.

– Essa viagem vai fazer bem para todos nós, você vai ver.

– Me preocupo um pouco com Maria. Muito novinha para tanta aventura. Tomara que dê tudo certo.

– Temos um mês pela frente. Não há pressa. Vamos parando e pernoitando pelo caminho, conhecendo as cidades...

– Você sempre me transmitindo segurança.

– Seu bobo. Você é que me faz forte.

Maria desperta, logo quer ir para o colo do pai, mas é mais para olhar pela janela. Curiosa, bate no vidro, se alegra, gosta do que vê. É que, aproximando-se do destino, o avião começa a perder altura, balança ao atravessar aquele oceano de nuvens. No céu, desenhos fabulosos, brincadeiras de esconde-e-mostra, some-e-aparece. Súbito, feito mágica, nova paisagem se descortina. Abraçado à filha, Caíque sente algo vibrar forte dentro dele ao identificar o litoral da Paraíba, seu estado, sua terra. Sim. Paraibano de Ariel, está lá impresso no papel dobrado em quatro, que ainda guarda feito fosse relíquia. Orgulho. A primeira vez que põe os pés fora do Rio de Janeiro será para visitar seu povo, ainda que não parente, pisar seu chão natal. Se aqui de cima assim se mostra, imagina como reagirá lá embaixo, com o calor, o ar, o cheiro das entranhas de onde saiu. O avião pousa. Impacto, atrito, asfalto firme. Ansiedade. A porta se abre. O renascer de Caíque está por um triz.

Capítulo 47

QUANTOS MUNDOS NUM SÓ MUNDO?

De início, apenas a euforia da primeira viagem, ainda mais por estar acompanhado da mulher e da filha em sua misteriosa e sedutora Paraíba – fica repetindo o mantra para ele mesmo, porque ainda não se convenceu de que muito em breve estará em Ariel. Saiu daquele começo de mundo há dezoito anos, carregado pelos pais. Lembrança nenhuma, por mais que se esforce. Um miúdo que mal sabia andar e falar. E agora volta sem ter noção do que ou quem irá encontrar por aquelas bandas. Repassa o conselho de Faruk: que veja a experiência como amorosa curiosidade, e não como ansiosa procura. Difícil, viu, vô? Melhor é seguir adiante sem criar expectativa e ver no que vai dar. João Pessoa é cidade das grandes, impressiona mesmo aos que já a conhecem por vídeos na internet. A praia de Tambaú é sonho acordado, água do mar morna e calma, Maria entra e não quer mais sair. Quatro dias assim de papo para o ar, depois é arrumar as trouxas e pegar estrada direto para Campina Grande, outra cidade importante. Ficam dois dias para conhecer os principais pontos de interesse e seguem numa esticada até Patos. Pernoite, um giro pela cidade e rumam para Pombal, já em pleno sertão. Caíque e Inaiê surpreendem-se com a estrutura e o cuidado desses centros urbanos. Poderiam seguir até Sousa e Cajazeiras, mas é justamente a partir daqui de Pombal que a viagem deve ganhar outra direção ou, simbolicamente, outro sentido. O plano agora é entrar na zona rural e, em estrada de terra, avançar até Ariel, vilarejo que, pelo que ouviram contar, reúne umas tantas centenas de moradores conhecidos por suas invencionices, julgamentos e narrativas fabulosas. Reza a lenda que, se bem-vindos, forasteiros ganham redobrada sorte em suas vidas. Caso contrário, o melhor é manter distância, pedir licença e ir saindo de fininho. Embora não se deixem intimidar por essas falas locais, Caíque e Inaiê as levam a sério. Aprenderam cedo que não é aconselhável desdenhar do que se tornou tradição e crença popular. Além do mais, entre o Céu e a Terra, há muito barulho escondido.

A verdade é que, antes mesmo de se embrenharem sertão adentro, Caíque e Inaiê já vivem experiência curiosa em Pombal. Ao passarem em frente à Igreja de Nossa Senhora do Rosário, Maria começa a chorar e, ainda que segura no colo, tenta se lançar em direção à grande porta de entrada que, àquela hora da tarde, encontra-se aberta em par. O choro só arrefece quando, para atendê-la, os pais se dirigem ao templo – rica construção do barroco colonial, erguida no ano de 1721. A igreja só passou a ser conhecida depois que o legendário negro Manoel Cachoeira conseguiu convencer o bispo de Olinda a oficializar a festa em devoção ao Rosário – festa que se realiza até os dias de hoje. Pois bem, lá dentro, Maria se transforma. Encanta-se com os altares, as imagens, os lustres, presta atenção até nos detalhes dos adereços da madeira talhada a ouro. A impressão é a de que examina cada canto como se ali já tivesse estado no passado e que, agora, precisasse se certificar de que tudo está em ordem e em seus devidos lugares. Há poucos fiéis distribuídos pelos longos bancos. Silêncio e contrição. Caíque ajoelha-se próximo a um dos dois altares laterais. Pede pela alma de sua mãe

Josefa e de seu pai Mariano, pede que Ariel receba bem a ele e à sua família, pede algum sinal de que esta viagem cumpre destino abençoado. Lembra-se de seus nove anos, da ida ao Convento de Santo Antônio, quando provou hóstia pela primeira e única vez. E da vovó preta que acenou para ele e depois foi embora sem ser vista. Lembra-se de Inaiê lhe dizer que poderia ter sido o desdobramento de sua avó Firmina e, por fim, do alerta de que "vento que sopra para o alto também pode ser redemoinho que adentra a terra". Nesse instante, como que para interromper pensamentos inoportunos, Inaiê lhe põe a mão no ombro. Está em pé, com Maria no colo, faz o pedido em voz baixa.

– Vamos?

Caíque se persigna, levanta-se e as acompanha sem questionar a interrupção. Mas o recente aviso de ventos altos e redemoinhos em permanente conflito segue guardado dentro dele. É que Maria já sai da igreja dormindo. Apagou. Como se tivesse viajado anos-luz. Mais um mistério que não comentam e procuram assimilar com naturalidade, porque a eles estão acostumados. A noite em Pombal é tranquila, temperatura agradável, povo acolhedor. Voltam caminhando para o hotel logo depois do jantar. Deitam-se um pouco antes das dez, porque querem acordar bem cedinho no dia seguinte, tomar café e partir direto para Ariel. E assim acontece. Do asfalto à terra batida, levam menos de meia hora. Só a partir de então, a viagem começa a mudar de figura. E a mudar de figura e a mudar de figura. Radicalmente. Quantos mundos num só mundo? Mesmo em humildes povoados, quantos portais de existência há de se adentrar sem que se perceba? Quantos enredos em cada casa, em cada cômodo, em cada cama? Só o Algo Maior que nos engendra é capaz de dizer. Outro conselho de Faruk volta nítido: que deixassem o sertão se manifestar do jeito que sua natureza quisesse, porque nem sempre a aridez é inóspita. Assim, depois de avançarem por estrada poeirenta, com pequenos sítios plantados ao longo de uma margem e outra, a paisagem se vai modificando. Pastando à distância, rebanhos bovinos e caprinos acrescentam vida à vegetação rasteira. O incomum começa a dar sinais um pouco mais à frente com extensa aleia de umbuzeiros centenários – posso afirmar, porque os vi sendo plantados bem lá no início dos 1900, e com tamanha devoção, que estavam mesmo fadados a vingar por longo tempo. Atenta na direção, Inaiê está prestes a alcançá-los quando seguidas rajadas de vento surpreendem a poucos metros do carro, levantando espessa cortina de pó e impedindo a passagem. Susto. Ela freia súbito, o motor morre. Espanto, nenhuma reação.

– Meu Deus, o que é isso?!

– Melhor esperar passar.

Ambos olham para Maria, que vê o fenômeno com indiferença que os tranquiliza. De qualquer modo, Caíque se desaponta.

– Não gosto nada dessa recepção.

– Calma, é vento que sopra para o alto.

Os dois acabam achando graça da interpretação. De repente, já não há mais vento, e a cortina de poeira que bloqueava o caminho se desfaz. Dela, surge um velho que vem montado num burrico. Amável, para ao lado da janela de Inaiê.

– Bom dia, filha! Precisando de ajuda?

– Não, senhor, está tudo certo. Foi só o vento que nos tirou a visão.

– Esses ventos são comuns por aqui. Volta e meia acontece. O povo diz que são espíritos que passam fazendo algum trabalho.

– O senhor acredita nisso?

– Claro. Mas eles só vêm pra ajudar, fazem mal nenhum.

– Bom saber... Por gentileza, falta muito para Ariel?

– Coisa pouca.

– O que é "coisa pouca"? Dez minutos, vinte minutos?

– Coisa pouca é que vocês vão ver tanta beleza pelo caminho que, aposto, nem vão sentir o tempo passar.

– E como a gente vai saber que já é Ariel?

– Pelo pontilhão que atravessa o córrego Água Rasa. Passando por ele, tudo pra frente é Ariel.

– Desculpa abusar. A gente não conhece ninguém por lá. Tem quem hospede visitante?

O velhote se ri.

– Toda casa hospeda, é só escolher a que agrade.

Inaiê faz questão de explicar.

– Mas é pra pagar.

– Isso é o de menos, é só acertar com o da casa.

– Obrigada, o senhor é muito gentil.

– Foi prazer. Manelito ao seu dispor.

– O prazer foi nosso, seu Manelito. Sou Inaiê. Vim com meu marido e minha filha passar uns dias.

Em cumprimento, ele faz que tira o chapéu de couro, abre sorriso e toca o burrico. Inaiê o acompanha pelo retrovisor, comenta mantendo o olhar na simples e senhorial figura que se afasta.

– Gostou das boas-vindas?

Caíque apenas faz que sim com a cabeça. É que, pura ansiedade, já tem a atenção voltada para a majestosa aleia de umbuzeiros à sua frente. Fala com entusiasmo adolescente.

– Liga o carro, anda. Vamos ver os umbuzeiros.

– Calma, seu moço!

O novo cenário difere de tudo o que têm visto, enfeitiça. Anúncio do que está por vir? Eles param e saltam para apreciar a beleza que lhes é dada de graça.

– Olha essas árvores, filha!

Não importa se quem diz é Caíque ou Inaiê. A emoção que sentem e querem dividir com Maria é igual.

– Difícil imaginar meus pais passando por aqui e indo embora para o Rio! Abandonarem família, tudo... Não entendo.

– Será que abandonaram mesmo?

Os dois se abraçam e se beijam. Agarrada aos pais, Maria gosta do que vê e logo inventa um chamego a três. Vontade de ficar ali a eternidade. Para eles, aquela boa sombra é o quanto basta, nada mais precisa existir... A livraria, a barraca da praia do Flamengo, a creche de Olaria, tudo se apaga nesse instante. Quantas vidas numa só vida? Quantos mundos num só mundo?

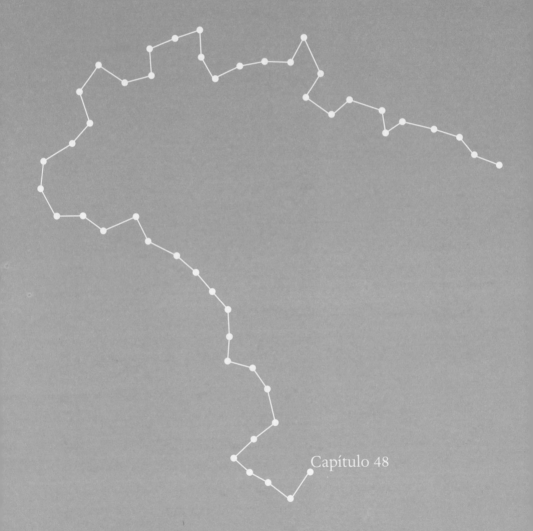

Capítulo 48

ARIEL

O pontilhão é de madeira de lei: baraúna – também presenciei quando o construíram com capricho e a espécie nativa ainda não estava em risco de extinção. A pedido de Caíque, Inaiê o atravessa bem devagar, que é para terem certeza de que não vivem um sonho, de que estão literalmente passando sobre uma pequena amostra de sua Ponte de Lebab – aquela das múltiplas conexões.

– Pronto! A partir deste ponto, tudo é Ariel. O lugar onde meus pais se conheceram, me fizeram e eu nasci. Vamos saltar um pouco?

– Claro, o tempo que você quiser...

De um lado e outro do córrego, frondosos mulungus e outras árvores menores valorizam o pontilhão dando-lhe sombra e acolhimento. Caíque não se contém, vai tirando os sapatos e as meias, arregaça as calças e se apressa a pôr os pés naquelas águas. Lá de baixo, olha para Inaiê com ares de menino.

– Vêm vocês também!

– Não, não quero molhar o vestido!

– Não vai molhar nada! E a Maria vai gostar! Anda, vem!

O convite acaba que é aceito, e o banho improvisado vira farra. Mal sabem eles que foi ali que Mariano e Josefa fizeram amor pela primeira vez. Paixão fadada ao desastre. Ele, um forasteiro de trinta anos bem rodados, que ninguém conhecia a origem nem fazia ideia de onde vinha. Chegou carregando uma sacola de pano e um violão, apareceu por encanto. Ganhou fama porque hipnotizava a todos com o ímpeto de seu folclore dedilhado. Ela? Uma adolescente de dezesseis anos, cheia de sonhos e viço, filha única de seu Deodato e dona Inocência, casal de fortuna, conhecido por sua extrema religiosidade e rígidos princípios. Descobertos, os amantes causaram falação. Homem tão mais velho, tocador de viola! Ainda por cima, alguém espalhou que, com seus nomes trocados, Mariano e Josefa formavam o avesso da Sagrada Família! Credo em cruz! Esconjura!

Meio-dia e meia. Hora do alimento. Melhor subir para o carro. Maria se farta no peito da mãe. Precavidos, Caíque e Inaiê se forram com o farnel que levaram. Depois do pontilhão, pegam mais uns quinhentos metros de estrada e as primeiras casas do vilarejo começam a brotar aqui e ali. À medida que avançam, novas casas vão surgindo mais próximas umas das outras. Caíque sente o coração acelerar, como se estivesse explorando um outro planeta, uma outra vida, algum universo paralelo. Respira fundo.

— Ariel...

Inaiê é prática.

— Precisamos escolher a casa que vai nos hospedar.

Mais um tico de chão, e passam em frente a uma casa caiada de branco, simpática, ar hospitaleiro, bem situada em meio de terreno. Tem vida, Caíque brinca.

— Acho que ela está olhando para gente.

— Também acho. Até piscou o olho.

— É, piscou.

Os dois se riem. Inaiê para o carro. Caminham até a porta de entrada. Caíque chama alto os donos, bate palmas.

– Alguém em casa?!

Um cachorro logo aparece abanando o rabo e querendo festa.

– Oi, amigão! Tudo bem? Será que tem alguém da sua família aí dentro?

Ele late como quem diz que sim. Que é só esperar um pouco, que a mãe está vindo. Dito e feito. Uma mulher curtida e forte, de seus sessenta e poucos anos, abre a porta e pede modos.

– Graveto, não perturbe. Venha pra cá, ande!

Caíque fala enquanto afaga seu amável anfitrião.

– Boa tarde! Quem não quer perturbar somos nós. Espero que a gente tenha chegado em boa hora.

– Não incomodam em nada, é serviço de casa que pode esperar.

– Somos visitantes e estamos procurando um lugar pra ficar por uns dias. Será que a senhora pode nos ajudar?

– Claro. A casa é modesta, mas tem sempre um quarto vago esperando quem queira cama, comida e banho.

– Que ótimo. Pagamos algum valor adiantado?

Ela balança a cabeça em sinal de afetuosa reprovação.

– Adiantado, meu filho, só esse sol, que já vai alto.

Caíque estende a mão.

– Está certo. Meu nome é Caíque. Essas são minha mulher Inaiê e minha filha Maria.

– Muito prazer, Clara. Vocês têm bagagem?

– Não se preocupe, é pouca coisa. Nós mesmos cuidamos disso.

As acomodações são bastante simples, mas dignas, tudo limpo e organizado. O quarto é claro e arejado, dando para a parte de trás do terreno, onde se veem uma pequena horta e, mais adiante, alguns pés de milho e de mandioca. Clara sabe receber, e gosta. Fala das festas do Rosário em Pombal, época do ano em que chegam mais visitantes ao vilarejo. O marido, Tarcísio, tem uma pequena venda ali mesmo em Ariel. O filho, Miguel, se mudou para Pombal, e lá prosperou como comerciante. Tem um mercado que fornece as mercadorias para a venda do pai. Graças a Deus, os dois são muito amigos e se dão bem trabalhando juntos. Caíque e Inaiê demonstram algum cansaço da viagem e são aconselhados a se deitarem um pouco. Aceitam de bom grado, Maria já está dormindo. O convite para janta é logo feito, comem às sete. É que todos em Ariel dormem e acordam cedo. Depois do baião de dois, preparado com esmero, ainda sobra tempo para alguma prosa.

– Sou filho de Mariano e Josefa, que saíram daqui faz tempo, quando eu tinha só três anos.

– O quê?!

– Por que a surpresa? A senhora conheceu eles?

Clara se volta para o marido com cumplicidade.

– Por Deus, o vilarejo todo conheceu! Foi a mais triste história de amor que já houve em todo o sertão. Caíque, claro! Vi você de colo! Como é que eu não liguei seu nome a eles?!

Caíque e Inaiê se olham sem acreditar.

– O que a senhora sabe sobre essa história?

– Como eu não sou da família, só sei o que todo mundo sabe e viu. Que seu pai era um forasteiro bonitão, sedutor, poucas palavras, mas que tocava violão como ninguém.

– Não, isso não é verdade. Nunca vi meu pai pegar num violão!

– Pois eu lhe garanto que tocava. E o som que tirava daquelas cordas era feitiço, tanto que ganhou o apelido de Bruxo.

– Não, não, não. Nada disso. Esse era outro homem. Meu pai era uma pessoa simples, ganhava a vida com emprego modesto de porteiro. Era assim que sustentava a mim e a minha mãe.

Clara nem percebe que Caíque fala de seu pai no tempo passado.

– Josefa. Uma jovenzinha linda, cheia de sonhos de liberdade, caiu de amores por ele. Não recrimino. Em pensamento, muita saia rodada no vilarejo viveu seus calores secretos com o Bruxo.

Caíque acha graça. Definitivamente, esse tipo não era seu pai. Como podia tocar violão se nem dois dedos da mão esquerda ele tinha? Mesmo assim, se interessa pela falação. Quem sabe alguma coisa se aproveite?

– Por que eles foram embora de Ariel? Isso é o que eu quero saber.

– Ninguém sabe direito. Metade do vilarejo condenava o romance deles, outra metade, como Tarcísio e eu, apoiava. O povo ficou dividido. Muita gente deixou até de se falar.

– Mas eu saí daqui com três anos. Eles já deviam estar, pelo menos, há quatro anos juntos. Isso não faz muito sentido.

– Ah, meu filho, mas foi o que aconteceu, muita desavença e tristeza. Tudo pela maldade de seu Deodato, que expulsou a filha de casa com o consentimento de dona Inocência.

– Meus avós já morreram faz tempo, não é bom falar deles assim sem que eles possam se defender.

– Dona Inocência já morreu, mas seu avô continua vivo. Está aí penando sozinho, mas ainda se achando o dono do mundo.

– Meu avô está vivo?!

– Vivinho. E muito bem sacudido.

– E onde é que ele mora?! Preciso conhecer ele, falar com ele! Clara parece ter receio de levar o assunto adiante.

– Melhor não. Melhor esperar um pouco, não é, Tarcísio?

– Também acho. Seu avô não tem amigos, temperamento ruim.

Caíque se entristece com o que falam do avô, começa a acreditar que deveria ter ficado no Rio de Janeiro com as poucas lembranças que tinha do pai e da mãe, mas Tarcísio oferece uma saída.

– Acho que você tem mesmo que procurar Deodato. Dar notícias de sua mãe, dizer que é neto, mostrar a bisneta. Isso pode amolecer o coração do homem. Mas antes fale com a velha Salustiana, que é a memória viva do vilarejo. Ela terá muito mais informações sobre seus pais. E terá também boas palavras para você.

– Não sei que palavras boas essa Salustiana terá para mim. E que notícias posso dar a meu avô Deodato? Papai e mamãe morreram quando eu tinha sete anos.

Caíque resume a tragédia. Clara leva as mãos à boca. Como é possível? Custa a se convencer de que o filho de Josefa e Mariano, sempre tão luminosos e festivos, está ali, hospedado em sua casa, bem diante dela, sendo portador de mais tristeza e desesperança. Por que Deus castiga assim os bons? O que terá sido a infância desse rapaz? Sente pena de si própria, porque apostava que, longe de Deodato e Inocência, o casal refaria a vida e estaria bem. Sente pena sobretudo de Caíque, que não faz ideia do que seus pais passaram por se amarem tanto. Fala feito mãe.

– Caíque, querido, vá se deitar. Amanhã é outro dia. Vai dar tudo certo, você vai ver. Vou levar você até Salustiana. Ela é uma mulher de muita luz. Alguma direção, ela lhe dará, com certeza.

Inaiê concorda, acenando afirmativamente com a cabeça. Cansaço. Todos se despedem, e cada casal segue para o seu quarto. Caíque, descrente, é só perguntas. O que haverá de verdade e de imaginação nessa história toda? Um Mariano que enfeitiça as mulheres com o som do seu violão e que tem o apelido de Bruxo? Não pode ser seu pai. O avô Deodato, responsável pela desgraça da família, ainda vivo e saudável. O vilarejo de Ariel dividido por causa de um romance. E agora a velha Salustiana, que deve saber de muita coisa escondida. Caíque ganha muitos beijos de Inaiê.

– Tenta dormir, vai. Tenho bons pressentimentos. Seus pais não trouxeram você até aqui para nada. Ariel vai ser seu renascimento.

– Meus pais... Ariel... Renascimento...

Caíque fecha os olhos, adormece profundamente. Inaiê se certifica de que Maria também dorme. Beija a filha e apaga a luz.

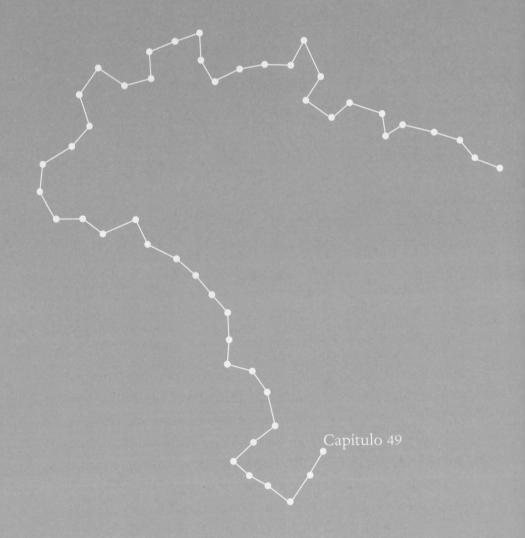

Capítulo 49

SALUSTIANA

Quando Inaiê e Caíque saem do quarto, a mesa do café da manhã já está posta. Os principais itens são o pão de milho, o cuscuz com leite, a coalhada e o jerimum. Para compensar o peso da conversa da noite anterior, Clara trata de assuntos amenos e rotineiros: discursa sobre a propriedade e o preparo dos alimentos, relata atividades do dia a dia e exalta as qualidades de Graveto que, dentro de casa, se comporta daquele jeito – adulto e discreto – e, lá fora, de outro bem diferente – adolescente e brincalhão. Tarcísio acrescenta que, às vezes, seu querido vira-lata decide lhe fazer companhia até a venda, deixa-se estar por um tempo e volta sozinho para casa – liberdade total para tocar sua vidinha. Alegre surpresa: Maria entra engatinhando na sala, acordou sem fazer alarde. Conseguiu descer sozinha da cama e agora está ali, marcando presença e querendo mamar. Sem cerimônia, Inaiê lhe dá o peito, ela logo se aninha e cumpre o sagrado ritual de sua refeição. Do outro lado da mesa, enquanto saboreia uma tapioca com queijo caseiro, Caíque volta a agradecer a hospedagem, elogia o conforto do quarto e diz que há muito tempo não dormia tão bem. Com modéstia, a anfitriã atribui o bom sono ao cansaço da viagem e às emoções da véspera.

Terminado o café, todos se oferecem para ajudar com o tirar a mesa e o lavar a louça. Como tudo se passa de maneira bastante informal e familiar, Clara aceita a oferta de bom grado. Acha até que aquele pequeno mutirão cria intimidade e estreita os vínculos de afeto, o que certamente facilitará retomar o tema da ida à casa de Salustiana. Sim, melhor irem agora pela manhã, que é quando ela se sente mais disposta para atender e conversar. Lúcida em seus 93 anos, a velha curandeira ainda enxerga e escuta muito bem, mas gosta de reservar a parte de depois do almoço para a sesta, suas meditações e preces. Cumpre religiosamente seu cotidiano. Janta às cinco da tarde e às seis em ponto, hora do ângelus, vai para a cama. Às quatro da madrugada, se levanta e começa o dia. Não mora longe. Podem ir a pé, são uns quinze minutos caminhando devagar.

— Vamos chegar assim de repente, sem avisar?

— Caíque, meu filho, posso lhe assegurar que Salustiana já sabe da sua visita e, por certo, deve estar lá esperando a gente.

Caíque olha para Inaiê, tenta conter a ansiedade. Saem todos juntos, só que Tarcísio segue para a venda. Graveto late para ele avisando que prefere ir com o grupo.

— Tudo bem, amigo. Você é quem sabe.

E assim se despedem, com Graveto todo contente comandando o passeio. Durante o trajeto, com seus bons-dias, os moradores que passam notam o casal que vem de fora com a filha de colo. Se estão com Clara, é porque ela os hospeda. Se conversam com familiaridade, é bom sinal. Parentes de Tarcísio e dela não serão. Enfim, mais cedo ou mais tarde, Ariel saberá de quem se trata. O grupo mantém o passo desapressado que aprecia paisagens e, sem perceber, chega a seu destino. A casa é aquela lá, de tijolo sem reboco, sem janelas ou portas, apenas os vãos sempre abertos, arejando e dando passagem para gente, bicho, vento, chuva ou sol — o que for será bem-vindo. No terreno da frente, vistosos pés de mandacaru lembram imensos candelabros de flor e espinho, dando um ar de estranheza e religiosidade ao local. Três degraus de pedra bruta permitem o acesso à porta de entrada. Sentado num deles, um garoto se entretém tocando flauta. Cabelo escorrido, magrelo, cara inteligente. Veste só uma bermuda surrada, está descalço. Clara já o conhece.

– Oi, Zezinho, tudo bem?

– Tudo.

Ele responde por responder e continua a tocar. Concentrado, dá a impressão de que está tentando tirar alguma música nova para seu repertório. Inaiê é quem mais presta atenção nele, enquanto Caíque só tem pensamento para o encontro com Salustiana.

– Vamos entrando?

O chamado de Clara é atendido com cuidado e curiosidade. A sala é de uma simplicidade franciscana. Nada nas paredes. De móveis, apenas uma mesa de refeições com quatro banquinhos, e duas cadeiras de madeira próximas ao vão da janela.

– Vocês esperam aqui, que eu vou lá no quarto falar com ela.

São cinco minutos que mais parecem a eternidade. Enquanto aguarda ser atendido, Caíque transita por todos os seus mundos vividos: na favela, com os pais, até os sete anos. Na Central do Brasil, esmolando. Na Rodoviária Novo Rio, roubando. Nas calçadas, onde dormia. Flashes e mais flashes com Faruk na livraria, com Inaiê no roubo do gorro, com Gabriel na barraca da praia, com Linguiça, Foguinho, Garrincha, e daí pula de novo para o presente com Graveto, que está lá fora, quieto que não se mexe, ouvindo Zezinho tocar sua flauta. Quantas vidas numa só vida? Quantos mundos num só mundo? Ora inalcançáveis de tão distantes. Ora tão próximos, que chegam a esbarrar nos pensamentos. Revê seus pais, que morreram como indigentes, desconhecidos, anônimos, sem passado algum, e agora se tornam protagonistas de uma história de amor que se perdeu pelo caminho. Que mundos e vidas ainda haverá que não conhece e sequer imagina? Clara responde.

– Caíque, pode vir, meu filho. Salustiana quer muito lhe ver. Faz tempo que lhe espera. Sabia que ainda ia viver para lhe falar o que tem que ser falado e mostrar o que tem que ser mostrado.

Um tanto assustado na imaturidade de seus 21 anos, ele beija a mulher e a filha, pede licença a Clara e entra. Encantamento: contrastando com a nudez da sala, o quarto é uma bem-vestida e colorida capela. As paredes cobertas com imagens de santos, oratórios e devoções. Em cima de uma pesada mesa de baraúna, um Sagrado Coração de Jesus, um Sagrado Coração de Maria e uma grande talha do Divino Espírito Santo com sete velas acesas. Em cada canto do cômodo, vasos com plantas curativas completam a arrumação. Salustiana está sentada em sua cadeira de balanço. Usa um vestido leve de algodão estampado com florezinhas miúdas. Os cabelos brancos, lavados, presos atrás. Chinelos confortáveis. A aliança na mão esquerda é sinal de seu compromisso com o Divino. A voz é doce e firme.

– Até que enfim, o bom filho volta. Venha, sente aqui do meu lado.

Reverente, Caíque faz menção de se acomodar na única cadeira disponível. Certeza de que ali é assento de fala, mas sobretudo de escuta e aconselhamento.

– Mas, antes, chegue perto pra ganhar e também me dar um beijo.

Os dois se beijam. Ela, com afeto que abençoa. Ele, com respeito que aguarda. A primeira fala já dá prova de conhecimento.

– Estou feliz vendo a cria de Mariano e Josefa assim tão bem, tão forte e tão bonito. Vingou como era esperado. E, lá em cima, onde estiverem, os dois devem estar bastante orgulhosos.

– Clara já contou sobre a morte deles?

O fio condutor 319

– Não dou intimidade a ninguém pra chegar com novidade alheia. Eu soube da passagem de seus pais no dia da morte de sua avó Inocência. Ela veio cedo se despedir e dizer que logo ia se encontrar com a filha. Vestia preto da cabeça aos pés, partiu cheia de culpa no dia seguinte da tragédia com Mariano e Josefa lá no Rio de Janeiro. Senti pena. Rezei por ela. E por eles. Os dois cumpriram a missão que escolheram. E, só com sua ajuda, descansaram.

– Minha ajuda?

– Sim, sua ajuda. A história vai lhe machucar. Quer ouvir? Caíque rebate de imediato.

– Querer, não quero. Mas preciso.

Salustiana gosta da resposta honesta e decidida. Esse é o Caíque que ela viu de calças curtas. Menino destemido que presenciou o que não devia e reagiu com coragem. Está segura de que lhe fará bem reavivar a memória e conhecer a verdade sobre seus pais. Portanto, a narrativa vem de quando Mariano, recém-chegado a Ariel, se apaixonou por Josefa, menor de idade, filha do temido Deodato, rico fazendeiro da região. Paixão incendiária, mas que era correspondida. Os dois se conheceram em Pombal, na festa do Rosário. E não mais se desgrudaram desde o instante em que se viram na roda de violão em que ele era o rei. Completamente seduzida, Josefa abandonou a companhia das amigas para ficar com seu amado. Amado, sim! Seu coração já dava provas! Voltaria mais tarde para a fazenda, e que elas não se preocupassem. O que diriam ao seu Deodato? Que não escondessem nada, ela mesma se entenderia com ele, e pronto! Foi aí que Mariano também se apaixonou. Que fala era aquela?! Que ímpeto era aquele?! Praticamente uma menina a desafiar assim a autoridade paterna! Resultado: os beijos, as carícias, as juras e as promessas afloraram aos borbotões, elevando a temperatura dos corpos. Decidiram que, em vez de deixá-la na fazenda, ele a levaria para Ariel, passariam a noite no quarto que ele alugava no pequeno sítio de seu Manelito, homem bonachão e em paz com a humanidade. Foram a pé, porque pernas movidas a paixão e desejo eram o que possuíam para seguir adiante. Ao atravessarem o pontilhão do córrego Água Rasa, incontidos, os amantes não tinham mais dúvidas de que estariam unidos para sempre, e fizeram seu primeiro amor naquela suave e natural correnteza, debaixo dos mulungus floridos, os Céus, os pássaros e os insetos por testemunhas. De que mais precisariam?

— Inaiê, Maria e eu também nos banhamos no córrego quando atravessamos ele pela primeira vez... Foi bom demais.

— Foi a confirmação do amor com que Mariano e Josefa lhe fizeram.

Caíque se emociona, mas contesta.

— Só não consigo ver meu pai tocando violão... Não é real.

— Pois o violão foi a principal causa da tragédia.

— Não é real, dona Salustiana. Meu pai nem podia tocar violão.

A história segue. Os encontros escondidos entre Mariano e Josefa eram cada vez mais frequentes, sempre com a cumplicidade e as bênçãos de seu Manelito. É claro que, em Ariel, o povo já começava a desconfiar de algum enredo entre eles, mas lá na fazenda, nada havia chegado aos ouvidos de dona Inocência e seu Deodato. A rotina parecia normal, Mariano arrumara trabalho no sítio de seu hospedeiro e fazia por merecer o quarto e a comida. As visitas de Josefa eram discretas, em horários que não despertassem suspeitas. O violão? Agora, só para ela e, às vezes, também para seu Manelito. A casa se foi tornando o lar que nunca teve. Ajuizado, prometeu que trocaria sua liberdade pela segurança de Josefa, pagaria o que fosse, porque a liberdade tem um preço, e a segurança, outro, repetia. Deixaria de vez a vida de forasteiro, que não lhe permitia parar quieto em lugar algum. Ali, aos trinta anos bem gastos, encontrara seu amor maior. E pela primeira vez, esperançava se assentar, formar família. Sonhou alto com Josefa, porque se considerava um homem respeitador, honesto e justo. Como Deodato e dona Inocência, também tinha princípios, não tão rígidos, é claro, mas estava disposto a seguir tudo o que os fizesse querer tê-lo como genro. Respeitado no vilarejo, seu Manelito se ofereceu, inclusive, para apadrinhá-los servindo de intermediário. Só que o destino armou diferente com uma gravidez apaixonada. Caíque, os olhos cheios d'água.

– Eu...

– Sim, você.

– Atrapalhei tudo, não foi?

– Ao contrário. Firmou com vida o amor que não tinha volta.

Josefa ficou apavorada. Não teria mais como esconder dos pais a relação que já durava meses e era considerada impensável desde a famosa briga da festa do Rosário, quando só retornou à fazenda no dia seguinte de manhã, desacompanhada ainda por cima. A meia verdade esfarrapada? Sim, esteve com Mariano, como as amigas contaram. Rapaz devoto, que com ela seguiu a demorada procissão e ainda participou de todas as ladainhas de Nossa Senhora. É só perguntar ao seu Manelito, homem muito bem conceituado em Ariel. Foi lá em seu sítio que, a conselho dele, ela passou a noite, não só pelo cansaço, mas também por segurança. A falação bem encenada foi digerida com alguma desconfiança, e, no passar dos dias, a petulância juvenil foi esquecida. Pois agora, já que a gravidez em breve seria visível, Mariano e Josefa decidiram partir para o ataque, anunciando sem rodeios que se amavam de verdade e que estavam firmemente decididos a se casar. O quê?! Enlouqueceram?! Nem pensar! Josefa é menor de idade e só casa com minha autorização! No meu dinheiro, esse vagabundo passado em anos não vai botar as mãos! Seu Manelito tentou argumentar que conhecia Mariano, exaltou suas qualidades, sua honestidade e seu caráter. Inútil. Nada convencia o velho fazendeiro. A mulher Inocência era pura sombra e assentimento, assinando embaixo de tudo o que ele vociferava. Foi quando, sentindo-se acuada, a libertária Josefa entornou o caldo de vez. Estava grávida. Isso mesmo. Ia ter um filho do homem por quem tinha se apaixonado, ia ser mãe, e não haveria outra saída mais digna que o casamento. Saída digna?! Que saída digna coisa nenhuma! Nossas bênçãos, vocês nunca terão! E a senhora, dona Josefa, pegue o que quiser no seu quarto e ponha-se daqui para fora, porque já não é nossa filha! Inocência ainda tentou alguma alternativa, mas foi proibida de abrir a boca para contradizê-lo. E assim, cabeça erguida, Josefa saiu porta afora, com a roupa do corpo, ladeada por Mariano e seu Manelito. Não olharam para trás, porque o velho e infeliz casal só lhes despertava indiferença e pena.

– Anos difíceis. Seus pais foram extremamente corajosos. Se casaram em Pombal, na Igreja de Nossa Senhora do Rosário, e foram morar com seu Manelito, que os recebeu de braços abertos, como se fossem filhos. Mesmo grávida, Josefa assumiu a faxina e a cozinha da casa. Habilidosa, também fazia costuras pra fora. E Mariano pegava no pesado, aliviando seu Manelito do roçado e do trato dos animais.

O que mais espanta Caíque? É ouvir de Salustiana que Mariano voltou a ganhar dinheiro com seu violão. Ia nos fins de semana para Pombal tocar em bares e restaurantes. Lá, sem se dar muita importância, assumiu o apelido de Bruxo, que até o ajudava a divulgar e valorizar seu trabalho. Assim, a vida com Josefa e o futuro bebê ia melhorando dia a dia. Mas os moradores de Ariel continuavam divididos. Uns torcendo pelo romance, ainda mais com criança para chegar. Outros condenando uma união que não havia recebido bênção alguma. Nem dos pais dela, nem dos desconhecidos pais dele. Soube-se que aquela crença de que, com os nomes trocados da Sagrada Família, Josefa e Mariano estavam fadados à infelicidade, partiu lá da fazenda de Deodato. Religiosa a ponto da carolice, dona Inocência é que teria verbalizado o infeliz comentário. Depois, se arrependeu. Mas já era tarde, a superstição já havia se espalhado pelo vilarejo.

– A verdade é que você veio a este mundo numa fase muito feliz da vida de seus pais. E veio apressado, da mesma maneira com que tinha sido feito. Um aguaceiro desabou nesse dia, impossível chegar a Pombal, a estrada de terra estava intransitável, e eu fui chamada correndo na casa do Manelito pra fazer o parto.

– O quê?! A senhora é que fez meu parto?!

– Não só fiz seu parto como sugeri seu nome. Caíque: ave aquática, o que desliza sobre as águas e voa. Sua mãe e seu pai amaram a sugestão, porque a chuva parou e o sol abriu assim que você nasceu.

– Nunca soube disso.

– Está sabendo agora, na hora certa, pra não fantasiar o fato, e receber com humildade a beleza que foi seu nascimento.

Caíque beija as mãos de Salustiana, agradecido pelo parto, pelo nome e pelo simbólico renascimento que, logo saberá, também é dor e corte e sangue e choro, para só então ser vida. E o que vem a seguir reúne todos esses elementos que vão dar desfecho à trágica e apaixonada história de Mariano e Josefa.

– Quer dizer que por três anos eu vivi com papai e mamãe na casa de seu Manelito e, de repente, tudo se acaba e eles vão embora comigo para o Rio. Não entendo. Por quê?!

Deodato e Inocência não se davam por vencidos, ignoraram por completo o nascimento do neto. A metade de Ariel que torcia pelo romance acreditava piamente que Caíque daria um belo motivo para a reaproximação de Josefa com a família. Mas não. Ao contrário. O irascível fazendeiro se tornava mais e mais amargurado com o fato de a filha viver realizada longe dele. A mulher só fazia acompanhá-lo pelos tristes caminhos que trilhava, porque ambos sabiam que a fortuna que ostentavam de nada lhes tinha valido para impor comando, e a vida independente dos amantes despertava em Deodato crescente inveja e desejo de vingança. Até que o ressentimento, tornando-se insuportável, precisou ser extravasado. Um atirador de fora foi contratado e muito bem pago. Não para matar, mas para fazer pior: inutilizar a mão esquerda do maldito e calar de vez aquela viola. Queria ver se o amor dos dois resistiria ao aleijão e ao silêncio. Tudo muito bem planejado. Era domingo, anoitecia. Mariano voltava de Pombal no burrico de seu Manelito, com o violão e a féria gorda de suas apresentações. Bem antes de chegar ao pontilhão, se depara com a desgraça presente – a figura do atirador, que finge precisar de ajuda. Mariano desce para atendê-lo, é claro, e, ao chegar bem perto, conforme o combinado, leva tiro certeiro na mão esquerda. Tudo muito rápido. Miserável, o que é que você fez?! Cumpri trato com seu sogro, vagabundo! Tomado por ódio e desespero, força de justiça, Mariano toma a arma de seu agressor e, no embate, o mata com tiro no peito. Depois, choro convulsivo, arrependimento, corte, sangue e dor. O que fazer?! Terá arruinado a sua vida?! Toma fôlego, pede aos Céus que o ajudem. Enfaixa a mão que sangra, põe o corpo inerte em cima do burrico e segue adiante na esperança de não ser visto. Quanto tempo terá durado tamanho sofrimento? Quando será que o presente terá se tornado passado? Por sorte, Mariano chegou ao sítio sem ser descoberto. Já era noite fechada. Em casa, o horror. Josefa, Caíque e seu Manelito o viram entrar se esvaindo em sangue, já sem forças, só tendo tempo de dizer que havia matado o homem que o tinha atingido a mando de Deodato.

– Eu vi papai chegar em casa assim desse jeito?

– Viu. E mais que isso. Com apenas três anos, levando e trazendo o que ela pedia, ajudou sua mãe a cuidar de Mariano, enquanto Manelito tratava de dar fim ao corpo do infeliz agressor.

Uma baita e estrepitosa fogueira fez bom serviço e, em poucas horas, nada havia além do braseiro e das cinzas do que havia sido as roupas, a carne, os ossos e as vísceras de um homem. Que Mariano e Josefa não se preocupassem, no momento oportuno, aqueles restos transformados em pó seriam espalhados lá para as terras do mandante do crime. O importante era manter a calma acima de tudo e pensar no que poderia ser feito em prol do futuro do pequeno Caíque. Na manhã seguinte, Mariano deu entrada no hospital regional de Pombal alegando ter se acidentado em trabalho doméstico. Perdeu os dedos mínimo e anelar. Perdeu o dom de encantar as pessoas com seu violão, mas não perdeu a fé no Algo Maior que o fortalecia desde os tempos de forasteiro e lhe dava a certeza de que, em nome do amor que sentia pela mulher e o filho, era tempo de pôr os pés na estrada e seguir para bem longe dali. Antes, precisava das bênçãos e dos conselhos de Salustiana. Sentia que sua partida significaria morte em vida, porque não mais voltaria a Ariel, por mais que fosse grato a Manelito e a ela. Decisão tomada e acertada com Josefa.

– Eu disse a seu pai que, por mais triste que fosse, a partida era a decisão acertada. A Natureza já tinha dado provas de que entre ele e os sogros não haveria a menor possibilidade de entendimento. Da mesma maneira que existem plantas companheiras e plantas inimigas que não conseguem crescer juntas, assim acontece com os seres humanos. Infelizmente, seu pai e seu avô eram plantas inimigas. Quem poderá saber a razão?

Mariano e Josefa partiram para o Rio de Janeiro levando muito pouca coisa. Como recordação, com Salustiana, deixaram um retratinho tirado em frente à Igreja de Nossa Senhora do Rosário, em Pombal: o casal e seu filho de três anos no meio – a Sagrada Família de nomes trocados. Com Manelito, deixaram o violão e todos os utensílios que haviam juntado naqueles anos de bom convívio. A despedida foi emocionada porque pressentia os assustadores "para sempre" e "nunca mais". O vilarejo de Ariel se manteve dividido. Uns torcendo por eles, outros acreditando que o romance nunca teria futuro. Que importância tinha? Confiantes, com a mala leve e o filho pela mão, partiram a pé, porque pernas movidas a paixão e desejo eram o que possuíam para seguir adiante.

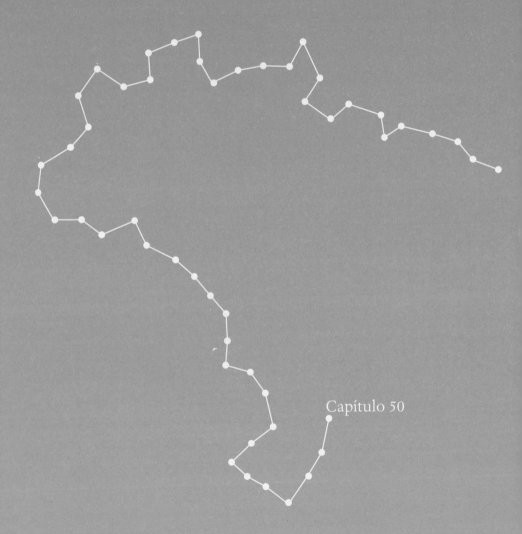

Capítulo 50

ZEZINHO

Ao sabor do vento, mais uma história avulsa por esse meu vasto território, mais uma história órfã sendo escrita com esforçada e má caligrafia, mais uma história querendo fazer bonito, levando na flauta a dura realidade, porque ainda põe fé no Algo Maior que, quer acreditar, é guia e proteção. Enquanto Caíque está lá no quarto com Salustiana, Inaiê e Maria se enternecem ali fora com o que veem e ouvem – imagem e som harmoniosamente combinados. Clara voltou para casa, muito o que fazer, não podia se deixar estar de braços cruzados olhando para ontem. Graveto decidiu ficar e ficou. O menino para de tocar, sorri para seu velho conhecido e encara a mãe e a criança que estão a seu lado a observá-lo.

– O que foi?

– Nada. Estamos apenas olhando e ouvindo você. Não podemos?

– Poder, pode. Mas me incomoda.

– Por quê?

– Estou inventando uma nova música, e vocês aí me atrapalham.

– Inventando?

– É. Gosto de inventar o que eu toco.

– Você pode me mostrar alguma música que você já inventou?

– Claro. Você prefere alegre ou triste?

Inaiê abre sorriso generoso para ele.

– Alegre.

Ele se entusiasma.

– Vou tocar uma bem alegre, então.

Inaiê custa a crer no que está ouvindo. Não é só a qualidade da composição. É a mágica. Como é possível? Pã em forma de anjo e corpo de menino? Ele conclui. Ela aplaude, Maria imita. Graveto também aprova e late.

– Parabéns! Estou realmente impressionada. Você estudou música?

– Não, nunca. Sei que, em Pombal, tem uma professora que ensina, mas não tenho dinheiro. Você é de lá?

– Não. Sou de bem mais longe.

– De onde?

– Do Rio de Janeiro.

– Nossa! Longe mesmo!

– Você mora aqui com a Salustiana?

– Moro.

– É parente dela.

– Não. Minha mãe e meu pai me deixaram aqui pra ela ajudar a me criar. Nós somos cinco. Três meninos e duas meninas.

– Seus pais vivem onde?

– Lá para os lados de Itaporanga. Só dois moram com eles. Os outros três foram deixados com alguém pra cuidar.

– Você sente falta deles?

Ele dá de ombros, faz que não sabe. Depois, emenda.

– Às vezes, fico pensando no que meus irmãos tão fazendo. Só isso. Mas vó Salustiana é muito boa para mim, me dá tudo o que pode. Pena que já tá muito velhinha.

– Tem quanto tempo que você está com ela?

– Já fiz dois aniversários aqui. Teve bolo e parabéns.

– E essa flauta?

– Achei na beira da estrada, eu era bem pequeno. Meu pai queria que eu jogasse fora, dizia que era coisa do capiroto. Nunca liguei. Guardei ela para mim. Daí fui gostando do brinquedo.

Ele ri, acha graça, sopra umas notas soltas e faz festa em Graveto.

– Você pode tocar outras músicas suas?

– Posso. Quer uma invenção triste, agora?

– O que você quiser.

Concentrado, como se estivesse numa sala de concertos, Zezinho começa a tocar várias de suas composições, cada uma mais bela que a outra. Inaiê já não aplaude, apenas imagina o que aconteceria se aquele talento pudesse ser apurado e desenvolvido. Incontida, o interrompe num impulso sincero.

– Se você quiser, eu posso lhe ensinar música.

– O quê? Me ensinar música?

– É. Pra você poder passar pro papel essas músicas que você inventa, e depois saber inventar mais e muito melhor.

Os olhos brilham e sorriem ao mesmo tempo.

– Sério?!

– Sério. Mas antes temos que combinar tudo direitinho com a vó Salustiana. Você iria pro Rio de Janeiro por uns tempos, pra ver se você gosta e se adapta estudando música. Deixamos com ela telefone, endereço, tudo anotado, pra seus pais também saberem onde e com quem você está. Depois, se você se arrepender, sentir saudade daqui e não quiser ficar mais lá, a gente te traz de volta. O que é que você acha?

– Bom demais para ser verdade.

Inaiê estende a mão para ele.

– Meu nome é Inaiê, e essa é minha filha Maria.

Um alegre e balançado aperto de mão sela o entendimento.

– Prazer, sou José de Arimateia, Zezinho.

– Está certo, Zezinho. Meu marido Caíque está com sua avó tratando de assunto muito sério. Quando terminarem, a gente combina como vai fazer.

Não por acaso, Inaiê arruma esse jeito de trazer Zezinho para seu núcleo familiar. Não é só a música, o talento desperdiçado ou a empatia com o menino. No fundo, intui que, pela demorada conversa com Salustiana, uma avalanche de fatos pretéritos virá na direção de Caíque e, portanto, em sua direção também. Assim, para compensar todo um passado revirado e trazido à tona, é preciso criar algo novo, levar de Ariel um presente com fôlego de futuro. E Zezinho tem essa luz, essa cara de um hoje esperançoso.

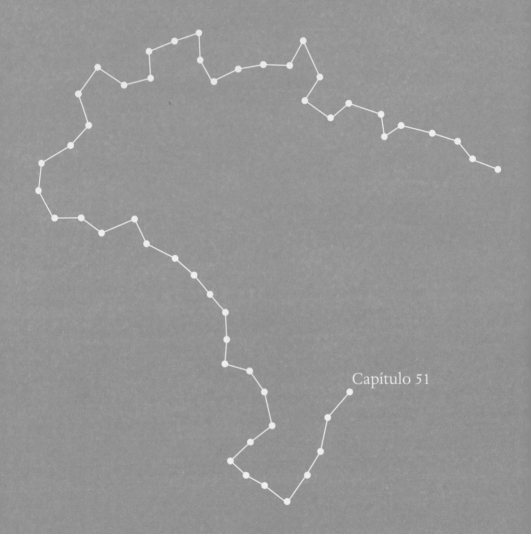

Capítulo 51

O RIO ENTRA NO MAR

E se torna oceano. As palavras do poeta e filósofo Khalil Gibran se ajustam com perfeição ao que acontece quando, depois de horas, Caíque e Salustiana saem do quarto de braços dados e proseando. Lá fora, Maria já está íntima de Zezinho e Graveto, e com eles brinca e se entretém. Inaiê? Esta se surpreende com o que se depara – a transformação do rapaz de 21 anos que se sentia tão inseguro com a possibilidade de desvendar o seu passado e que agora se mostra firme e resoluto diante do que soube e foi aconselhado a fazer antes de deixar Ariel. A tal avalanche de fatos pretéritos? Serviu foi para fortalecê-lo. Verdadeira catarse, libertação de tudo o que lhe era estranho à alma, preenchimento do que ainda estava inconcluso dentro dele. Aprendeu que até indigentes, anônimos e ignorados têm histórias que merecem ser contadas, sejam elas quais forem. Sim, o Grande Livro foi aberto para ser escrito por todos sem exceção. Aprendeu que os seres humanos podem ser plantas companheiras ou plantas inimigas que não crescem juntas, e que é preciso aceitar os milenares ditames da Natureza. Aprendeu que, mesmo com a morte, não há mal irremediável, não há nó que não possa ser desfeito nem há rompimento que, bem no íntimo, não almeje a reconciliação. Aprendeu que justiça com as próprias mãos, ainda que deixando marcas no corpo e na alma, muitas vezes é a justiça possível e deve ser feita, porque conta com a proteção e o auxílio divinos. Aprendeu a ter orgulho e admiração maior por seu pai Mariano, que mentiu sobre a perda dos dois dedos – nada de importante, um descuido bobo na capina. Pai que nunca alardeou sofrimento nem se queixou do prazer e da alegria inata que lhe foram covardemente roubados. Pai amoroso, eterno apaixonado pela mulher e a família. Mostra, com olhos marejados, o pequeno retrato com ele e a mãe em frente à Igreja de Nossa Senhora do Rosário, em Pombal. Quando poderia sonhar com tal relíquia, tal preciosidade? Mariano, o Bruxo? Sim, tocava violão com inacreditável maestria. O instrumento ainda existe, e está guardado na casa de seu Manelito. Cruzaram com ele na estrada, passe de mágica, tudo está mesmo entrelaçado! Feito aparição, surgiu de vento que soprava para o alto. Vão ter que visitá-lo o mais rápido possível, porque o tempo urge, porque foi lá na casa dele que seus pais se amaram e moraram o tempo todo, foi lá que ele foi feito e nasceu pelas mãos – sabe de quem?! – dessa sábia, veneranda e modesta senhora que está a seu lado! Tantos os ensinamentos e conselhos... O mais difícil, mas não impossível, será o de encontrar o avô, perdoá-lo antes de tudo. Apresentar-se como neto, dar a notícia da morte da mãe e esperar que Maria, a bisneta, possa apagar o que ainda resta nele de amargura e ressentimento. Terá de deixar claro que não espera nem ajuda nem herança, coisa nenhuma, porque está muito bem e próspero no Rio de Janeiro.

Repito e acrescento: o rio entra no mar e se agiganta ao se tornar oceano. E é nesse abrupto encontro de águas passadas, presentes e futuras, que Inaiê conta com entusiasmo sobre seus planos para Zezinho, se sua avó autorizar, é claro, porque, tem certeza, Caíque avalizará a decisão. Sempre à frente de seu tempo, Salustiana exulta com a ideia: criança tem de voar cedo e alto, descobrir as coisas belas que o mundo esconde, ver paisagens novas, estudar, aprender, crescer! Ela chama com toda a voz que tem.

– Zezinho, chegue aqui!

Ele sobe os três degraus de pedra com Maria abraçada no colo e Graveto atrás, comportado, como se soubesse do momento solene. O flautista aguarda no vão da porta para ver o que acontece.

– Inaiê me disse que você já tá sabendo do convite e que aceitou.

Ele sorri encabulado, faz que sim com a cabeça.

– Você entende que é uma oportunidade muito grande que ela tá lhe dando, e que você vai ter que fazer por merecer?

Ele torna a fazer que sim com a cabeça.

– O que é isso? O gato comeu sua língua?

Perdido de riso, ele faz que não, mas vê-se é que está emocionado demais para falar alguma coisa. Inaiê continua com informalidade.

– Caíque é meu marido. Aposto que vocês vão se dar muito bem e vão se tornar grandes amigos.

Inaiê pega Maria no colo para deixá-lo livre. Caíque abre os braços e ganha mais carinho do que espera.

– Quantos anos você tem?

– Nove.

Impossível não associar à sua chegada, moleque abusado, à livraria do velho Faruk. Magrelo, a mesma idade... Mas esse aqui tão diferente! O temperamento, o respeito no trato e a disposição para aprender a língua mais importante de todas, a mais universal, a única que nos liga ao Algo Maior...

– Você estuda?

– Com a vó Salustiana, aprendi a ler e a escrever. Só isso. Papai sempre andou com a gente pra cima e pra baixo, catando trabalho. Ninguém nunca foi pra escola, não.

– A gente vai dar um jeito nisso também. Você tem que recuperar todo esse tempo que perdeu.

– O tempo que eu perdi ficou perdido. Não dá pra recuperar. Pelo menos, conheci Inaiê, e ela vai ser minha professora.

– Está certo. Vida nova, então.

Inaiê dá o comando.

– Vamos indo? Clara já deve estar lá esperando por nós.

Beijos, abraços, despedidas. Ainda vão se demorar em Ariel. Haverá tempo bastante para novas visitas.

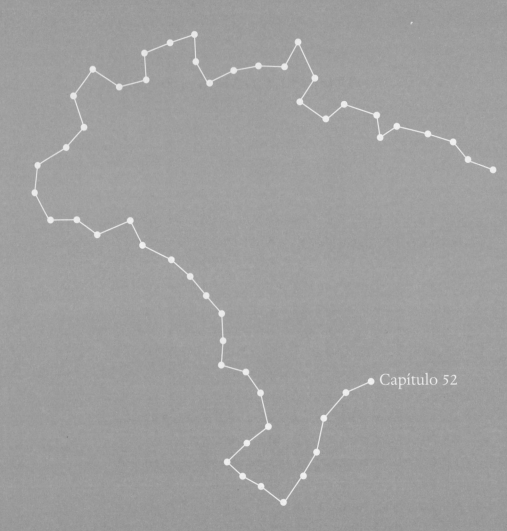

Capítulo 52

O sítio de seu Manelito

Sem dúvida, o momento mais comovente desde que chegaram a Ariel. Certeza de que Josefa e Mariano, ainda jovens, estão ali ao lado do velho amigo para receberem o filho, a nora e a neta, reunião em família, não para matar saudade, mas para vivê-la e revivê-la como é preciso quando o lembrar é visita real a um tempo que houve alegre e apaixonado, teceu o futuro com esmero e hoje se transforma em histórias contadas, objetos que resistem quietos em seus cantos, e imagens que teimam em falar e mostrar instantes como se presente fossem. A voz sai com serena aceitação.

– Nada mudou. Tudo do jeitinho que eles deixaram.

– Pensar que papai e mamãe viveram aqui...

Manelito acha graça, como se repassasse cenas.

– Você viveu aqui, meu filho! Nasceu ali naquele quarto! Engatinhava pela casa toda feito um bichinho. Aprendeu a andar, indo apressado das minhas mãos pras mãos de Josefa, das mãos dela pras mãos de Mariano, e de volta se jogando pras minhas mãos! Depois que andou, não parou mais sossegado. Corria atrás das galinhas, dos patos, das cabras! Subia onde era perigoso, caía, se machucava e seguia em frente como se nada tivesse acontecido. Abusado que só você!

Manelito respira fundo, toma fôlego.

– Três anos quando saiu por aquele portão lá de fora, de mãozinha dada com seus pais. Comportado e sério como nunca vi. O vazio que ficou na casa, não foi Mariano nem Josefa, foi você que deixou.

Caíque o abraça com a urgência de um amor atrasado e desmedido. Aconchega-se naquele avô materno e paterno misturado num só corpo, agora curtido em anos. Cúmplice fiel de todos os feitos e malfeitos do pai violeiro. Anjo guardião, justiceiro e destemido. Diante da cena, Inaiê se alegra emocionada, Maria lhe acaricia o rosto querendo entender o que se passa – talvez até entenda. E Manelito se deixa estar no abraço que dura, é entrega agradecida. Privilégio Inaiê testemunhar aquele reencontro. Veja bem! O moleque atrevido que, em voo rasante, lhe levou o gorro ancestral tem história, tem raízes! E que história, que raízes! Quantas vidas cativou e cativa! Salustiana, Manelito... Pais enterrados como indigentes, em cova rasa, viram exemplo de fibra, de perseverança, de amor incondicional. Que bênção o ter conhecido menino, reconhecido adolescente, para então o admirar como homem, pai de sua filha! Quantas famílias coleciona! Quantos parentescos vai reunindo sem esforço dentro dele! Impossível não se lembrar de Faruk, Gabriel, Tereza. Outras fibras, outras perseveranças, outros amores incondicionais. E ainda há Daniel, Caetana e Erasto, que, graças a ele, lhe foram dados de presente...

O sítio tem muito o que contar, talvez o dia inteiro seja pouco para tanta recordação. As coisas anseiam por serem vistas e tocadas: as xícaras, os copos que eram deles, as cadeiras onde se sentavam, o fogão onde Josefa cozinhava e a pia onde lavava a louça, o pequeno alpendre atrás da casa onde costumavam ficar de prosa nos fins de tarde, e o quarto onde dormiam. Manelito abre o armário de duas portas e tira o item principal, que é dado a Caíque de presente.

– O violão de seu pai Mariano.

Não há palavras. Dizer o que depois de tudo o que já ouviu e sabe, e diante do que sente? Responde silenciosamente com as mãos, afagando as cordas. E com os lábios, beijando a peça de arte. A madeira, a matéria e a concretude visíveis e palpáveis não bastam para convencê-lo de que está de posse do que foi a alegria e o ganha-pão de seu pai – o Bruxo, um simples porteiro de edifício em Copacabana, emprego seguro, tranquilo, com carteira assinada. Céus, como juntar dois seres humanos tão díspares num só?

O violão passa às mãos de Inaiê. Ela o recebe com desconforto, triste lembrança de quando era menina. Caíque conhece a história que a fez desistir do instrumento, tenta ajudá-la.

– Quem sabe com ele você supere a dor e a perda e volte a tocar?

Sentada na beira da cama, Inaiê se limita a fazer a afinação. Emocionada, volta ao templo onde tocava violão em duo com Eugênia, as horas seguidas de ensaio que passavam num piscar de olhos tamanha era a cumplicidade entre elas. Faz a afinação, enquanto recebe a notícia de que, desatenta ao atravessar a rua, a amiga perdera a vida por insistir em voltar à sua casa para buscar o violão que havia deixado lá. Quem mandou ficarem de conversas e brincadeiras na hora de se despedirem? Quem mandou ficarem no mundo das nuvens com suas fantasias? Quem mandou ficarem sonhando com a dupla famosa que formariam no futuro? Faz a afinação, enquanto avisa sua mãe Marta que nunca mais poria as mãos num violão para tocar, ou em qualquer outro instrumento. Apenas de sua voz faria música. Caíque conhece a história. Ao vê-la emocionada, é só carinho.

– Por favor, toca alguma coisa pra mim, vai.

Inaiê acaba de fazer a afinação, imagina a amiga ali a seu lado, sorri para Caíque como quem agradece.

– É, parece que não foi mesmo por acaso que insisti para que viéssemos a Ariel... Que essa primeira canção seja para minha amiga Eugênia e para seu pai Mariano.

Nos primeiros acordes, a beleza toma conta de tal modo, que a tristeza vai embora. Expressão de incredulidade, primeira vez que Caíque escuta Inaiê cantar com acompanhamento. Ela mesma se surpreende ao se ouvir com o apoio de outro som. Eugênia estará ali tocando a seu lado? O ar festivo volta à casa – com aquele boêmio violão não poderia ser diferente. Para Caíque, agora felicidade de menino, a cena parece irreal, o cenário, o enredo, as novas personagens acolhidas por aquele que conviveu com seus pais, que protagoniza a história desde o começo! Quando poderia conceber algo parecido? Outras canções se seguem, com Inaiê cantando algumas de sua autoria. "Cuidar" soa tão bonita! A certa altura, a apresentação é interrompida, porque Maria já está aprontando com seus próprios números e brincadeiras. E Manelito se vê à vontade para armar surpresas umas atrás das outras.

– Inaiê, me faz o favor de abrir a primeira gaveta da cômoda.

As roupinhas de Caíque que já não serviam nele e que a mãe deixou para serem doadas a quem precisasse. Ele doou? Nenhuma delas. Mesmo porque quase todas foram feitas pela própria Josefa. Os tamanhos variam de poucos meses a dois anos. Mais emoção, agradecimentos que não param.

– Eu não acredito! Amor, olha esse macacãozinho! Cabe perfeitamente na Maria, e foi seu, você usou!

Caíque chora e ri ao mesmo tempo, pelo passado que se manifesta, pelos presentes que recebe do pai e da mãe, como para compensar todas as perdas que lhe foram impostas pelo destino. Antes, sua história se resumia a um pedaço de papel dobrado em quatro. Agora, todo um universo lhe é oferecido.

– É porque você merece, meu filho. Nada nesta vida chega à toa. Nem a dor nem o prazer. Nem a perda nem o ganho. E esta casa continua sendo sua, venha quando quiser.

No dia seguinte, Caíque, Inaiê e Maria se mudam para o sítio de seu Manelito com as bênçãos de Clara e Tarcísio, que sempre apostaram que o amor de Josefa e Mariano daria bons frutos.

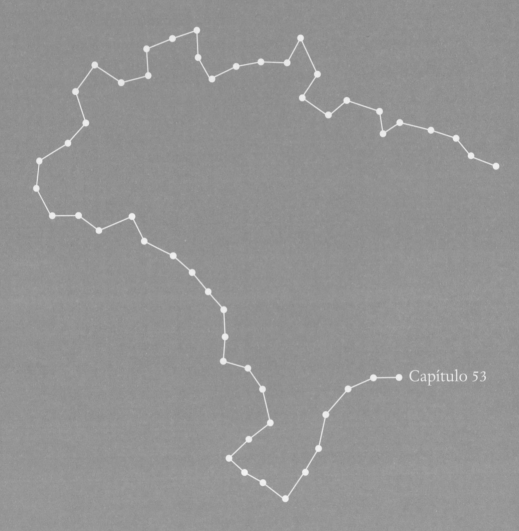

Capítulo 53

Os dias em Ariel

Passam curiosos e caseiros, o velho sítio vira ponto de encontro. Clara vai sempre visitar Inaiê e, vez ou outra, vão juntas à venda do Tarcísio comprar mantimentos, falam de suas experiências culinárias e pessoais – vidas diferentes com muitas figurinhas para trocar. Caíque aproveita ao máximo a companhia daquele que para ele já se tornou mais um avô, aprende sobre a lida com as plantas e os bichos, e ajuda numa coisa e outra. Conhece Severino, figura ímpar, rapaz tipo faz-tudo contratado também para o trabalho mais pesado de roçar e capinar – serviço feito com tanta disposição e bom humor que mais parece divertimento. Maria... Meu Deus, cadê a Maria?! Não é preciso procurar muito, está sob os cuidados de Graveto, que é presença fácil e circula absoluto por toda parte.

Assim passam os dias em Ariel, com o vilarejo já comentando que o filho de Mariano e Josefa voltou muito bem casado e com filha saudável, e que está morando no sítio de seu Manelito, casa onde nasceu e passou parte da infância. A vida dá voltas, não é mesmo? Portanto, já não é considerado forasteiro, mas nativo e, ainda por cima, com história fabulosa para exibir. É olhado e cumprimentado de outro jeito, com simpatia e até acolhimento, porque é gente de lá, que enfrentou todo tipo de revés e se deu bem no Rio de Janeiro, motivo de orgulho. O povo também fica sabendo da morte dos amantes, da tragédia que levou os dois ao mesmo tempo. Deus do céu, foram juntos na flor da idade, imagine! Desfecho mais bonito, mais comovente! Viva! Prova que nem a morte foi forte o bastante para separar os dois, prova que serão eternamente jovens, prova que o amor deles venceu!

Em dois, três dias, a falação chega aos ouvidos de Deodato. O quê?! Isso mesmo que o senhor está ouvindo. Seu neto está em Ariel, com a mulher e a filha, sua bisneta! Josefa e Mariano não vieram, não. Pelo que se conta, aqueles dois não botam mais os pés aqui. Pelo que se conta, seu neto foi se aconselhar com a velha Salustiana e é bem provável que venha lhe ver, mas não é certo de todo, porque anda feliz da vida lá no sítio de seu Manelito, que é quem ele considera avô de verdade. Mas fique amuado, não, porque, pelo que se conta, o rapaz tem boa índole e, dentro de seu coração, haverá lugar pro senhor, também. É só esperar pra ver. Dinheiro seu? De jeito nenhum, pode ficar sossegado. Ele prosperou no Rio de Janeiro, não quer nada de ninguém, pelo contrário, é mão aberta e, pelo que se conta, ele e a mulher vão levar o Zezinho, aquele enjeitado que vive com a velha Salustiana, para estudar música na cidade grande. Pode? O moleque está que ninguém aguenta, diz para todo mundo que vai ser compositor, jura com os dois dedos cruzados na boca, verdade verdadeira. E mais não lhe posso dizer porque não sei e não sou homem de inventar inexistências.

Assim, passam os dias em Ariel. Quase duas semanas e nada de Caíque se animar a ver o avô Deodato, tido como o avô para valer. Fazer o que lá? Que assunto senão notícias tristes e ressentimentos vindo à tona? Em memória de sua mãe, sabe que é dever familiar e espiritual ir conhecê-lo, mas precisa de um pouco mais de tempo e de ânimo, vai repetindo. É que ele e Inaiê já estão perfeitamente entrosados com Clara e o povo do vilarejo, fazem novos conhecidos, visitas frequentes a Salustiana e levam Zezinho para passar os dias no sítio. Desse modo, já vão estreitando o convívio com o menino, cada vez mais interessado em novos aprendizados e, principalmente, em seus primeiros passos na música. Agora, os duetos de violão e flauta, com muitas composições suas, entusiasmam a professora, que vê grandes possibilidades para apresentações futuras. O melhor é que, sempre prestativo, ele também se mostra disposto a tomar conta de Maria, os dois se entendem bem, e o apego de um pelo outro é crescente. À noite, já recolhidos em seu quarto, Caíque e Inaiê fazem o balanço das férias, que acabaram se tornando, para eles, uma nova realidade num outro mundo.

— Às vezes, me assusta essa história toda... As descobertas, a reviravolta em minha vida.

— Em nossa vida, você quer dizer. Quando poderia imaginar que voltaria a tocar violão? E assim, no susto...

Os dois se beijam e se abraçam, como que para se fortalecerem.

— Tem razão... Pensei que viríamos aqui apenas uma vez, que Ariel seria uma recordação distante, quase apagada. E agora, isso. Essa ressurreição inesperada, todo esse conflito de sentimentos.

— E ainda tem a novela de seu avô Deodato. Não vai dar para a gente adiar por muito mais tempo a ida à fazenda.

— Vai ser surreal, já estou prevendo.

— Manelito vai com a gente, não vai? Então?

— Será que adianta alguma coisa? Ele também foi com papai e mamãe, e os três foram escorraçados de lá.

— É outra situação, outro tempo.

— Estou pouco me importando, se ele não quiser me ver, paciência. Fiz a minha parte, pronto. Fim de papo.

Caíque olha pensativamente para a filha na caminha que era sua.

– Maria dormindo ali onde eu dormia, nós aqui na cama onde meus pais se deitavam...

– ... e se amavam. O que é que tem? É lindo demais.

– É estranho. Como se eles estivessem usando nossos corpos para completarem o que ficou em branco.

Inaiê lhe afaga os cabelos.

– Lá vem você com suas fantasias.

– Não são fantasias, são sensações, são fatos. Meu retrato com eles lá na Igreja de Nossa Senhora do Rosário, o violão de papai, as roupinhas que mamãe fez para mim... Como se tudo precisasse ganhar vida novamente por nossas mãos.

Silêncio demorado. Inaiê não leva o comentário adiante, olha as horas como quem desconversa.

– Sete e quinze ainda, e Manelito já foi se deitar faz tempo. Não sei como esse povo consegue dormir tão cedo.

– Você tem falado com sua mãe?

– Não. Só liguei quando chegamos. Foi bom você lembrar, vou ver se ligo para ela amanhã.

– Tenho falado sempre com o Gabriel e a Tereza. Me faz bem ver a imagem deles no celular... A barraca da praia, o apartamento, Garrincha... De repente, tudo se inverteu, e o que lá era realidade virou ficção. Ainda mais com a livraria e o apartamento do meu avô Faruk fechados...

Inaiê não sente a menor vontade de comentar, Caíque entende.

– Desculpa insistir nesse assunto...

Ela põe seu corpo sobre o dele e o cobre de beijos. O tato movido a desejo desperta o que é real... Em Ariel, no Rio de Janeiro, onde for. Amor apaixonado é presente que se perde no tempo e no espaço, e é esse perder-se desmedidamente o que dá prazer e gozo.

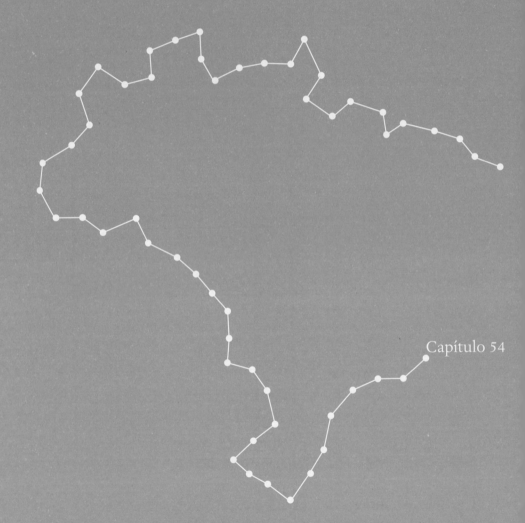

Capítulo 54

A VISITA INESPERADA

Chega bem cedo, sol recém-nascido, hora que é certeza estarem todos em casa. O carro possante intimida, para em frente ao portão. O homem que estava sentado ao lado do motorista salta e, com seu aspecto rude, caminha decidido em direção à porta de entrada. Bate palmas chamando alto.

– Manelito!

Caíque corre e, no terreno de trás, localiza o avô, avisa que tem alguém chamando por ele.

– Quer que eu vá ver quem é?

– Não, obrigado. Deixe que eu mesmo vou.

Sem pressa, o velhote vai atender ao chamado. Não se surpreende com a presença de Deodato nem se intimida diante de sua postura autoritária. Fala de igual para igual.

– Bom dia, seu Deodato. A que devo a honra?

– Bom dia, Manelito. Vim conhecer meu neto. Sei que ele está hospedado aí com você.

– Hospedado, não. Morando. A casa foi dos pais, e também é dele.

Deodato pigarreia, sente que a recepção não é das mais amistosas. Muda o tom, usa o futuro do pretérito e outros modos.

– Enfim, gostaria de falar com ele, se puder. Vim da fazenda só para isso.

– O senhor faz o favor de aguardar um instante, porque ele está à vontade com a mulher e a filha pequena. Vou lá avisar a ele.

– Está certo, eu aguardo.

Manelito previne sem dar importância, fala de maneira natural.

– Seu avô Deodato está aí fora, veio lhe ver. Mando entrar ou você vai lá falar com ele?

– O que é que o senhor acha?

– Faça o que o você quiser.

– Vou lá falar. Dependendo, mando ele entrar ou não.

– Está certo.

– Avisa Inaiê para mim? Ela está dando de mamar à Maria.

– Fica tranquilo.

Caíque sai para falar com o avô. A primeira impressão não é das melhores. Ele está olhando o celular, cara fechada, percebe a chegada do neto, guarda o aparelho, estende a mão.

– Deodato, seu avô.

Os dois se cumprimentam formais.

– Caíque.

– Me contaram que você chegou há alguns dias, que conversou com Salustiana e ficou sabendo que eu ainda estava vivo.

– É verdade.

– Não teve vontade de me conhecer?

– Não, nenhuma. Mas iria ver o senhor de qualquer modo.

Deodato engole em seco, mas gosta da franqueza do neto.

– Entendo seus motivos.

– Que bom.

– Soube também que você veio com sua mulher e sua filha. Inaiê e Maria, não é isso?

– Exato.

– Pois vim lhe dizer, pessoalmente, que gostaria de receber vocês três na fazenda. Com o Manelito, se ele também quiser ir, é claro.

– Obrigado. Agradeço.

– Seria uma maneira de tentar uma aproximação. Sei que é difícil. Não pretendo consertar nada do que fiz de errado, nem poderia. Mas tenho curiosidade de saber mais sobre você, que é meu sangue.

– Sem querer ofender, não dou muita importância para essa história de sangue. Família, para mim, é quem cuida, quem dá proteção e afeto. Sangue, às vezes, até atrapalha.

Deodato respira, testa sua paciência e se sai bem.

– Concordo em parte... Mas então? Podemos marcar?

– No dia e na hora que o senhor quiser.

– Amanhã de manhã? Nove horas?

– Combinado.

– Quem sabe vocês não almoçam por lá?

– Quem sabe.

– Quer que eu mande o carro buscar vocês?

– Não, obrigado. Alugamos o nosso em João Pessoa.

Nesse instante, ouvem o som de um violão e de uma voz feminina.

O comentário sai espontâneo e sincero.

– Que maravilha! É sua mulher?

– Sim, é ela cantando para nossa filha.

– Parabéns. Canta e toca divinamente.

– O violão era de meu pai. O Bruxo. Me emocionei quando o vô Manelito me mostrou e me deu ele de presente. Muita história.

Deodato não passa recibo, estende novamente a mão.

– Espero vocês amanhã. Recomendações a sua mulher e carinhos em Maria.

– Muito obrigado.

O aperto de mão é um pouco mais cordial.

– Ah, sim. Já estou sabendo da morte de Josefa e de Mariano. Sinto muito por sua perda e por eles terem deixado a vida tão cedo.

Caíque faz um pequeno gesto de agradecimento com a cabeça. Aguarda a partida do avô e entra. Inaiê para de cantar.

– E aí? Como foi?

– Melhor do que eu esperava. Falei o que queria, e ele respeitou. De certa forma, já sinto algum alívio.

– Assim que parei de dar de mamar, fiz questão de pegar o violão do seu pai e cantar. Vocês ouviram?

Caíque acha graça.

– Claro. Ele comentou na hora, elogiou. E ainda teve que ouvir que o violão era do papai. O Bruxo.

– Jura?

– Ouviu calado. Como eu disse, respeitou.

– Mas ele não entrou. Por quê?

– Não foi preciso. Veio pessoalmente nos convidar pra irmos conhecer a fazenda. Marcamos amanhã, às nove horas.

– Que bom. Então as coisas estão caminhando.

– Chamou vô Manelito pra ir, também.

O velhote entra nesse exato momento.

– Vão vocês. Eu prefiro ficar. Vai até ser melhor eu não ir. Fico feliz de vocês já terem tido essa prosa lá fora.

Caíque pega Maria no colo, joga a filha para o alto e torna a pegá-la. Inaiê volta para o violão e para o canto. Manelito deixa-se estar aproveitando um pouco dessa vida em família.

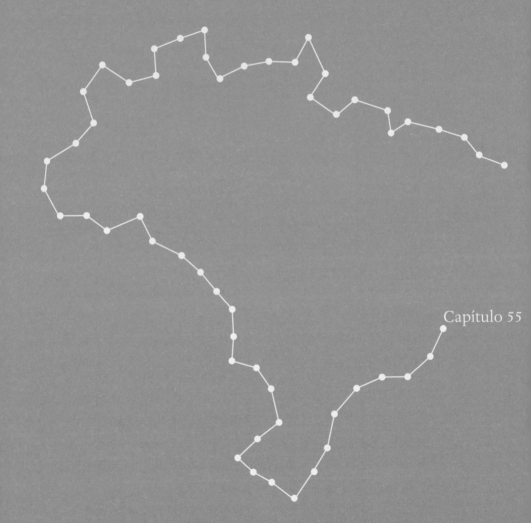

Capítulo 55

A fazenda de seu Deodato

Não tem nome porque nunca foi batizada. Só pela posse é conhecida. E ele sempre quis que fosse assim: a fazenda de seu Deodato! Que ficasse bem claro: a terra, as plantações, o gado, as construções, a sede e até dona Inocência eram só dele e de mais ninguém – o antigo criado, também sem nome, sabe disso faz tempo, mas agora sopra aos quatro ventos que a chegada de Caíque causou confusão na cabeça do dono. Mudou tudo da noite pro dia, como é que pode uma coisa dessas?! Dá dó ver o homem esconder sentimento para montar brabeza e se desdizer a torto e a direito. Primeiro, decretou que não queria ver o neto pintado na frente e que, se ele ousasse ir até lá, seria posto pra correr na hora. Depois, mudou de ideia. Ia ver o jeito, avaliar a pose, ver se ele parecia mais com a mãe ou com o vagabundo do Mariano. Tudo da boca pra fora, porque por dentro se remoía de tristeza pelo tamanho da ausência. Não é pra maldizer, mas conforme o tempo ia passando e o rapaz não aparecia, mais nervoso o homem ficava. Via desaforo se ele desdenhasse de ir até lá pro beija-mão. Ressentimento pelo que não viveu?! Besteira, passado é passado! O que interesse é como se toca o presente, como se toca o povo, como se toca o gado! Mas ele vai vir, sabe que é herdeiro, tem dinheiro envolvido, vai vir, pode apostar. Não é pra maldizer, mas aquela casa, que jamais se dispôs a hospedar pessoa de fora ou amigo, ou mesmo parente, sente falta de afeto. Sempre sentiu. A gente vê a frieza estampada nas paredes, entranhada nos móveis, exposta no chão de cimento. Desde que a menina Josefa foi embora, até o cachorro dele, também sem nome, se recusava a entrar na casa e, em poucos dias, morreu de desgosto. Dentro daquelas salas e quartos, vagueavam ele e a pobre da mulher. E, depois que dona Inocência se foi, ninguém mais pisou ali dentro. Só ele, o dono. Agora, quer ostentar poder e afeto para a família que resta. Sim, afeto, que é a ostentação nova. Quer provar pra ele mesmo que é capaz de algum respeito pelo modo de ser do outro, que pode aceitar pensamento diferente. Será milagre? Tomara.

Hoje, voltou do sítio de seu Manelito mais animado. Parece que a prosa com o neto foi de gente grande. Agiu certo ter dobrado a espinha e ter ido lá fazer convite pessoalmente, decisão que merece aplauso, não é verdade? Se bem que, pelo que se soube, o rapaz ia até ele acertar as contas de qualquer maneira. Acertar as contas não no sentido de vingança, mas de dizer poucas e boas com voz mansa, que é o que mais desconcerta quem ouve e carrega culpa no lombo. Enfim, diz o homem que amanhã será o grande dia, que vai mostrar o que é ser fazendeiro no sertão profundo, e vai mostrar o gado zebu bem cuidado e a quilométrica plantação de palma forrageira em pleno período de seca. E vai mostrar os poços subterrâneos que não deixam faltar água em suas terras e dar prova de que irrigação lá não é preciso. E vai mostrar a ordenha mecanizada, que é coisa recente, e, é claro, exibir os lucros que obtém com todo o seu talento. Desminta, se puder, se gaba ele: não é pra se ter respeito e orgulho por um avô desses? E se vier filho homem não é pra se dar o nome de Deodato em homenagem permanente a personalidade de tal porte? Pra concluir, já tem quem

O fio condutor 361

prepare o almoço que será posto na sala de jantar. Nem se lembra mais da última vez em que comeu naquela mesa. Faz as refeições na copa, onde a solidão parece menor. Mas amanhã a casa vai estar cheia e movimentada, até com bisneta! A quarta geração, imagine! Só que, de repente, o silêncio trai, e a memória acusa a falta mais que exalta a presença. Onde estarão Inocência e Josefa? Tão bom se as duas viessem também. E que se sentissem felizes com ele...

Quando o carro aponta distante levantando poeira, ele já estava aboletado no varandão, apreciando a longitude e as posses. Pensa em se levantar para receber os convidados, mas acha mais digno e prudente se manter sentado em seu posto de observação. Nada de demonstrar ansiedade. Afinal, é o avô, o dono de tudo ali. O que não sabe é que Inocência, Josefa e Mariano também estão presentes. Todos de pé. E um vento súbito o faz levantar, como se fosse por vontade própria. Sim, melhor receber a família que foi enjeitada de modo acolhedor. Melhor já demonstrar consideração.

Não é para assustar. Como criado sem nome, que deu a vida inteira nesta aridez, me tornei vento que sopra para o alto – por mérito, bom frisar. E gosto do serviço que presto aqui de cima. Como país que também fui, ganho permissão para continuar a narrar este enredo, porque circularei o tempo todo ao lado dos que dele farão parte, ventilando, enxergando os corpos por dentro e por fora, lendo as mentes dos vivos e dos mortos. Não é para assustar, repito, mas esse encontro de sangue, há séculos esperado, vai determinar os novos ares destas terras que, muito em breve, quer elas queiram ou não, deixarão de ser "a fazenda de seu Deodato".

O carro diminui a velocidade no que vai se aproximando da sede, chega ao ponto máximo onde é permitido estacionar. Para. Os ocupantes respiram fundo, criam ânimo, seja o que Deus quiser. Saltam. Todos olham para o velho que vem na direção deles em passos vagarosos. Eles também se adiantam para o cumprimento, as regras de boas maneiras devem ser respeitadas pelos dois lados. Por não dar importância às falas de praxe, me permito pular as perguntas e respostas sobre o que é mera curiosidade pelo que não sabem uns dos outros. As agruras de Caíque depois que perdeu a mãe e o pai, sua vida nas ruas, a bênção de ter conhecido o livreiro Faruk e seus pais adotivos, Tereza e Gabriel. A sorte maior por ter encontrado Inaiê, seu grande amor – como foi o amor de seus pais, faz questão de lembrar. Transparente que nem cristal, conta do roubo do gorro, do reencontro muitos anos depois e do início do romance entre os dois. Não esconde nadinha de nada, para espanto e admiração de quem o ouve com interesse e atenção de não piscar. Sim, seu Deodato, a vida tem sido generosa com ele e a família. E assim continuará a ser, arremata o avô com esforçada sinceridade.

Antes que o sol bata sem piedade, concordam em conhecer melhor a fazenda, hora de Deodato se exibir como planejou. Enquanto discursa sobre isso ou aquilo, vai trazendo memórias de quando era cabrito novo e, depois, cabra já marcado para continuar pegando no pesado, que o pai, Almerindo, era de poucas conversas e muitas ordens. Das histórias que traz, algumas dão até cisco no olho, como a de que, já aos seis anos, tinha de levantar de madrugada para ajudar os empregados na plantação da espinhosa palma forrageira. Estudo que era bom, nada. Brinquedo? Nem pensar, que brincar era coisa de frouxo. Cortou o dedo? Machucou o pé? Engole o choro e esquece o estrago que passa no ato. Foi criado para ser macho com M maiúsculo. Mas nunca desapontou o pai e, até hoje, agradece a ele por lhe ter ensinado a lidar com a Natureza, não se deixar intimidar por ela nem por nada nem por ninguém. Caíque começa a entender o que Salustiana ponderou logo naquela primeira conversa: que Mariano e Deodato não poderiam nunca crescer juntos, porque eram plantas inimigas. De trato, de poda e de rega diferentes. Assim, em conversa sem mágoas, vai nascendo algum afeto, brotando alguma afinidade aqui e ali. Mas o que surpreende mesmo os visitantes durante todo o passeio é o comportamento de Maria. Logo de início, se atira para o colo do bisavô e de lá não quer mais sair. De nada adiantam os pedidos do pai ou da mãe. Quer me dar ela agora um pouquinho? Não, que ela está bem confortável aqui comigo. Não está pesada pro senhor? Que pesada nada! Esse anjo é mais leve que passarinho. Olhe a carinha dela, veja se ela pensa em ir com vocês. O pai chama com insistência, a mãe oferece os braços, e Maria, agarrada com o mais rude dos homens. Se é impossível alguém compreender a razão desse chamego, é porque ninguém vê o que só Maria é capaz de ver: Josefa, Mariano e Inocência brincando com ela e fazendo graças ao lado de Deodato. Para o povo crescido que está do lado de cá, mais um mistério inexplicável, mais um sinal a ser interpretado, mais um aprendizado de humildade. Por que tanto amor e apego justo com o mais frio dos seres? Só para ser amamentada, Maria volta para o colo de Inaiê. Dorme em seguida, e é posta no quarto que era de Josefa. Novo susto para Caíque, outro pedaço de passado que se materializa vivo. Volta à época e ao ambiente desconhecidos. O coitado chega a tontear com o excesso de lembranças familiares. E ainda é convidado a ver o álbum de retratos, com os avós bem jovens, Josefa ainda bebê e a sede da fazenda sendo reformada.

O almoço é posto na mesa e bastante elogiado pela fartura e pelo capricho. Deodato se mostra falante, dono e senhor da situação, está contente com ele mesmo por promover esse bem-sucedido encontro de gerações. Afinal, apesar dos contrastes, gosta de Caíque e, pelo que percebe, também é bem acolhido pelo neto, por sua mulher e, principalmente, por sua filha. Só que, depois dos tantos salgados e doces, e da obrigatória aguardente para o brinde à reconciliação, Deodato começa a tropeçar no próprio entusiasmo, preocupando os vivos e os mortos ali presentes. Temendo o pior,

Inocência leva as mãos à testa. Josefa aperta os olhos, apreensiva. E Mariano conta até dez para manter a paz entre o Céu e a Terra.

– Meu neto, não sou homem de rodeios nem de meias-palavras. Quero falar a sós com você. Conversa de homem para homem.

Caíque e Inaiê apenas se olham com surpresa.

– Desculpe, Inaiê, se Inocência fosse viva, lhe faria companhia, mas você vai ter é que dar umas voltas por aí, enquanto eu me entendo com seu marido.

Caíque não gosta nem um pouco das ordens recebidas. Pensa até em exigir, no mesmo tom, a permanência da mulher. Felizmente, Inaiê lhe aperta discretamente o braço e, compreensiva, interpreta a ordem grosseira como amável sugestão.

– Obrigada, seu Deodato. Depois de almoçar tão bem, preciso mesmo dar uma volta. Vou aproveitar e ir até o quarto ver a Maria.

– Ótimo! Mulher de cabeça.

Com afetada formalidade, Caíque é conduzido ao cômodo onde fica o escritório do avô. É convidado a se sentar na cadeira em frente a uma portentosa mesa de trabalho. Do lado oposto, Deodato se acomoda em seu imperial lugar, bate vigorosamente no tampo da mesa e nos braços da cadeira.

– Foram de meu pai, Almerindo. Muitas decisões importantes ele tomou aqui nesta mesa e nesta cadeira.

No íntimo, Caíque acha graça. Impossível não se lembrar da simplicidade e da modéstia do avô Faruk abancado à sua pequena mesa de trabalho, rodeado de livros e papéis. Lá, o que impressionava os que chegavam era a sua gentileza, o seu falar pausado e educado com quem quer que fosse, o seu saber natural que não se vangloriava. Que universos tão diferentes!

– Imagino.

– Não, não imagina. O que fiz foi seguir fielmente os passos dele e, lhe afirmo com justo orgulho, fui muito além.

– Pena que minha mãe não pôde ver todo esse seu sucesso.

Deodato rebate sem culpa.

– Viu em parte. Até o dia em que tomou outro rumo com seu pai.

– Destino e coragem. Foram felizes e se amaram enquanto viveram. Quer sucesso maior?

Deodato não registra o que ouve, quer é definir e decidir logo o futuro da fazenda, fareja que a oportunidade é única. Põe as cartas na mesa, aposta alto, deixa claro que Caíque é seu único herdeiro e que deve voltar ao comando das terras que foram de seus ancestrais. É a expressão que usa: "voltar ao comando das terras". Alardeia os motivos. É jovem ainda e cheio de disposição, já formou família e é inteligente. Num piscar de olhos, aprenderá a tocar o negócio. Terá carta branca para modernizar o que quiser, reformar a sede do seu jeito, para que Maria se sinta uma verdadeira princesa em seus domínios. Será que ele não viu como ela se apegou à fazenda? Então? O que diz diante de oferta tão generosa?

– O senhor não mencionou Inaiê em nenhum momento.

– Ora, ora! Sua mulher me parece bastante esperta. Saberá avaliar as vantagens. O que é bom para você e sua filha será bom para ela.

– Inaiê tem vida própria, assim como eu. Como pretendemos que Maria tenha, quando chegar o tempo: vida própria, entende?

– O que você chama de vida própria?

– Não comentamos com o senhor, mas ela é cantora e compositora muito conhecida. Faz shows, gravações... Além do mais, ela já planejou levar conosco o José de Arimateia, que sonha em aprender música, o que seria impraticável aqui.

– E você concordou?! Dividir as atenções de sua filha ainda pequenina com um estranho? Um moleque taludo que, pelo que sei, foi largado com os irmãos por esse mundo?

– Não concordei. Decidimos juntos, como sempre fazemos. Deodato ironiza.

– Casamento moderno.

– Como deve ser. Somos jovens.

Silêncio, alguma tensão. Batendo continuamente com as pontas dos dedos, o dono da fazenda faz a mesa de tambor. Pensa em alguma proposta alternativa. Blefa como astuto jogador de pôquer.

– Já pensei em me casar, sabia? Ainda posso fazer filhos.

– Acho excelente ideia! Uma companhia feminina... E já vimos que o senhor adora crianças!

Pois é. Deodato jogou verde e colheu mais que maduro. Sentiu até alívio na resposta de Caíque. Terá que ir por outro caminho. Esforça-se pelo lado da ternura e da sinceridade.

– Mas agora que o destino me deu você de presente, tenho pressa. E egoísmo, confesso. Para que filho pequeno se tenho neto graúdo e uma bisnetinha amorosa? Será que não existe uma maneira de vocês virem para cá? Tudo isto é seu e, um dia, será de Maria.

– Seu Deodato, acontece que...

– Será que você não consegue me chamar de avô?

– Ainda não, o senhor me desculpe.

Silêncio constrangedor. Deodato fica com os olhos marejados. Inocência e Josefa se surpreendem por ele demonstrar emoção pela primeira vez diante de alguém. E diante de um homem, de um parente, o neto! As duas olham para Caíque como que pedindo algum consolo para o avô. São imediatamente atendidas.

– Quem sabe um pouco mais adiante? Nesses casos, é o coração que manda, e a cabeça obedece, entende?

– Entendo.

– Avôs, para mim, são o vô Faruk e o vô Manelito, que me viram cabrito novo, como o senhor diz. Que me acolheram, que me deram tudo, quando eu não tinha nada, entende?

Sem disfarçar a emoção, Deodato enxuga discretamente os olhos.

– Entendo, claro.

Caíque sente pena, fala com puro sentimento.

– Vamos fazer o seguinte. É certo que terei que vir mais vezes a Ariel visitar o vô Manelito, que se recusa a ir me ver no Rio.

Deodato faz que acha graça.

– Somos dois.

– Então? Toda vez que vier a Ariel visitar o povo de lá, vou vir aqui ver o senhor também, é claro.

– Quem sabe até dormir, passar uns dias?

Caíque dá ânimo.

– Isso mesmo.

– Com Inaiê e Mariazinha, não é?

– Com certeza. Sempre que eu vier, elas virão também. Aí, com o tempo, com o nosso convívio, o "vô" vai vir naturalmente.

– Acho que nossa conversa a sós termina aqui.

Deodato se levanta. Vai até Caíque, que já está de pé do outro lado da mesa esperando por ele.

– Posso ao menos ganhar um abraço?

– Claro, vô.

O afetuoso ato falho causa grande espanto em ambos. Por conta disso, incontidos, os dois se dão um forte e demorado abraço. Deodato chora copiosamente nos braços do neto. Para Inocência e Josefa, o choro também é livre. Até Mariano se emociona com a cena. A partir daí, já não se fala em heranças, comando das terras, negócios. Fala-se é das próximas vindas a Ariel, das visitas à fazenda do avô, não apenas para passarem o dia, mas para aproveitarem parte das férias. Maria vai amar, com certeza.

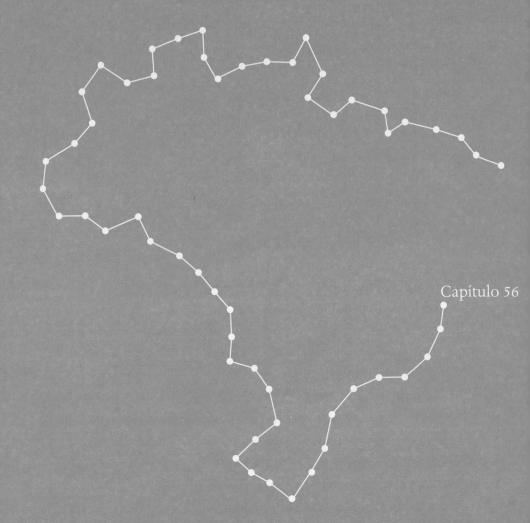

Capítulo 56

A PARTIDA

Em mim, triste reconhecer, quantos redemoinhos que adentram a terra, mas também quantos ventos que sopram para o alto. Aquele que nos contou a visita de Caíque a seu avô Deodato é vento que os vivos não veem, embora sintam as boas vibrações de seus movimentos, nas águas, nas árvores, nos rostos e nos cabelos... Foi ser humano que circulou sem nome por este mundo e que prestou bom serviço sem fazer alvoroço. Agora, em outro plano, pode levantar o pó da estrada como aviso, ou pode desarmar desafetos como bênção – trabalho essencial, como o que foi feito na fazenda. Hoje é dia de partida, de beijos e abraços de despedida. Quase toda gente do vilarejo vai ao sítio de seu Manelito para dar adeus aos que vão embora, mas prometem voltar mais cedo do que se pensa. Que belo casal, que filha mais simpática! Quem diria que aqueles amantes, tão incompreendidos, frutificariam em família tão vistosa! Benza Deus! Ariel é quase unanimidade. Surpresa nenhuma: povo é vento volúvel, muda fácil de direção. Mas emociona ver os que sempre foram amigos chegarem para mais um afago, como Clara, Tarcísio e Graveto. Como não se comover com a velha Salustiana, no alto de seus 93 anos, ir até lá para ver Zezinho entrar no carro, e ainda, surpreendida, vê-lo abaixar o vidro da janela para lhe beijar as mãos muitas e muitas vezes, agradecendo por tudo e dando a palavra que viria visitá-la logo, logo. Caíque põe ordem na emoção. Pronto? A bagagem no carro? O violão? Os presentes todos?

— Então, vem cá e me dá um abraço, vô Manelito!

— Vou ficar esperando vocês, hein? Veja se não vão demorar muito.

Inaiê e Maria também se manifestam com beijos e abraços.

— Caíque, por favor, põe a Maria na cadeirinha dela.

Inaiê vai para a direção, o marido acomoda a filha no banco de trás. Uma das mulheres do vilarejo repara e comenta em voz baixa.

— Está vendo só? Ela é quem dirige, e o marido vai ao lado.

O carro dá a partida e segue devagar debaixo de aplausos entusiasmados e acenos comovidos, até ser perdido de vista. Pelo retrovisor, Caíque fixa a atenção na imagem de seu vô Manelito, que, mesmo de longe, continua dando adeus com o chapéu.

— Difícil, viu? Muito difícil não poder estar em dois lugares ao mesmo tempo.

— Daqui a pouco, a gente volta. Da próxima vez, vai ser até mais divertido, você vai ver.

— Podemos nos programar pra passar pelo menos uns dois meses. Maricota vai amar, não é, filha?

Também no banco de trás, Zezinho vai quieto. Inaiê percebe.

— Tudo bem aí, moço?

— Tudo.

— Está calado, pensando em quê?

— Nos meus pais. Que eles foram bons me deixando com a vó Salustiana. Se eles tivessem sido egoístas e me levado com eles, eu não tinha conhecido vocês e não estava aqui andando de carro pela primeira vez.

— Está gostando?

– É engraçado ver a paisagem passar pela janela. Parece que eu estou dentro de uma casa que corre.

Inaiê acha graça. Caíque provoca.

– Quero só ver quando você entrar num avião.

– O que é que você sentiu?

– Dentro dessa sua visão, é uma casa que voa. Mas o que você vai ver lá de cima, eu não vou contar.

Zezinho faz cara gaiata, volta a prestar atenção nas paisagens lá fora. Chegam ao pontilhão. Ele se manifesta, aproveita para dar adeus a Ariel, ao Água Rasa, aos mulungus.

– Até a volta, meus amigos!

Caíque e Inaiê se sentem realizados com o promissor aumento da família, olham para Zezinho e para Maria, que vai aninhada em sua cadeirinha. Em Ariel, o povo já voltou para a rotina, mas ainda alardeia a beleza que foi a despedida para Caíque, nascido ali, no mesmo chão que eles. Seu Manelito também reduz o trabalho, fica de prosa com Severino comentando que aquelas férias foram boas demais, só que passaram muito rápido. E já fazendo planos para quando eles voltarem.

– Prometeram que vão ficar pelo menos dois meses.

Severino, apoiado na enxada, gosta do que ouve.

– Aí, sim. Aí, tá certo.

Enquanto isso, a fazenda de seu Deodato é só saudade. Que sentimento desconhecido é esse? Por que machuca por dentro? Por que nunca sentiu essa dor chata quando perdeu o pai e a mãe, quando expulsou a filha Josefa ou quando Inocência se foi? Por que as ausências sempre foram naturais para ele e, agora, essas três figuras, que passaram feito raio em tempestade, deixam um vazio sem tamanho? Por que, com tanto serviço para ordenar em seus domínios, fica ali naquele varandão pensando no neto? Por que não para de ter esperança em ver o herdeiro comandando as terras? Vê

Caíque bem nítido, usando gibão de bom couro e montado num belo cavalo, dados por ele, Deodato, é claro! Vê Maria crescendo, brincando e alegrando os seus dias. Vê Inaiê cantando e compondo só para a família, isso sim. Talvez, até o infeliz do Zezinho pudesse vir de contrapeso, se fosse felicitar o neto. Prometeram que vão voltar, prometeram que vão passar uma boa temporada. Dá pra acreditar, pra levar fé, porque, no fim, até de avô foi chamado – o vento é testemunha. E essa saudade vai parar de doer. É só ter paciência, que a família vai se reunir novamente ali à sua volta.

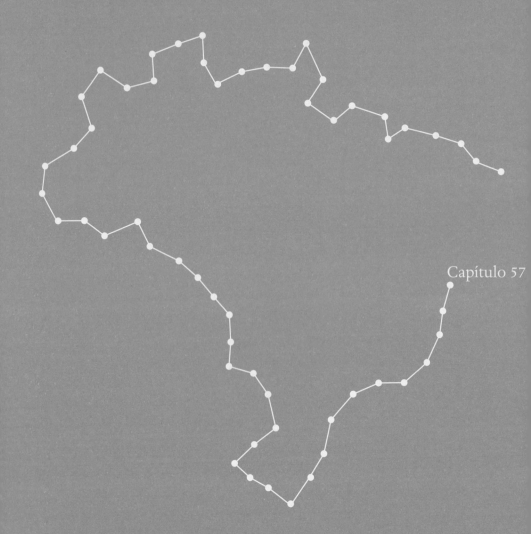

Capítulo 57

Pelo que se vê

Tudo se entrelaça – até o que nos separa e afasta. Tudo se multiplica em novas conexões – até o que nos divide. Ariel e Rio de Janeiro: dois mundos tão distantes e tão próximos, tão contrastantes e tão parecidos, como o violeiro e o porteiro de edifício, como as várias fases de nossas vidas, que vamos vencendo e passando para a seguinte como se fosse um desses jogos eletrônicos. Desafio igual para países e pessoas, porque somos um só corpo. Nele, tudo entrelaçado, tudo sempre multiplicado em novas conexões, insisto. Quantas relações, quantas coisas, quantos lugares vão sendo deixados para trás para darem espaço ao novo que nos é trazido pelo tempo e por nossa própria vontade? Pense em você, pense por onde anda agora e por onde já andou, pense por onde, nem faz ideia, ainda andará. Pense em quem você já foi desde que se entende por gente, em quem conheceu, pense nas suas transformações e nas de todos os seres que pavimentaram ou fizeram parte do seu caminho. Caíque já não precisa se preocupar com sua Ponte de Lebab nem com convencer o povo a fazer as conexões certas para ter voz, porque elas se vão fazendo espontaneamente, para o bem ou para o mal – e não há poder na Terra que consiga direcionar o fluxo contínuo dessas ligações carnais e espirituais, das atrações e das repulsas, individuais ou coletivas, que acontecem em função da busca ancestral, consciente ou não, de uma razão para o existir. Como somos todos um só corpo, em nossos momentos de revolta, desânimo ou fraqueza – e eles fatalmente vêm –, nos perguntamos se haverá o Algo Maior que nos ampare, oriente e dê sentido.

– Prefiro então quando tem turbulência.

Zezinho se entusiasmou com a experiência de viajar de avião. Em parte, diga-se. A decolagem, a subida radical, a cidade se distanciando, as manobras gradativas para determinar a rota, e só. O céu azul e o bom tempo o entediaram sobremaneira. É que a casa que voa parecia estar parada sem sair do lugar. Acabou dormindo. Mas acordou feliz da vida com o mau tempo quando o voo se aproximava do Rio de Janeiro. Agora, sim, a casa tinha voltado a bater asas. Balanço bom, quanto mais, melhor. Oba! E vamos nós! Olha só como a Maria também gosta! É turbulência que se chama? Prefiro então quando tem turbulência. Assim, graças a esse inusitado ponto de vista, Caíque e Inaiê enfrentaram com menos nervosismo o susto na chegada. Quando o avião pousou, todos os passageiros aplaudiram. Zezinho e Maria também bateram palmas. Não por alívio de estarem sãos e salvos, mas pelo divertimento que o piloto lhes tinha proporcionado.

Assim seguem nossas vidas, visões diferentes que nos conduzem a um destino comum: o não saber. Sempre bom frisar que Caíque foi para as férias com umas poucas memórias caseiras, que terão começado fragmentadas aos quatro anos e só duraram até os sete. Volta com lembranças ancestrais, com história familiar que impressiona, com presentes do pai e da mãe e com herança a receber, se quiser. Toda essa epopeia, com personagens vivas, em apenas um mês. Volta mais maduro do que foi, mais compreensivo, mais seguro, e a relação com Inaiê se fortalece na medida em que a viagem também trouxe mudanças significativas para ela, como a vinda de Zezinho e o que essa parceria poderá representar para a carreira de ambos. Ainda mais agora, que ela pretende surpreender seu público ao adicionar o violão ao canto. Damião vibra com a ideia, inclusive com a de ela arriscar um duo com o menino – é que confia na percepção e no faro da antiga companheira. Ficam de se falar com calma para planejar a produção de um futuro show com essas novidades. Mas antes já há dois convites à espera de resposta. Tudo no seu devido tempo. Depois, que venham as fases seguintes.

Embora, pela música, Zezinho tenha sido descoberta de Inaiê, sua conexão com Caíque também se faz forte. Isso por causa da velha livraria, que desperta nele o mesmo fascínio que exerceu sobre aquele moleque de rua, bicho que vivia sem rumo, ao deus-dará. Antes de levantar a pesada porta de ferro, o novo dono revive na memória seu aniversário de nove anos, quando pôs os pés ali pela primeira vez e foi apresentado a uma amizade verdadeira, que tinha pele morena, cabelos grisalhos e forte sotaque árabe.

– Agora, você vai conhecer um outro mundo, onde vivem a paz e o conhecimento. Aqui estão as histórias mais fantásticas, algumas até assustadoras.

Zezinho arregala os olhos. Caíque continua em tom de mistério.

– Muito cuidado ao entrar nessa casa, porque dona Mágica também mora aí dentro. E ela sempre aparece quando você menos espera.

O forte barulho da porta sendo vigorosamente levantada causa diferentes impressões. Em Zezinho, de curiosidade e alguma apreensão. Em Caíque, a de que seu avô Faruk está ali à sua espera.

– Nesta livraria, com a sua idade, tive a sorte de conhecer alguém muito especial que me ajudou e ensinou tanto, que foi capaz de mudar a minha vida.

Zezinho não diz nada. Apenas vai andando por entre as bancadas e as gôndolas, afaga um livro e outro, olha as estantes como se procurasse a dona Mágica. Caíque o acompanha com olhar paternal.

– Gosta?

– Muito.

Sempre caminhando, Zezinho começa a se aproximar da estante dos dicionários e dos manuais de aprendizado de línguas estrangeiras, só que sua atenção se volta para a bancada em frente, que é onde se encontram os livros de música, pautas e partituras. Com alguma dificuldade, lê numa capa: *A música através dos tempos*. Olha para Caíque e sorri. Abre o livro, e o outro que está ao lado, e depois, como que por instinto, chega às partituras, abre e descobre aqueles símbolos que Inaiê mostrou a ele em casa. Volta a olhar para Caíque, agora com alegria incontida.

– É a música! A língua que você não fala e eu vou aprender!

– Isso mesmo. Você vai encontrar aí muita coisa bonita pros seus estudos. Quando precisar, pode pegar o que quiser, é só me avisar.

Caíque se dirige à mesa de Faruk. Está exatamente como no dia em que ele faleceu e a livraria foi fechada. O computador, as pastas, as canecas com lápis e canetas, uma pilha de livros à espera de serem catalogados, está tudo ali. A cadeira também está. É nela que o novo dono, por direito, deverá se sentar. Mas ele vê o avô abancado confortavelmente em seu habitual lugar, sorrindo.

– Vô, desculpa, mas já estou muito grande para sentar no seu colo.

Faruk se diverte com o comentário. Num gesto largo e franco, convida o neto a tomar assento. Caíque se acomoda. De início, com timidez. Depois, com confiança e gratidão. Zezinho acompanha toda a cena. Não estranhou, mas achou aquela fala engraçada,

– Era o lugar de seu avô?

O fio condutor   379

Enfático, Caíque bate com as duas mãos no tampo da mesa e nos braços da cadeira.

– Sim, era o lugar dele. Muitas decisões importantes foram tomadas aqui, com ele sentado nesta cadeira onde eu estou agora.

Impossível não associar à imagem de Deodato, em gesto igual, se referindo à mesa e à cadeira de seu pai, Almerindo. Pois é. Ariel e Rio de Janeiro: dois mundos tão distantes e tão próximos. Onde acaba aquele e começa este? Um só corpo, e Zezinho está ali como prova da abençoada conexão.

– Gostaria de ter conhecido o Faruk.

– Vai conhecer, pelas histórias que eu vou te contar aos poucos.

A conversa continua fácil, rotinas que se estabelecem.

– Melhor você começar seus estudos no início do ano que vem, mas não pensa que vai ficar desocupado.

– Como é que a gente vai fazer?

– Uns dias, pela manhã, você vai ajudar aqui na livraria. Noutros, vai ficar lá na barraca com o Gabriel. Você não disse que gostou dele?

– Gostei mesmo. Ele é bem legal. E ainda tem o Garrincha, que lembra o jeito do Graveto.

– Então? Vai ser uma experiência ótima, igual à que eu tive quando era moleque que nem você. Trabalho ao ar livre, a praia, o mar...

– E a areia. Bom demais pisar nela descalço, porque não tem pedrinha machucando o pé. O mar é que me meteu medo, e a água salgada parece que gruda no corpo. Prefiro o banho no Água Rasa.

– Na parte da tarde, conforme a gente já combinou, você vai ficar por conta dos estudos de música com a Inaiê. Depois, vamos ver como vai ser possível conciliar seu aprendizado de flauta, sua formação profissional e seus estudos no colégio. Com disciplina, vai ter tempo para tudo, até para brincar.

Zezinho abraça Caíque, como Caíque abraçava Faruk. Aperto de afeto, aperto de agradecimento. Risos.

– Calma, que assim você me sufoca.

Por fim, sobem para o Café Balbeque. Zezinho vai de dois em dois degraus, entusiasmo que contagia. Caíque sente a presença do avô, volta a falar com ele. Diz que ali pretende organizar cursos, palestras e lançamentos de livros. Mais que nunca a cultura precisa resistir a um tempo de espíritos armados e intolerantes. Servir de trincheira até que a confraternidade prevaleça em mim. Fala com a convicção de país continental que também é. Fala com todos os rios, montanhas e mares que há dentro dele. Como que avalizando esses sonhos, Zezinho se apressa, toma a iniciativa de escancarar as três portas que dão para as sacadas do velho sobrado e para a vida lá fora. O sol lhe bate no rosto, no corpo, no assoalho do café. Faruk e Caíque veem um novo país que renascerá bonito.

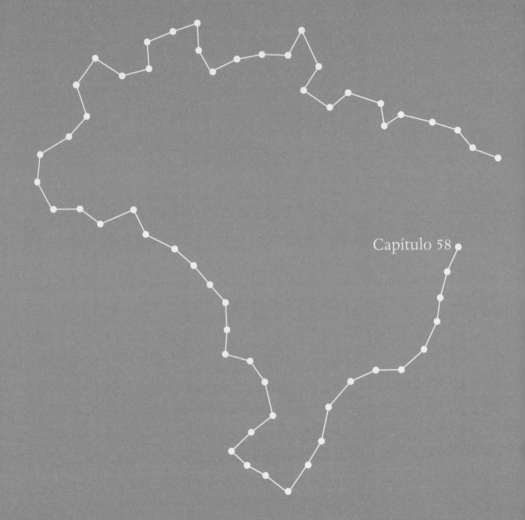

Capítulo 58

O ANIVERSÁRIO DE MARIA E ERASTO

Uma só festa, dois aniversariantes. Duas famílias, e outras das mais diversas naturezas, celebrando a vida. É que, por sugestão de Inaiê, a criançada se reúne e se esbalda na casa de Olaria. Não há quem, da vizinhança, não tenha sido convidado. Giuseppe, avô de Erasto, é o único que estranha o lugar. Olaria?! Por que Olaria?! De Ipanema até lá é uma viagem! Precisa passaporte, visto de entrada? Caetana não leva a sério as rabugices do pai, lhe dá um baita passa-fora, e ele logo sossega. O curioso é que, no ambiente festivo, os elevados decibéis do alarido infantil não o incomodam. Ao contrário, ele é o que mais se diverte, vá entender. Entretanto, lhe digo que, se você tivesse acesso aos sofreres da educação que o pobre recebeu mesmo em berço privilegiado, de suas frustrações de menino, conseguiria boas pistas sobre essas contradições da fase adulta, e que acabaram se acentuando com a idade. Eu teria muito o que contar sobre as reviravoltas na trajetória de Giuseppe e de seus antepassados, como contei sobre as de Gregória, que veio do Chile com os pais aos sete anos de idade – súbito, o coletivo interfere dramaticamente no individual, algo acontece fora de suas quatro paredes e lhe vira a vida de cabeça para baixo, lembra?

Portanto, se apresento essas digressões, é porque só elas, se aprofundadas, ajudariam a compreender comportamentos, a facilitar diálogos e a construir pontes, como diria Caíque. Assim por alto, como faço, servem apenas para lhe dar uma leve ideia da complexidade de cada ser humano, por mais tosco que pareça. Portanto, antes que cantem os parabéns e soprem as velas do bolo, pense nas histórias dos tantos convidados presentes, e dos pais e das mães e dos parentes que estão ali como responsáveis por aquelas vidas que se iniciam. Histórias que, mesmo banais, mereceriam ser contadas, com todas as suas conexões, com todos os seus erros e acertos, os lados luminosos e sombrios. Pena que, por serem de vidas anônimas, só vão sendo escritas no Grande Livro, e a este ninguém tem acesso.

Terminada a festa, de volta à casa e já recolhidos na cama, Caíque e Inaiê comentam sobre o que viram ou souberam. E mais.

— Obrigado por ter organizado um aniversário tão lindo para a nossa Maria e o Erasto.

Ao agradecimento, segue um beijo demorado, que é correspondido. A conversa continua com os dois aninhados.

— A Caetana também ajudou bastante, foi incansável. Graças a Deus, saiu tudo certo, tanto da parte dela quanto da minha.

— Foi ótima ideia fazer os dois aniversários juntos.

— As famílias das crianças da creche ficaram felizes de serem convidadas. Foram quase todas.

— E ainda faltou gente importante.

— Faltou?! Quem?!

O tom da voz é saudoso.

— Vô Manelito, Clara, Tarcísio, Salustiana... Pensei até no meu avô Deodato, acredita? Imagina como ele ia se sentir orgulhoso no aniversário da bisneta.

— Por que você não liga pra ele e conta do aniversário? É um bom pretexto. Você tem o número do celular.

– Melhor não. Ele é que ficou de me ligar. Vamos deixar as coisas seguirem naturalmente. Eu queria mesmo era falar com vô Manelito, mas ele cisma de não ter telefone, fazer o quê?

– Às vezes, penso que Ariel resolveu antigas carências suas, mas trouxe novos conflitos pra você.

– Por exemplo.

– Faz duas semanas que chegamos de lá, e você já me falou pelo menos umas quatro vezes em voltar.

– Mas foi o combinado, não foi?

– Foi, mas não tão cedo.

Os dois se desabraçam naturalmente.

– Isso te incomoda?

– Claro que não. Só fico preocupada com você, com essa divisão que eu sinto que não te faz bem.

Caíque respira fundo como quem reconhece a divisão.

– É. Você foi no ponto. Mas não tem jeito. Agora, vai ser assim. A vida não dá nada de graça, não é? Tudo bem. Pago o preço na boa. Prefiro ser quem eu sou hoje, depois de ter ido a Ariel e ter vivido tudo o que vivemos lá. Um mês foi uma vida inteira.

Inaiê o traz de volta para si, o acaricia e beija.

– Pode contar comigo sempre, viu? Se quiser voltar amanhã, a gente volta. Quero é ver você feliz.

– Quero é ver nós dois felizes.

Terminada a festa, de volta à casa e já recolhidos na cama, Daniel e Caetana comentam sobre o que viram ou souberam. E mais.

– Você viu seu pai? Reclamou tanto de ter que ir para Olaria e chegando lá parecia uma criança.

– Nunca vi ele assim. Nunca.

– O que ele brincou com o Erasto. Não se cansava, impressionante.

– E com as outras crianças também. Inventou jogos, fez números de mágica... Trabalhou mais que os animadores da festa.

Os dois se riem.

– O mais engraçado era a cara de espanto da sua mãe.

– Chegou para mim e disse: "Não casei com esse homem. Estamos há 32 anos juntos e não o reconheço". E eu vi que ela estava muito mais feliz e orgulhosa do que surpresa.

– Tenho grande admiração por dona Gregória, pela história dela.

– Também tenho. E sempre penso no que ela diz para justificar uma atitude ou o temperamento de alguém: "Histórias familiares vêm impressas em nosso corpo".

– É, ela me disse essa frase quando comentei a dor que ainda sinto por ter perdido minha irmã aos nove anos. Quanta verdade... É isso mesmo: "Histórias familiares vêm impressas em nosso corpo".

Terminada a festa, de volta à casa e já recolhidos na cama, Tereza e Gabriel comentam sobre o que viram ou souberam. E mais.

– Parece que foi ontem que eu vi aquele moleque correndo, largando tudo pela areia para se atirar no mar... E até hoje me pergunto que força me fez correr e nadar atrás dele...

– Sei lá. Sorte, talvez. Não sou muito ligada nisso, mas vocês dois estavam destinados a esse encontro.

– Nós três estávamos destinados.

– Que nada. Eu entrei foi de carona nessa tua onda.

– Sua boba. Foi você que insistiu pra adotar ele.

– Bem depois, quando ele já tinha mostrado quem era.

– ... que você não dá ponto sem nó, completa aí.

Ela acha graça.

– Isso mesmo.

– Desde o dia que botei os olhos nele, só me deu orgulho e alegria.

– E virou o filho que eu não pude te dar.

– Nosso filho.

Tereza se emociona.

– Nosso, sim! Lá na festa, fui a primeira pra quem ele passou a Maria pro colo depois dos parabéns. Fiquei tão feliz, me achei tão importante... Maria... Minha neta... Nossa neta!

Terminada a festa, de volta à casa e já recolhidos na cama, Marta e Vitorino comentam sobre o que viram ou souberam. E mais.

– Me sinto mal só em pensar, mas se Benedito fosse vivo ia ser tudo tão diferente.

– Talvez, não. Só Deus pode saber.

– Deus que me perdoe, Vitorino, mas ia ser diferente, sim. Primeiro, eu não estaria com você e, portanto, é quase certo que não teria feito as pazes com a Ester. Foi você que insistiu para eu ir procurar ela, lembra? Segundo, a casa da velha Firmina teria tido outro destino. Não haveria creche nem esse projeto lindo que recebe aquelas crianças. Assim, é certo que não teria tido esse aniversário... Talvez ele e eu nem conhecêssemos a Maria...

– Pois é, mas, felizmente, nada disso aconteceu, e o Benedito, onde estiver, estará em paz por ver que você e Inaiê se reconciliaram, e estão aí, cada vez mais amigas.

– Tudo dando tão certo entre nós, que até me assusta. Lembra da história que eu te contei de quando ela parou de tocar violão por causa da morte da amiga Eugênia?

– Sim, lembro muito bem. Por quê?

– Ela voltou a tocar, Vitorino! Foi lá em Ariel, uma história que tem a ver com o pai do Caíque.

– Esse rapaz tem mesmo estrela, é inegável.

– E quer saber do que mais? A primeira apresentação dela com o violão vai ser lá na nossa igreja, vai apresentar as músicas que ela cantava em duo com Eugênia.

– Você merece, Marta.

– Bendita hora em que Deus pôs você no meu caminho.

– Bendita hora em que nos conhecemos e nossos destinos se encontraram, minha querida.

Terminada a festa, de volta à casa e já recolhidos na cama, Gregória e Giuseppe comentam sobre o que viram ou souberam. E mais.

– É por isso que eu sempre digo a você: o fato de nós termos tido infâncias muito tristes, mesmo que por motivos tão diferentes, não impede que a gente transmita alegria aos outros. Ninguém tem culpa pelo que passamos e sofremos.

– Você está certa, minha mulher. Não foi por acaso que você me salvou daquele acidente de moto. Eu já era um revoltado... Você é que sempre vê o melhor de mim.

– Deixe de bobagem. Tudo o que eu quero é que a gente viva bem e em paz com quem está do nosso lado. Quando quer, você sabe ser engraçado e divertido. Por que tanta ranhetice por coisas tão pequenas? E tantos preconceitos ainda...

– Pode deixar que eu vou tentar melhorar. Pelo Erasto, que é o neto mais esperto e inteligente do mundo!

– O Erasto ainda não tem de aguentar o seu mau humor. Tente melhorar por mim, que aturo você o dia inteiro, pela sua filha Caetana e pelo seu genro Daniel, que sempre tem uma paciência de santo com os seus maus bofes.

O fio condutor   389

Terminada a festa, de volta à casa e já recolhido na cama, Damião pensa sobre o que viu ou soube. E mais.

"Inaiê, linda! Tenho de reconhecer que está sendo bem tratada. O moleque deu sorte levando o gorro e encontrando ela depois na praia. Culpa minha, que cismei de levar ela pra passear por ali. A vida não é fácil de entender. Eu que sempre dei força para ela, desde os tempos do supermercado, fiz a carreira dela, fui chutado para escanteio. Pode isso? Tudo bem, vida que segue. Quando voltou de Ariel, toda animada, prometeu que só ia se apresentar com violão num show que eu produzisse. Agora, lá na festa, não sei a razão, mudou de ideia. Vai estrear com a novidade na igreja do padrasto. De graça, ainda por cima. Difícil segurar, viu."

Terminada a festa, de volta à casa e já recolhido na cama, Téo pensa sobre o que viu ou soube. E mais.

"Caraca, dar real que conheci Caíque na escola. Depois vaza, some no mundo. De repente, aparece, cheio de ideia, tirando onda, sabendo a fala dos gringos. Claro, avô livreiro, dando duro nele, marcação em cima. Bom demais quando a gente vê parceiro se dar bem, argola no dedo, mulher de responsa com filha e tudo. Maior admiração. Aniversário de respeito, criançada bonita aprontando numa boa. Me deu nó na garganta quando ele falou que foi em Ariel só pra passear e tomou visão da história do pai e da mãe. Romance radical, papo de maluco, caraca. Amo demais quando ele chega com o discurso da tal Ponte de Lebab, nome maneiro, e ele é que inventou. Só não levo muita fé nesse lance de mundo mais irmão. Parada aqui embaixo é punk. Quer saber? Melhor virar pro canto e dormir, que amanhã tem muita rua pra encarar cedo."

Terminada a festa, de volta à casa e já recolhido na cama, Zezinho pensa sobre o que viu ou soube. E mais.

"Vó Salustiana, parece sonho, sabe? Continuo com a cabeça lá na festa. Nunca vi tanta criança junta brincando. Criança de tudo que é idade. Fiz até uns amigos. Muita comida, muito doce, vi palhaço de verdade pela primeira vez. Nossa, foi muito legal. Falo com a senhora, porque sei que a senhora me ouve, aposto. Sinto saudade daí, mas sem tristeza, porque aqui é bom demais. E a senhora fica feliz porque eu estou feliz, não é? Acredita que hoje, aniversário da Maria, eu também ganhei presente? Uma flauta linda, que é pra eu tocar numa escola de música. Foi a Inaiê e o Caíque que me deram. Vou tirar ela da caixa pra senhora ver. Olhe só como é bonita. Esta noite, vou dormir com ela do meu lado. Boa noite, vó. Vou apagar a luz, porque amanhã tenho que acordar cedo pra ajudar na barraca do Gabriel, lá na praia. Fique com Deus. Um beijo!"

Embora insuficientes, esses pedaços de conversas e pensamentos servem de amostra para o que se passa na cabeça e no coração de cada uma dessas pessoas, quando na intimidade de seus quartos, de suas camas... Mesmo que, neste enredo específico, algumas se deem a conhecer apenas como coadjuvantes ou simples figurantes, todas me são essenciais, porque igualmente protagonistas, se inseridas no contexto de suas intrincadas tramas particulares. Agora que a festa acabou, imagine o que há por trás das vidas de Gabriel e Tereza, de Marta e Vitorino, de Damião, Téo e Zezinho, e que deveria ser conhecido, mas que aqui é posto de lado, porque o fio condutor, o Algo Maior, assim determina. Mistério: o que se perde ou o que se ganha com essa lei cósmica que nos rege, países e pessoas? O que convém mostrar e o que convém esconder em cada narrativa, inclusive na sua? Admita que, como se diz com frequência, você já desejou ter sido uma mosca só para saber o que se passava na casa de algum parente, amigo ou conhecido, em determinada situação que não lhe dizia respeito. Que conversa os redefiniria? Que atitude os revelaria por algum ângulo inimaginável? Que fala conduziria o relacionamento a outro caminho, a outro desfecho? Por fim, detenha-se em suas próprias experiências, que certamente renderiam um bom romance, com expectativas, conquistas, decepções, as conhecidas dúvidas e os medos que sempre causam suspense e despertam interesse pelo livro. As muitas personagens, é claro, teriam a relevância que o fio condutor da sua história, o Algo Maior, lhes conferisse: mistério.

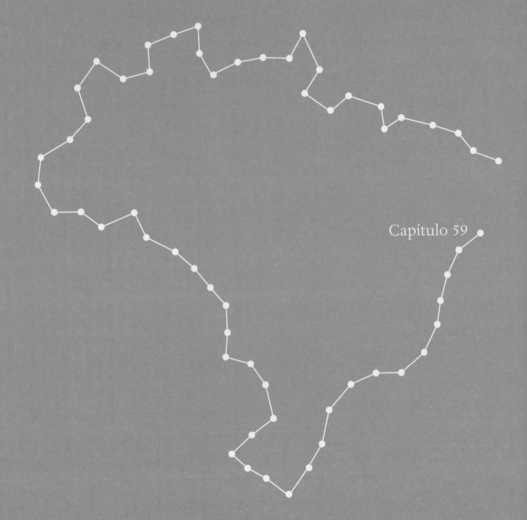

Capítulo 59

Setembro e outubro voam

Tantas as atividades realizadas e aprendizados obtidos. Caíque enche-se de brios, entra para uma autoescola e, finalmente, tira a carteira de habilitação. Agora, pode se revezar com Inaiê sempre que é preciso usar o carro, como, por exemplo, para levar Zezinho às aulas de música. Vale dizer que o nosso artista se tem dedicado aos estudos com afinco, tanto na teoria quanto na técnica. Assim, vai conseguindo avanços surpreendentes, até mesmo na qualidade de suas composições – no conservatório, os professores já começam a comentar e a reconhecer o seu talento. Enquanto isso, o projeto de promover palestras e cursos no Café Balbeque não poderia ter dado mais certo. Caíque levou os planos a Daniel, que comprou a ideia no ato. Agora, além das aulas na universidade, ele se dedica a organizar e a produzir esses eventos, que vêm despertando grande interesse pela variedade dos assuntos tratados por historiadores, sociólogos, filósofos, políticos, religiosos e artistas convidados. O sucesso da primeira palestra, proferida pelo próprio Daniel, funcionou como excelente boca a boca, ajudando para a divulgação do espaço. O tema foi mais que oportuno: "Democracia e estado de direito em tempos de crise". Quanto à Inaiê, às voltas com a agenda cheia, confirma os dois próximos shows, um no Rio de Janeiro e outro em São Paulo. E ainda encontra tempo para, em aulas particulares, acompanhar Zezinho nos estudos. A apresentação na igreja do pastor Vitorino foi comovente, os dois estavam em total sintonia. De corpo e alma, nas palavras de Marta. Mesmo a contragosto, Damião foi lá conferir e acabou concordando com o acerto de terem estreado daquela maneira mais informal. Continua apostando que, no futuro, com essas novidades, a estreia para o público pagante dará excelente retorno.

Em fins de outubro, novos ventos chegam prometendo mudanças. Ventos que sopram para o alto obrigando a tomada de decisões. Impossível parar o tempo, apegar-se ao que passou. Caíque é apanhado de surpresa quando Jurema, que trabalhava como diarista para Faruk, avisa que vai se mudar para Salvador, onde estão a filha, o genro e os netos. Com o dinheiro que o antigo patrão lhe deixou, mais a aposentadoria, poderá ter vida tranquila ao lado dos seus. E não é só isso: dói demais entrar no apartamento sempre vazio, arrumar o que já não faz sentido arrumar, porque não há mais vida nem futuro ali dentro. A partida de Jurema é perfeitamente compreensível. Desde a morte do avô, Caíque se recusa a mexer no que era dele. A livraria é uma coisa. O apartamento é outra bem diferente. A livraria é o trabalho que continua e estimula. O apartamento é a intimidade sagrada.

– Entendo, Caíque querido, sei que é muito difícil. Não tiro sua razão. Mas se você quer um conselho, com toda a gratidão e respeito que eu tenho pela memória de seu Faruk, abre esses armários, essas gavetas, faz doações e joga fora o que não interessa mais. Vende ou doa esses móveis, pega uma coisa ou outra como lembrança. Vende ou aluga o apartamento... Deixa o novo entrar por aquela porta. Vai fazer bem à alma dele, acredita.

Caíque busca o abraço de Jurema, lhe dá razão. Acaba reconhecendo que não dá mais para protelar o futuro do que está ali sob sua responsabilidade, só precisa de uns dias para conversar com Inaiê, pedir uma orientação a Gabriel e Tereza. Tem certeza de que, juntos, encontrarão a melhor maneira como fazer.

– Claro. Ainda vou ficar umas duas semanas aqui no Rio e posso vir para ajudar no que você quiser.

– Vai sobrar muita coisa: roupa de cama e mesa, louças, grande parte da mobília. Por que você não leva com você? Inaiê e eu pagamos o transporte até Salvador.

– Obrigada, meu filho, mas prefiro ir bem leve para essa nova vida. Minha filha e meu genro já decidiram que eu vou morar com eles e prometeram me dar um cantinho bem confortável pra eu me instalar. Quer felicidade maior? Tem muita gente precisando, muito lugar que recebe doação. Você vai saber direitinho o que fazer. Sua boa estrela vai iluminar.

E iluminou mesmo. Em conversa rápida e relativamente fácil com os pais, a proposta de Caíque é aceita. Ele e Inaiê estão muito bem instalados com Maria e Zezinho, cada criança com o seu quarto, espaço de sobra. Como a venda do apartamento está fora de cogitação, o que pode ser feito é Gabriel e Tereza se mudarem para lá, onde terão muito mais conforto, e alugarem o deles. Que tal? Tereza tem dúvidas. É apegada ao imóvel que foi comprado com muito sacrifício e carinho, está acostumada com o bairro da Glória, o supermercado onde faz as compras, a feira perto... Caíque torce para ela aceitar.

– Mãe, mas o Catete é pertinho, a Ferreira Viana é uma boa rua, o apartamento é de fundos, silencioso porque dá para os jardins do Museu da República. Pensa bem.

No final das contas, tudo se acerta. O que valeu mesmo na decisão de Tereza e Gabriel, mais que os argumentos, foi o pedido quase choroso de Caíque, a alegria que demonstrou pelos pais se mudarem para o apartamento que era do avô e que agora passará a ser deles – é assim que vejo, e é assim que será.

Mas esse arremate de outubro é ventania que não para. Outras rajadas chegam súbitas, contínuas e ainda mais fortes, desta vez trazendo mudanças profundas, inadiáveis. Mudanças que, a meu ver, serão sinais de um novo tempo, espero. É aquela velha máxima: chegada a hora, não adianta trancar a porta, dar duas voltas com a chave, passar ferrolho. Para o bem ou para o mal, algo acontece fora de suas quatro paredes e vira sua vida de cabeça para baixo. Inútil fechar os olhos, impossível ignorar o fato. Domingo, 30 de outubro, já noite. A notícia é dada pelo celular de Deodato, mas a voz do outro lado não é dele.

– Seu Caíque, boa noite, aqui é o Heleno, administrador.

– Boa noite, Heleno, o que é que aconteceu?

– Sinto muito, seu avô acaba de falecer.

Morte bastante simbólica, digo eu. Deodato sofreu violenta queda enquanto montava a cavalo percorrendo suas terras, justo no dia em que se sentia especialmente orgulhoso de si mesmo. Na montaria, repassava seu histórico de administrador e empreendedor arrojado. Com saúde de touro premiado, certamente reinaria por muitos anos naquela fazenda. Sua fazenda, era bom frisar. O neto que tivesse paciência, jovem demais, poderia esperar o tempo que fosse pelo que seria seu um dia. Isso, quando ele, Deodato, morresse. Se ele morresse – repetia como se quisesse se convencer.

– Ainda tinha esperança de que o senhor ia chegar aqui com ele vivo. Mas a queda foi feia, e o cavalo no susto pisou nele. Muito triste.

– Meu Deus. Onde é que ele está?

– Eu e mais três conseguimos trazer ele pra sede. Botamos ele na cama, mas ele não segurou resistir até a chegada do socorro. Seu Manelito ainda conseguiu conversar com ele, foi a nossa sorte.

O fio condutor   397

– Vô Manelito?!

– Sim, senhor. Ele está aqui do meu lado. Vou passar pra ele.

– Vô?

– Caíque, meu filho, que bom ouvir sua voz.

– Que história é essa, vô?!

– História longa que, quando você chegar aqui, eu conto. Susto grande demais, tragédia que a gente nunca espera. Vim pra cá o mais rápido que eu pude, a pedido do seu avô, que me mandou buscar. Ele queria muito lhe ver. Desculpe, não foi possível.

Manelito fica com a voz embargada, mal consegue falar.

– Vô, escuta, deixa eu falar com o Heleno de novo.

Heleno atende.

– Heleno, por favor, cuida do vô Manelito. Vou pegar o primeiro voo pra João Pessoa e tentar chegar aí o mais cedo possível. Enquanto isso a gente vai se falando por esse celular, está bem?

– Entendido, seu Caíque. E fique sabendo que seu Manelito não precisa de cuidado nenhum, não. Ao contrário, ele é que está cuidando de tudo. Como eu disse, foi a nossa sorte ele chegar aqui com o seu Deodato ainda vivo.

– Está bem. Fico mais tranquilo ouvindo isso.

– E pode ficar sossegado que a alma de seu Deodato não vai ficar desacompanhada, não. Seu Manelito, eu e mais alguns vamos passar a madrugada aqui com ele.

– Muito obrigado, Heleno. Até amanhã, se Deus quiser.

– E Ele há de querer, seu Caíque.

Chamada encerrada. Caíque não sai de onde está. Um tanto emocionado, um tanto frio. Um tanto neto, um tanto estranho. Um tanto confuso, um tanto lúcido. Um tanto inseguro, um tanto decidido. Um tanto forte, um tanto frágil. Um tanto atrapalhado, um tanto hábil. Um tanto vivo, um tanto morto. Um tanto parente, um tanto quase. Um tanto tudo, um tanto nada.

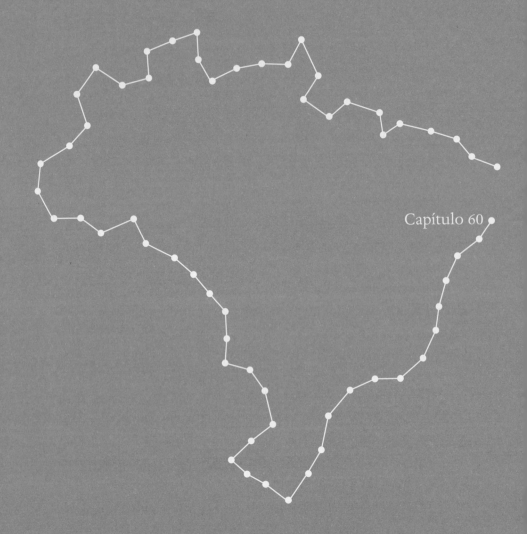

Capítulo 60

A FORÇA DAS RAÍZES E O GOSTO DA TERRA

Se da noite para o dia Caíque é conduzido a inesperados caminhos, também eu, nesta mesma fração de tempo, passo por radicais mudanças de rumo. Apreensão, expectativa, esperança. A hora é esta e nos foi dada. Ele e eu nos vemos naturalmente divididos, embora algo muito forte dentro de nós – que somos um só corpo – nos leve a crer em dias mais solidários, em partilhar os ganhos e a terra, em celebrar o afeto – raro momento em que o individual e o coletivo se entrelaçam. E se o Algo Maior assim determina, façamos a nossa parte com coragem e fibra.

Com esse ânimo, Caíque conversa com Inaiê sobre sua ida imediata para Ariel, nada o demove do propósito, apesar de todos os medos, inseguranças e imprevistos. No dia anterior, Maria caiu doente, com febre alta, tosse e dificuldade para respirar. Felizmente, já está medicada e em tratamento, ainda assim requer cuidados. Inaiê lhe garante que pode ir tranquilo, que tudo estará sob controle. Zezinho se oferece para acompanhá-lo. Imagina, vai é estudar que é a forma melhor de ajudar. Como chegará a Ariel é o que preocupa. Tirou carteira há pouco tempo, primeira vez que pegará estrada. Pelo menos já fez o percurso, promete que dirigirá com cuidado, perigo nenhum, de João Pessoa a Pombal dá pouco mais de quatrocentos quilômetros.

Voo noturno, inédito. As luzes do Rio de Janeiro se vão afastando até desaparecerem. Lá fora, a partir de então, o breu. Calmaria no céu, a casa que voa parece estar parada, melhor assim. Ele, o viajante noturno, se acomoda como pode. Cabeça encostada na janela, admite para si mesmo que prefere o tédio à turbulência. Pega no sono e o cenário é outro. Fazenda de seu Deodato, mas é Josefa que está de pé no varandão para recebê-lo. Fim de tarde, pôr do sol que fere os olhos. Toda paisagem em tons de laranja e vermelho e uns traços ligeiros de amarelo. Ele se espanta com a assinatura de Van Gogh na barra do vestido de sua mãe. Depois, novo espanto: os dois se abraçam e se beijam apaixonadamente. Mas ela é terra, seu beijo tem gosto de terra!

– Filho, que bom que você veio!

– Mãe, como é que pode? Esse seu beijo...

– É que agora eu sou sua, e tudo o que cresce em mim é seu. As árvores, o chão por onde adentram as raízes que também são suas. A água que se esconde e brota em mim, e as plantações de palma forrageira, e os animais que delas se alimentam, e os pássaros, e os insetos... Tudo sou eu, que sou sua. Um corpo só, que transcende gêneros, porque fertiliza e dá à vida ao mesmo tempo...

A imagem de Josefa se desfaz no reflexo de um sol morno, calmo e vermelho. E Caíque desperta com a voz do comandante. Dentro de alguns minutos pousarão no aeroporto internacional de João Pessoa. Lá, o hotel e a empresa onde aluga o carro são os mesmos e o quarto de número 1111, por coincidência ou não, é o mesmo. Mas o filme é outro, porque, sem Inaiê a seu lado, a cama sobra demais, parece que não termina. Os dois se falam e se veem pelo celular, ele diz que fez boa viagem e que já está com tudo pronto para pegar a estrada no dia seguinte bem cedo. Ela, que Maria melhorou, mas ainda está meio caidinha. Ele, que está sendo muito estranho encarar essa viagem sozinho, conta do sonho com a mãe, que pressente surpresas e sustos. Ela, que acaba de se lembrar da primeira vez que se encontraram e se deram a conhecer virtualmente. Aquela conversa que evoluiu para a ida ao apartamento dele em noite de chuva torrencial. O gorro ancestral e sagrado que virou fetiche, e que ela lhe levou de presente. A coroação que despertou desejos e fantasias, e que terminou em sexo apaixonado. Amor, melhor parar por aí. Melhor não. Pouco importa quem arrefece e quem excita. Já é tarde, as camas pedem companhia e eles estão frente a frente, propensos, disponíveis, carentes. Suas imagens se atraem, corpos feitos de carne e brilho, impossível apagarem as luzes sem se amarem com a força da falta que sentem. Despem-se, revelam-se, exibem-se, acariciam-se sem pudor como se fossem o outro, posse e entrega ao mesmo tempo. Em segundos, viagem ao desconhecido, perda dos sentidos? Gozo, êxtase. Paz que os felicita e os apascenta e os adormece, enfim.

Manhã cedo, 31 de outubro, dia que começa a construir uma nova realidade. Longa estrada a ser vencida, todo cuidado é pouco, toda disposição é pouca, toda perseverança é pouca – país, também me vejo assim. O tempo ajuda, mãos firmes no volante, olhar atento no que haverá pela frente, mas convém, vez ou outra, conferir pelo retrovisor o que vai ficando para trás – história que passa. Asfalto e paisagens, paisagens e asfalto. Foco. Devagar se vai ao longe, se convence enquanto dirige e segue adiante. Mais um tanto e chega a Campina Grande, olha o relógio, hora de ligar para a fazenda, saber o que acontece. Heleno atende, seu Manelito não parou um só minuto e continua tomando providências.

– Posso falar com ele?

– Um instante.

– Vô, bom dia, tudo bem?

– Tudo, meu querido. E você? Está onde?

– Nem na metade do caminho. Ainda em Campina Grande.

– Venha com calma, que tudo está sendo arranjado.

A voz de vô Manelito no celular do avô Deodato é algo que parece impensável. É voz que inspira confiança, porque vem com a autoridade do coração. É voz que provém do Algo Maior, fio condutor que rege e entrelaça destinos.

– Devo chegar muito tarde à fazenda. Vou atrasar tudo.

– Não se preocupe, meu filho. Não vai precisar você vir até aqui. Seu avô Deodato vai ser enterrado em Pombal, que é onde está dona Inocência. O túmulo da família está lá.

– Então, a gente se encontra em Pombal?

– Isso mesmo. Estamos cuidando de tudo direitinho.

– Muito obrigado, vô, que bom. Assim, vou dirigir um pouco mais tranquilo. Deixa eu falar com o Heleno, por favor. Beijo.

Caíque e Heleno acertam local e hora para o encontro em Pombal. O traslado do corpo de Deodato está previsto para o início da tarde, e o enterro poderá ser providenciado ainda hoje. Seu Manelito está à frente de tudo com a calma e o jeito que lhe são peculiares. Terminada a ligação, Caíque volta à estrada e segue para Patos, e depois para o trecho final da viagem. Paciência, falta pouco. O estar só, em silêncio e movimento, lhe transmite a ideia de peregrinação, de promessa a ser cumprida, de ir ao encontro de uma divindade qualquer. Tanta coisa lhe passa pela cabeça, que nem se dá conta do cansaço. Filme longa-metragem de cenas embaralhadas, que se misturam ainda mais com o que está sendo rodado agora, as paradas para as refeições rápidas e idas ao banheiro, lembranças de criança e de adolescente, fatos recentes, o abraço de Jurema num apartamento sem vida, a reunião com Inaiê, Tereza e Gabriel e os planos para reavivá-lo, a livraria remodelada, os novos projetos que vão de vento em popa – o eterno embate entre Tânatos e Eros. E ele firme na direção de si mesmo, nessa longa estrada de retas e curvas, subidas e descidas, de mão e contramão, de atenção ao ultrapassar e, por fim, de bem-vindo a Pombal – placa afetuosa que lhe dá imenso alívio. Ele se benze ao passar por ela, agradece aos Céus por ter chegado inteiro, só com um pouco de dor na nuca e nas costas. Ao passar em frente à Igreja de Nossa Senhora do Rosário, vê que ela está aberta e acesa por dentro. Seu avô Deodato que o perdoe, mas antes de ir vê-lo, ou avisar Heleno que chegou, vai lá saber o que acontece. Entra na hora da comunhão. Será a segunda vez em toda a sua vida que provará o corpo do Filho de Deus. Aquele que não está tão longe e escondido, Aquele que pisou neste chão e que, portanto, deve entender melhor as aflições de todo mundo. Mais por instinto que por contrição, se posiciona direto na fila dos fiéis. Decide que de novo dará a língua, e não as mãos postas, e dessa vez saberá dizer a senha correta.

– O Corpo de Cristo.

– Amém.

A boca se abre, e a hóstia lhe é oferecida cuidadosamente para ser provada. Ajoelha-se no primeiro lugar que encontra. O ritual é o mesmo do seu aniversário de nove anos. O esforço para manter o pedacinho de pão salivado sem mastigar também é igual. Até que o que ainda resta do corpo de Cristo desce para dentro dele e vai parar lá onde estão sua casa e seu jardim. Se arrumados ou não, se limpos ou empoeirados, não faz ideia. Se ainda fosse criança, talvez soubesse, mas o adulto das preces são só dúvidas e o não saber coisa alguma. Que fé é essa? Seus pais se casaram ali diante daquele altar, tem foto para provar. Mas por que não há o menor sinal deles? Por que o avô Deodato, que até acaba de ganhar uma oração, é para ele apenas um corpo frio à espera de ir para debaixo da terra? Como se sentirá diante daquele homem orgulhoso e falante, agora calado e inerte? Cumprirá obrigação apenas? E o avô? Estará por lá, presença invisível? Se afligirá por não poder se manifestar? Chega, que essas elucubrações não o levam a lugar algum. Bom mesmo é no velório rever vô Manelito que vem vindo em sua direção, vivinho da silva. Coisa gostosa é o seu abraço e o seu beijo de bigode na bochecha. Acompanhado de Heleno, são as únicas presenças perto do caixão. Como pode? Alguém tão poderoso, ali sozinho, ou quase. Manelito pondera, alivia, repete em outras palavras o pensamento de Faruk.

— É que o outro lado, a morte não mostra. Só mostra o feio e o triste que vemos aqui.

— Já ouvi mais ou menos isso. O luminoso só se vê do lado de lá.

Reticente, Caíque se dirige para ver o avô. Chega em close-up ao rosto em busca de alguma fala silenciosa. Inútil. Nada a interpretar. Deodato dorme indiferente ao que deixou aqui na Terra, indiferente ao que terá feito de bom ou de mau, indiferente a ele, Caíque, e até a Maria que, por uns minutos no passado, lhe terá inspirado algum afeto e dado alguma alegria. Dali, não sairá nenhum sinal. Melhor pedir por sua alma e deixá-lo quieto. Que descanse em paz. Deodato baixou à sepultura às 17 horas em ponto.

Do cemitério, Caíque segue direto para a fazenda com vô Manelito e Heleno. Durante o caminho, fica sabendo como tudo se organizou de modo surpreendentemente rápido.

— Logo depois que você voltou para o Rio de Janeiro com Inaiê e Maria, seu avô foi me ver lá no sítio e me pediu para ir com ele até a fazenda. Disse que a conversa ia ser longa, que ia me falar em nome não de uma amizade que a gente nunca teve, mas de um conhecimento de mais de quarenta anos e, principalmente, da confiança e do respeito que tinha por mim. Até me comovi, sabe?

O fio condutor 405

E assim foi. Assunto que durou quase o dia todo. Que começou bem antes de quando Josefa era adolescente, deu as costas para o luxo e tomou rumo na vida com Mariano e ele do lado. Rapazotes, os dois já tinham suas diferenças, não só pela fortuna de dinheiro, mas pela fortuna de sorte. Se Deodato era farto de cifrões, Manelito era farto de amores – não havia menina-moça que não fosse caidinha por ele. E se o primeiro andava sempre sozinho lá por suas terras, o segundo vivia cercado pelos amigos de Ariel e até de Pombal. Muita coisa da conversa, de tão íntima, Manelito guarda consigo em respeito à memória de seu confidente. Abre apenas o que é história ostensiva e também o que é de interesse do momento. Conta que Deodato falou o tempo inteiro, tantas as confissões, as determinações e os pedidos. Nunca viu tamanha contradição, coisa que só o Algo Maior explica. Afirmava que, com sua saúde de ferro, ia passar dos cem, mas fez questão de mostrar onde estava o testamento, no qual deixava todos os bens livres para o neto, garoto que o encheu de orgulho e de esperança no futuro de seus domínios. Sem nenhum constrangimento, confessou que foi bom Mariano e Josefa terem partido juntos desta vida. Não se amavam tanto? Então? Nunca os concebeu ali com suas costuras caseiras e seu violão dedilhado. O neto, sim, que se fez sozinho na cidade grande e voltou valente na idade certa, era o herdeiro natural, sangue do seu sangue. E assim ia entrelaçando vida e morte. Lembrando a pompa do enterro do pai, Almerindo, frisou que queria algo diferente, sem ostentação, que morto não exibe riqueza. Também nada de padre falando pelos cotovelos nem missa de sétimo dia, que não acreditava nessas tolices. A certeza do "morreu acabou" sempre lhe deu liberdade para fazer e dizer o que lhe desse na telha, sem culpas ou arrependimentos.

— Aí, engrenava e, ao mesmo tempo, desfiava com detalhes como seriam os preparativos para a sua volta com Inaiê e Maria.

Concentrado na direção, Caíque só ouve, como se fosse o próprio avô a lhe dizer tudo aquilo. Quando passa pelos umbuzeiros e depois pelo pontilhão do Água Rasa, já escurece. Ao chegar a Ariel, a noite já se acomodou no céu com suas estrelas. Passa em frente ao sítio de Manelito, para o carro, volta a perguntar.

– Vô, tem certeza de que prefere ir comigo para a fazenda? O Heleno me orienta, me lembro mais ou menos do caminho.

– Já lhe disse: ou ficamos os três aqui, ou vamos os três pra lá.

– Meu coração me diz que tenho que dormir na fazenda.

– Então, pronto, vamos os três.

À noite, pelas poucas luzes, a chegada à fazenda intimida. Na sede, apenas dois lampiões acesos do lado de fora, e uma luz que, pela janela aberta, vem de dentro de uma das salas. É que Emília, mulher de Heleno e antiga empregada da casa, ficou de esperar por eles com a janta pronta. Excelente ideia. Alimentados e agradecidos, vão todos se deitar – pouso ali é o que não falta. Em camas de solteiro, Caíque e seu vô Manelito se estiram no mesmo quarto e apagam. Exaustão bem-vinda, missão cumprida, sono dos justos. Naquela madrugada, não haveria espírito errante ou alma penada capaz de importuná-los. E, no nascer do dia, refeitos, seus corpos se levantariam antes do sol. Em tempo de recomeço e de renovação, pontualidade é essencial. Jamais fariam a luz esperar por eles.

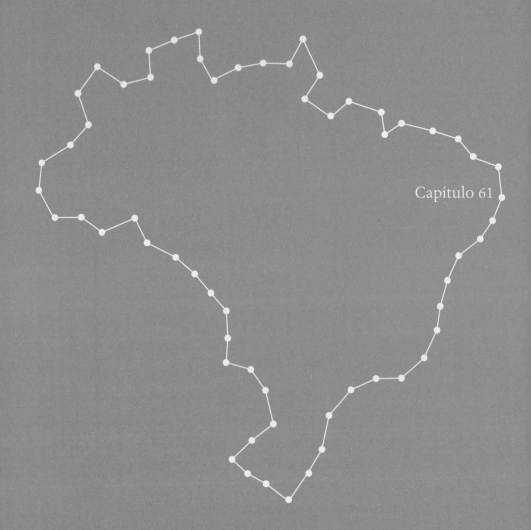

Capítulo 61

O FIO CONDUTOR

Afirmei antes e insisto: queiramos ou não, acompanhando as fortes contrações da Terra, estamos inevitavelmente presentes nesta esperançosa sala de parto que é o hoje, o agora, aguardando a grande mudança do pensar e do sentir coletivo. Mudança que, ponho fé, há de nos sarar as antigas e profundas feridas. Muitos já estamos trabalhando silenciosamente por ela, confiando no fio condutor que nos irmana, entrelaça e dá sentido. Assim, se falo e ajo como o ser humano que habita em mim, Caíque fala e age como o vasto país que evolui dentro dele. Me emociona vê-lo, ao lado de vô Manelito, postado no varandão com o jeito simples de sempre, porque não se considera herdeiro de coisa alguma, mas hóspede passageiro das terras, das águas e verdes, como todos ali. Sim, não se espante, somos todos hóspedes passageiros, eu e você também, que somos parte da história.

Único elo com o passado, vô Manelito lhe põe a mão no ombro como alguém que esperou a vida inteira por esse instante de transformação: a velha torre de Deodato cede lugar à ponte de Caíque. Ponte que traz o nascer do dia, o nascer da ideia, o nascer do projeto. Imagine: transformados em pequenos produtores rurais, trabalhadores da terra, que bem conhecem o solo e o suor, se associam de maneira voluntária em torno de uma cooperativa. Reunião de saberes, soma de esforços, fazenda que se torna lar de todos os que nela labutam, porque fatos incomuns também acontecem nos sertões mais recônditos. Estão ao alcance de qualquer um, basta se estar atento aos sinais e às conexões. Vô Manelito e Caíque se abraçam diante de tanta beleza pressentida – pessoas simples que também aspiram a fazer sentido, a alçar voo em seus sonhos. Tudo parece milagroso ao ser conquistado. E é.

– Estou seguro do que eu quero, vô. É assim que vejo essas terras e esse nosso povo sofrido que mora aqui, e que merece viver em condições melhores. Nossa gente tem dado a vida pelo trabalho, não é justo estarem sempre de mãos vazias. Este chão é muito mais deles do que meu. É desonesto me apropriar de tudo.

– Mas você não pode abrir mão do que também é seu.

– Vou abrir mão, sim. Não no sentido de abandonar, mas no sentido de compartilhar cada palmo de terra com eles, e propor mudanças que tragam mais benefícios para todos. Esta sede, por exemplo, pode se transformar numa bela escola. Tantos cômodos vazios, sem uso nenhum, podem ser aproveitados como salas de aula. O que é que o senhor acha?

Vô Manelito tem os olhos marejados.

– Acho que seu avô Deodato, que desde rapaz viveu uma vida triste de solidão, vai se felicitar vendo que não trabalhou duro à toa. Que deste chão seco e brabo que nem ele, além de palma forrageira, também podem se colher amizades de uso diário.

– Tomara, vô, tomara. Carrego muito mais dúvidas que certezas. Mas acredito que existe mesmo um Algo Maior muito bem guardado dentro de cada um de nós. O Algo Maior que nos entrelaça e que...

– "Entrelaçar" é palavra bonita, gostei, nunca tinha ouvido... Acho que você entrelaça a gente com essas suas ideias. E, lá no sítio, o Severino me entrelaça quando pega na enxada comigo, não é isso?

– É exatamente isso, vô. E é o que eu gostaria que todo mundo entendesse: que estamos entrelaçados pelo Algo Maior que nos rege.

– Três dias antes do acidente com Deodato, Salustiana mandou me chamar pra me alertar que muita mudança ia acontecer nestas terras, pra eu estar preparado, que vinha trabalho pesado pela frente. Que uma torre ia cair e uma ponte ia se levantar. Disse isso olhando para o outro lado da vida. O Algo Maior também assusta.

Caíque logo associa a predição de Salustiana à torre de sua infância e à ponte de sua adolescência. Se Babel confunde, Lebab esclarece. Que importa que todas as suas ideias e anotações pareçam imaginação fantasiosa? É assim que toca a vida e interpreta a existência. Quem tiver explicação melhor, ou pelo menos mais criativa, que lhe dê. Fala com experiência prática de quem começou na batalha aos sete anos, de posse também de um pedaço de papel. Só que não era um testamento, era um papel dobrado em quatro, sua identidade, sua sorte, seu renascimento. E fala também com a inexperiência e imaturidade dos 21 anos, com todos os seus medos e contradições. É que se reconhece cada vez mais dividido. Parte de sua alma mora aqui. Parte mora no Rio de Janeiro. Parte de sua alma é sertão. Parte é mar, é litoral, que é onde estão sua mulher, sua filha, sua vida. Como conciliar dois mundos tão diferentes e distantes? No momento, é obrigado a ficar para resolver assuntos imediatos de rotina, questões práticas, burocráticas, e depois outras tantas que, pelos seus planos, irão envolver os que trabalham na fazenda, suas famílias... Sabemos que a mesa e a cadeira de Deodato não têm a acolhida e a afetividade da mesa e da cadeira de Faruk, mas agora, por precisarem de Caíque, terão que compreender que não irá mais vigorar a lei vertical do autoritarismo, mas a lei horizontal da confraternidade, que a imaginação será acrescentada à fria razão. E que a Natureza será parceira de todos, porque fala a língua de todos.

Uma semana inteira se vai. A rotina no Rio de Janeiro se cumpre pelo celular, tanto a familiar quanto a profissional. Verdadeira sorte Daniel e ele se terem associado na livraria por conta dos cursos e palestras. O professor tem sido uma mão na roda, levou até um de seus alunos para ajudar no atendimento aos clientes neste período em que Caíque está fora. O rapaz caiu de amores pelo espaço e já insinuou que gostaria de ser efetivado na função, se seu trabalho for bem-vindo, é claro. E assim seguem os dias. Gabriel e Tereza também se comunicam com ele pelo WhatsApp. Vê-los ajuda a tapear as saudades. Tudo bem, há de ser grato à vida, mas sabe que, com um só corpo, mesmo com todas as tecnologias, não consegue ser onipresente. E ainda tem Inaiê. Desde ontem tenta falar com ela e não consegue. Começa a ficar preocupado. Melhor é voltar ao trabalho. Vô Manelito concorda, muita coisa para tocar. As reuniões com os empregados têm sido produtivas, a ideia de compartilhar a terra e criar a cooperativa surpreende e entusiasma. Quando poderiam imaginar algo parecido? O ar que se respira na fazenda já é outro – o ar que respiro.

Fim de mais uma jornada de labuta. Vô Manelito e Caíque ficam de prosa no varandão, cansaço bom. Súbito, lá de longe, vem carro desconhecido levantando poeira. Pelo jeito acelerado, tem muita pressa de chegar. Neto e avô não tiram os olhos de cima do bicho. O que poderá ser? Tudo tão calmo e, de repente, o ronco de motor que se anuncia. Os dois também se vão movimentando à medida que o carro se aproxima. Susto grande.

– O quê?! O que é que vocês estão fazendo aqui?!

Inaiê salta do carro com Maria e Zezinho. Que loucura é essa?! Beijos, abraços, falação de excitamento, os dois lados ao mesmo tempo, mas a voz da mulher se sobrepõe às demais. Resolveram fazer surpresa, o coração mandou e a cabeça obedeceu. E aí? Gostou? Que pergunta. Mais que gostou, amou, tudo do que precisava agora. Estava justo comentando a falta que eles faziam. Quando poderia imaginar? Então é por isso que não conseguia falar com ela, lógico. Inaiê se diverte com o que aprontou, decisão de bate-pronto, sua marca registrada. E tinha que trazer Zezinho junto, maldade impedir o menino de curtir essa aventura, rever os amigos do vilarejo, vó Salustiana, já pensou a alegria dela? Vão ficar quantos dias? Deixa os dias resolverem, não é bom lembrar da partida já na hora da chegada. Pedem água, estão mortos de sede. Zezinho diz que vai ao banheiro rapidinho. Maria passa de colo em colo. Bota ela pra andar e já ir se acostumando com o chão daqui – a sugestão de Caíque é logo aceita, e lá vai ela, meio trôpega para onde o vento leva. Caladinho, vô Manelito é pura satisfação, acompanha cada cena, cada fala, cada gesto. Impossível não reconhecer que é o Algo Maior, com seu fio invisível, que entrelaça toda aquela euforia. Entrelaçar... Gostou mesmo da palavra.

À noitinha, como de costume, a fome bate antes do sono. Comida pronta. Espanto. É que a mesa da sala de jantar nunca terá visto refeição com uma família assim. Sete lugares, porque Emília e Heleno são chamados a se sentar com vô Manelito, Caíque, Inaiê, Zezinho e Maria. O entrosamento é imediato. Mais assunto corrido, mais novidade sabida, mais dois dando risada das tantas bobagens caseiras, mais dois se emocionando com os planos para a fazenda. Emília e Heleno são casados, têm quatro filhos: Mateus, Marcos, João e Lucas, de quatorze, doze, dez e sete anos. Sempre viveram e trabalharam ali, amam aquelas terras como se fossem deles.

– Mas estas terras também são de vocês. Porque terra é como família, e família é de quem ama e de quem cuida.

A fala de Caíque não deixa dúvidas sobre o que está por vir. O novo agir, o novo conversar, o novo se entender, tanto no mundo visível quanto no mundo invisível. Quer exemplo? Não há razão alguma para ele e Inaiê evitarem a cama onde Deodato e Inocência dormiam e, ainda que raramente, se amavam. Se estão debaixo do mesmo teto, comeram na mesma mesa, usaram o mesmo banheiro, por que não se deitarem na mesma cama? E assim fica decidido. Emília traz lençóis limpos e de boa qualidade, logo se vê.

– Pode deixar que eu mesma faço, o Caíque me ajuda.

– Precisa de mais alguma coisa?

– Não, Emília, está tudo perfeito. Muito obrigada.

– Então, boa noite.

– Boa noite, e até amanhã.

As duas se despedem com beijos no rosto. A cama é arrumada. Caíque e Inaiê se acomodam, Maria entre eles. Querem conversar, ainda é muito cedo para dormir.

– Zezinho está radiante por ter vindo. Amou dormir no mesmo quarto que o vô Manelito, e na cama onde você estava.

– Nossa decisão de ficar com ele foi um grande acerto. Estou pensando em pedir à Salustiana que me diga o lugar onde estão os pais e os irmãos dele. Quem sabe não se animam a morar e a trabalhar aqui na fazenda?

– Você sempre procurando reunir as pessoas...

– Se for do agrado de todos, por que não?

Por que não? É a pergunta que Inaiê se faz quando Caíque lhe confessa estar dividido, que por ele viveria no Rio de Janeiro e na fazenda ao mesmo tempo. Só que, nos dois lugares, tem ou criou raízes, e raízes não se movimentam.

– Por que não? Você acha que eu vim aqui a passeio?

– Você já tem sua vida toda estruturada.

– Por isso posso decidir o que fazer com ela. Você me ajudou com a creche, foi incansável na pandemia, o período mais difícil do projeto. Agora, é minha vez de estar do seu lado.

Caíque não contesta. Inaiê arremata.

– Você tem razão quando diz que terra é como família, é de quem ama e de quem cuida. E é o que você sempre faz: amar e cuidar. Então? Estas terras e estas famílias também são suas.

Pelos meus séculos vividos, sei que esse par não se formou por acaso. Esse par se fez para me irmanar e fortalecer, porque é fruto da união entre o profano e o sagrado, o *yin* e o *yang*, o visível e o invisível, o individual e o coletivo. Sim, Caíque e Inaiê estavam predestinados ao encontro, ao romance. E se o Algo Maior é o fio condutor de seus caminhos, outras forças lhes poderão quando muito atrapalhar os passos, mas nunca os impedir de coisa alguma. Agora, o que têm a fazer é arregaçar as mangas e seguir adiante, pegar céu e estrada e estrada e céu. E se dispor a ser mar e riacho, areia e terra, litoral e sertão entrelaçados.

Em www.leyabrasil.com.br você tem acesso a novidades e conteúdo exclusivo. Visite o site e faça seu cadastro!

A LeYa Brasil também está presente em:

facebook.com/leyabrasil

@leyabrasil

instagram.com/editoraleyabrasil

LeYa Brasil

ESTE LIVRO FOI COMPOSTO EM DANTE MT STD,
CORPO 12,5 PT, PARA A EDITORA LEYA BRASIL